LUCY TEMPLE
CHLOÉ ÉCLAIRE
HY O'SULLIVAN
CASPER

Emily Skye

Die geheime Drachenschule

Weitere Titel der Autorin:
Die geheime Drachenschule

Die geheime Drachenschule –
Der Drache mit den silbernen Hörnern

Die geheime Drachenschule –
Die Rückkehr des siebten Clans

Die geheime Drachenschule –
Das Erwachen der Blattfinger

Die geheime Drachenschule –
Das Tribunal der Sieben Flammen

Die geheime Drachenschule –
Die Rebellion der Drachenreiter

Titel auch als Hörbuch erhältlich

Emily Skye

Die geheime Drachenschule

Die Rebellion der Drachenreiter

Band 6

Mit Illustrationen von

Pascal Nöldner

Für die drei Brüder Gabriel, Samuel und David.
E. S.

Für meine Eltern.
P. N.

Bei Fragen zur Produktsicherheit wenden Sie sich bitte an:
Produktsicherheit@bastei-luebbe.de

Dieser Titel ist auch als Hörbuch und E-Book erschienen

Originalausgabe

Umschlaggestaltung und Illustrationen: Pascal Nöldner
Gestaltung Aktivteil: Bastei Lübbe AG unter Verwendung von Illustrationen von
Pascal Nöldner, Fotos Papierflieger: Bastei Lübbe AG
Gestaltung Seite 80/143: Bastei Lübbe AG
Motive: © Shutterstock/Kerim Koca; Shutterstock/exshutter;
Shutterstock/Wuttichok Panichiwarapun
Satz: Thomas Krämer, Bastei Lübbe AG
Gesetzt aus der Arnhem
Druck und Einband: GGP Media GmbH, Pößneck
Printed in Germany
ISBN 978-3-8339-0683-1

5 4

Noch mehr tolle Bücher, viele Videos und Ideen zum Basteln, Rätseln, Backen,
Zeichnen und Spielen gibt's hier: baumhausbande.com.

In einem mannshohen Gestell aus dicken Eichenbalken war auf Kopfhöhe ein schwarzer Stein, groß wie ein Kürbis, in sieben eiserne Schraubzwingen eingespannt. Direkt unter dem Stein stand in einer kreisrunden Aussparung des Eichenbretts ein bauchiges halbvolles Gefäß aus Glas, das an ein riesiges Tintenfass erinnerte. Es fing die nachtschwarze Flüssigkeit auf, die quälend langsam aus dem Stein tropfte. So voll, wie das Gefäß war, tat sie das bereits seit Jahrhunderten.

Lady Blackstone nahm mit einer Pipette einen winzigen Tropfen der dunklen Flüssigkeit auf und ließ ihn in ein Glas mit Wasser fallen. Eine unheilvolle Wolke breitete sich in dem Glas aus, und nach wenigen Momenten färbte sich das Wasser so schwarz wie das Haar von Lady Blackstone. Sie griff erneut nach der Pipette und füllte sie nun mit einem Tropfen der verdünnten Flüssigkeit.

Vor ihr auf dem Tisch hockte in einem gläsernen Terrarium eine graubraune Wolfsspinne. Lady Blackstone ließ die Pipette einige Sekunden über der Spinne in der Luft schweben, bevor sie eine winzige Menge der Flüssigkeit auf ihren Rücken träufelte. Im ersten Moment huschte das Tier davon. Doch dann wurden seine acht Beine langsamer, bis sie schließlich in der Bewegung erstarrten. Wie zuvor die Spinne durch ihr gläsernes Gefängnis gehuscht war, huschte nun ein Lächeln über das sonst so starre Gesicht von Lady Blackstone.

Behutsam legte sie die Pipette beiseite, klaubte die versteinerte Spinne aus dem Glaskasten und setzte sie auf ihre flache Hand, um sie besser betrachten zu können. Die beiden Vorderbeine hatte die Spinne angriffslustig in die Luft gehoben. Doch vergebens. Gegen eine Gegnerin wie Lady Blackstone hatte sie nicht den Hauch einer Chance.

„Faszinierend", murmelte sie und kippte langsam die Hand, bis die Spinne ins Rutschen geriet und hinabfiel. Einige Beine brachen ab, als sie mit einem Poltern auf dem steinernen Boden aufschlug.

Es klopfte an der Tür, und Ringeisen steckte zögerlich seinen Kopf hindurch. „Alles in Ordnung, Mylady?"

Lady Blackstone deutete auf den zerbrochenen Spinnenkörper. „Machen Sie das weg!", befahl sie nicht unfreundlich, und Ringeisen eilte davon, um eine Kehrschaufel zu besorgen.

Für Henry waren es kurze Sommerferien gewesen. Früher, vor seiner Zeit als Drachenreiter auf Sieben Feuer, hätte ihn das geärgert. Doch mittlerweile konnte er gar nicht schnell genug auf die Wolkenburg zurückkehren. Wenn auch diesmal mit gemischten Gefühlen. Er wusste nicht, ob sie ihn dort einfach so wieder aufnehmen würden. Stewart Todd senior, der Vorsitzende des Rats der Alumni, hatte sich nach den Ereignissen im Hotel *King's Arms* noch nicht dazu geäußert.

Was Henry aber sicher wusste, war Folgendes: Nie wieder würde er zulassen, dass jemand das Band zwischen ihm und seinem Drachen Phönix zerschnitt! Zumindest nicht, bis die Zeit, sich zu verabschieden, offiziell gekommen war. Dann würde er es akzeptieren. Er war nicht wie Graham Green, der sich an seinen Drachen klammerte wie ein Ertrinkender an ein Stück Treibholz und der damit riskierte, die Drachen mit ins Verderben zu reißen. Nein, so war Henry nicht. Das Wohl von Sieben Feuer war ihm heilig, und die Welt der Drachen war größer als er. Sie zu beschützen war das oberste Gebot. Koste es, was es wolle!

So vor sich hin grübelnd erreichte Henry den Hafen, nachdem er sich am Morgen recht früh von seiner Mum verabschiedet hatte. Er wollte den ganzen Weg zum verlassenen Pier, wo Master Duncan sie einsammeln würde, lieber laufen, statt mit der U-Bahn zu fahren. Im Nachhinein keine so gute Idee, da es schon bald angefangen hatte zu regnen. Er hatte sich zwar die Kapuze seines Sweatshirts über den Kopf gezogen, doch der dünne Stoff war im Nu komplett durchnässt. Hätte ihm die Kapuze nicht das Sichtfeld eingeschränkt und wäre er nicht so in Gedanken versunken gewesen, wären ihm vielleicht die beiden Gestalten aufgefallen, die sich auf Höhe des *Tower of London* an seine Fersen geheftet hatten.

Henry bog um die Kaimauer und erreichte den Teil des Hafens mit den stillgelegten Docks. Die Schienen, auf denen die Löschkräne früher mal verschoben worden waren, rosteten genauso vor sich hin wie die Kräne selbst. Sie erinnerten Henry an schlafende Drachen, doch er beeilte sich, diesen Vergleich aus seinen Gedanken zu verbannen. Falls Happy das Bild entdeckte, wäre er definitiv beleidigt.

Die verlassenen Backsteingebäude zu Henrys linker Seite, in denen früher die Ladungen der Schiffe gelagert wurden, waren mit schlechten Graffitis übersät. Und die meisten der vor Staub und Dreck blinden Fenster hatten Sprünge oder waren eingeschlagen worden.

Ein Schrei riss Henry aus seinen Gedanken, und er fuhr erschrocken herum. Doch es war nur eine Möwe, die auf einem

Poller hinter ihm gelandet war. Schlecht gelaunt starrte sie Henry aus ihren gelben Augen durch den Regen an, den Schnabel weit aufgerissen.

„Lass mich in Ruhe! Ich habe nichts zu fressen für dich", zischte Henry und verscheuchte die Möwe, die mit einem beleidigten Krächzen davonflog.

Als Henry sich wieder umdrehte, meinte er, hinter einem der kaputten Fenster eine Bewegung gesehen zu haben. Als ob jemand einen Schritt zurückgewichen war, um sich im Schatten des verlassenen Speicherhauses zu verstecken. Henry war stehen geblieben und beobachtete das Fenster, doch da war nichts.

„Wieso müssen wir uns eigentlich immer an diesem verlassenen Ort treffen?", murmelte er. „Wir könnten doch auch von Heathrow oder Gatwick losfliegen."

Er seufzte und wusste natürlich, dass die beiden Londoner Flughäfen für Master Duncan und sein Wasserflugzeug keine Option waren.

Doch schon als Henry um die nächste Ecke bog, erblickte er endlich seine Freunde. Ein breites Lächeln schob sich auf sein Gesicht, und alle Sorgen waren vergessen. Da war Arthur, der auf Edward, Chloé und Timothy einredete. Und während Chloé und Edward ihm aufmerksam zuhörten und nickten, konnte Henry auch auf die Entfernung erkennen, wie genervt Timothy von Arthurs Monolog war. Ein Stück von den vieren entfernt, balancierte Lucy auf einem ausgefransten Tau, das zwischen zwei Pollern gespannt war. Sie erreichte den zweiten Poller, ohne einmal absetzen zu müssen, und verbeugte sich übertrieben, während Casper, der im Schneidersitz auf dem anderen Poller saß, höflich klatschte. Sein Irokesenschnitt, der in einer Pfeilspitze über der Stirn endete, hatte in den letzten Wochen die Farbe gewechselt und war nun feuerrot.

„Bin ich hier richtig? Ist das der Treffpunkt für die Einhornreiter?“, rief Henry zu ihnen hinüber und ließ seinen Rucksack vom Rücken gleiten.

Lucy quiekte fröhlich, hüpfte vom Poller und rannte ihm entgegen. Henry blieb gar nichts anderes übrig, als einfach die Arme auszubreiten und sie aufzufangen. Lucy dachte nicht daran zu stoppen und stürzte sich mit vollem Karacho in seine Arme.

„Wow“, kommentierte Casper und strich sich mit einem schiefen Grinsen über die Haare. „So bin ich nicht begrüßt worden.“

Henry löste sich aus der Umarmung mit Lucy und klatschte mit ihm ab. „Ich freu mich so, euch wiederzusehen!“, sprudelte es aus ihm heraus.

Casper nickte. „Ich mich auch, kleiner Bruder. Sieben Feuer ohne dich ist einfach nicht dasselbe.“

Die anderen gesellten sich zu ihnen, und es gab ein großes Umarmen.

„Solltest du dein Handy dabeihaben, wirf es lieber gleich ins Hafenbecken“, riet ihm Timothy. Aber Henry schüttelte grinsend den Kopf.

„Wo war ich noch mal stehen geblieben?", fragte Arthur, als sich alle etwas beruhigt hatten.

Timothy deutete auf das Ende des Piers. „Dahinten irgendwo."

„100% nicht lustig", sagte Arthur beleidigt.

Chloé half ihm auf die Sprünge. „Du hast uns etwas über die noch fehlenden versteinerten Blattfinger erzählt."

„Danke, Chloé." Arthur nickte ihr zu und begann vor ihnen auf und ab zu gehen.

„Er ist einfach eine Bestie", raunte Timothy Henry zu, der zustimmend nickte. „Eine Intelligenzbestie. Keine fünf Minuten, nachdem wir uns getroffen haben, hat er angefangen zu dozieren. Wenn du mich fragst, sollten Wörter rationiert werden. Nicht mehr als fünfhundert pro Tag oder so. Danach sollte man stumm sein", schlug Timothy vor.

Henry schwieg lieber. Er war sich nämlich ziemlich sicher, dass Timothy selbst große Schwierigkeiten hätte, sich an diese Regel zu halten.

„Also, Henry, wie viele versteinerte Blattfinger müsste es demnach noch geben?"

Arthur sah ihn durch seine großen Brillengläser auffordernd an.

„Ich lach mich tot", raunte Timothy ihm zu. „Er macht wirklich dieses Lehrerding und nimmt dich dran, weil du nicht zugehört hast."

„Ähh...", antwortete Henry wenig geistreich.

„Negativ", tadelte ihn Arthur. „Also noch mal: Ursprünglich gab es sieben Blattfinger, bis Happy den Drachen von Lady Blackstone getötet hat."

„Da waren es nur noch sechs", murmelte Timothy.

„Nur bis Pan geboren wurde", entgegnete Arthur und begann aufzuzählen: „Neben Pan, Violets Drachen, ist da noch Arundula, die von Casper geritten wird. Zwei weitere Drachen befinden sich in den Kerkern von Dark Donan Castle. Dabei handelt es sich um die Exemplare, die Lady Blackstone und Leander Pebblebuttom ersteigert haben. Und dann gibt es noch den Drachen, der gemeinsam mit Arundula am Grund des Arundelsees gestanden hat und sich nun im Besitz des Rats der Alumni befindet. Immer noch versteinert. Und das bedeutet ..." Arthur machte eine Pause und reckte zwei Finger in die Höhe.

„... dass noch zwei Exemplare verschollen sind", sagte Henry.

Arthur nickte ihm zu. „Ganz genau. Zwei versteinerte Blattfingerdrachen müssen sich immer noch irgendwo außerhalb von Sieben Feuer befinden. Deshalb habe ich die restlichen Sommerferien nach unserem kleinen Abenteuer im *King's Arms* ..."

„Aber er war doch gar nicht dabei", flüsterte Timothy, doch Arthur ließ sich nicht beirren.

„... dazu genutzt, die Nationalbibliothek des Königreichs zu durchforsten. Wusstet ihr, dass sie über 25 Millionen Bücher beherbergt?"

„Und die hast du alle gelesen?“, fragte Lucy erstaunt, doch Arthur schüttelte den Kopf.

„Negativ. Natürlich nicht. Das ist unmöglich. Ich habe es mal ausgerechnet. Wenn ich meine Zeit nicht mit so albernen Sachen verbringen müsste wie Flug- oder Kampftraining und ihr mich nicht andauernd in irgendein Abenteuer verwickeln würdet, ich meine Zeit also ausschließlich mit Lesen und Essen verbringen könnte, dann würde ich, vorausgesetzt, dass ich neunzig Jahre alt werde, noch ungefähr 30.000 Bücher schaffen. Das wiederum würde bedeuten, dass ich für die 25 Millionen Bücher 833 Leben bräuchte.“

„Alter“, ächzte Casper.

„Du machst mich echt fertig“, pflichtete Lucy ihm bei.

„Aber hast du trotzdem etwas Neues über die verschollenen Drachen rausfinden können?“, fragte Chloé.

„Was?“ Arthur sah sie verständnislos an.

„Die versteinerten Blattfinger“, half Henry ihm.

„Ach so, natürlich.“ Arthur machte eine seiner berüchtigten Kunstpausen, hauchte auf seine Brillengläser und putzte sie mit dem Zipfel seiner Jacke.

„Jetzt spuck's schon aus!“, rief Timothy.

Arthur setzte sich seine Brille wieder auf die Nase und hob beschwichtigend die Hände. „Ihr kennt mich. Durch mein systematisches Vorgehen war es mir natürlich möglich, die Suche sinnvoll einzugrenzen. Und so habe ich dann auch eine heiße Spur gefunden.“

Arthur wurde von einem immer lauter werdenden Brummen unterbrochen. Es war das Motorengeräusch der sich nähernden Queen Mary, Master Duncans altem Wasserflugzeug, das mit jedem Mal klappriger und rostiger zu werden schien. Anstatt sanft hinabzuschweben, plumpste es schwerfällig aus dem Himmel und krachte mit einem ziemlichen Getöse auf die graue Wasseroberfläche der Themse.

Henry und seine Freunde rissen vor Schreck die Augen auf. Doch als sie sahen, dass Master Duncan wie bei jeder Landung seinen Pilotensitz verlassen hatte und ziemlich lässig auf einer Kufe seines Flugzeugs Richtung Pier glitt, atmeten sie erleichtert auf und stürmten ihm entgegen.

„Bitte, bitte, wenn ihr nicht hören wollt, was ich zu sagen habe …“, rief Arthur ihnen hinterher. Er schüttelte den Kopf, und der Verschluss seiner Drachenballkappe, die er nur noch zum Schlafen und Duschen ablegte, schlackerte beleidigt hin und her.

Als die Nase der Queen Mary gegen einen der dicken Eichenbalken rumste, auf denen der Steg gebaut worden war, sprang Master Duncan von der Kufe zu ihnen hinüber.

„Irgendwann werden Sie dabei ins Wasser fallen“, tadelte Chloé ihn.

„Dann könnte er wenigstens nach unseren Handys tauchen“, schlug Timothy vor.

Die Falten um Master Duncans Augen wurden tiefer, und man konnte das Lächeln erahnen, das sich unter seinen buschigen Schnurrbart geschlichen hatte. „Keine Angst, Chloé“, polterte er los. „Ich bin wie ’ne Katze. Ziemlich geschickt und sehr wasserscheu.“

„... sagt der Mann, der auf einem Trottellummenschiss ausgerutscht ist und sich das Bein gebrochen hat“, gab Timothy zu bedenken.

Master Duncan legte ihm seine schwere Pranke auf die Schulter, und Timothy sackte ein Stück in sich zusammen. „Timothy O’Sullivan!“, polterte der Lehrer und blickte übertrieben auf seine Armbanduhr. „Noch keine Minute vorbei, und schon hast du zwei Scherze auf meine Kosten gemacht. Ich glaube, dein viertes Jahr auf der Wolkenburg wird für uns beide sehr, sehr anstrengend.“

Timothy tat so, als ob er sich den Mund abschließen würde, und warf den imaginären Schlüssel ins Hafenbecken.

„Besser so.“ Master Duncan nickte zufrieden und wandte sich an die anderen. „Dann mal alle Mann an Bord! Wir sind spät dran.“

„Hallo?“, empörte sich Lucy und stemmte die Arme in die Hüften.

Master Duncan starrte sie verständnislos an, bevor es ihm dämmerte. „Alle Mann und *alle Frau* an Bord“, verbesserte er sich genervt und wies einladend auf die Queen Mary.

„Geht doch“, sagte Lucy und setzte sich in Bewegung.

In dem Moment ertönte ein Geräusch, das an das wütende Sirren einer Mücke erinnerte. Nur dass es wesentlich lauter war. Es kam näher, um im nächsten Moment abrupt zu verstummen.

„Was zum Teufel …", wunderte sich Master Duncan, als Edward mit großen Augen auf Henrys Rucksack deutete und einen Pfeil herauszog.

„Schnell ins Flugzeug!", rief Master Duncan. „Wir werden angegriffen!" Geistesgegenwärtig schob er Chloé und Timothy hinter sich, als erneut ein Surren zu hören war.

„Henry!", rief Casper und stieß ihn zur Seite. Dabei streifte der Pfeil seinen Arm, prallte gegen das Flugzeug und fiel ins Hafenbecken.

„Casper?“, rief Henry, doch Master Duncan packte ihn an den Gurten seines Rucksacks und schubste erst ihn und dann Casper unsanft ins Innere des Flugzeugs. Edward und Chloé folgten.

Nur noch Arthur stand draußen. Nach wie vor eingeschnappt, dass Master Duncan und die Queen Mary ihn bei seiner Blattfingergeschichte unterbrochen hatten. Doch als seine Freunde hastig ins Flugzeug stürzten, war ihm aufgegangen, dass etwas nicht stimmte. Keuchend kam er nun den Steg entlanggeflitzt. Henry starrte durch eines der zerkratzten Bullaugenfenster der Queen Mary. Links und rechts von Arthur schlugen kleine Pfeile in die hölzernen Planken des Stegs. Master Duncan stürmte seinem Freund entgegen.

„Da!“, rief Henry und deutete auf eines der Fenster des leerstehenden Speichers am Hafenufer. Hinter der zerbrochenen Scheibe tauchte ein rot-schwarzes geisterhaftes Gesicht auf.

Die Gestalt hob eine Art Blasrohr an die Lippen und zielte erneut auf Arthur. Doch bevor der Pfeil sein Ziel erreichte, warf sich Master Duncan dazwischen. Statt in Arthurs Rücken bohrte sich der Pfeil in den Oberschenkel ihres Lehrers.

Henry konnte nicht länger tatenlos zusehen. Gefolgt von seinen Freunden stürmte er wieder hinaus, um seinem Master und seinem Freund zu Hilfe zu eilen. Und wie durch ein Wunder schafften sie es, ohne noch einmal getroffen zu werden, zurück ins Innere der Queen Mary.

Fluchend ließ sich Master Duncan auf den Pilotensitz fallen, riss sich den Pfeil aus seinem Oberschenkel und startete das Flugzeug. Während der Motor immer wieder absoff, sah Henry, wie drei Gestalten ohne Eile aus dem alten Speicher traten und in ihre Richtung kamen. Alle drei trugen lange dunkle Mäntel, und Henry erkannte, dass sie ihre Gesichter hinter Masken verbargen, die blutrot waren und über die vom Kinn bis zur Stirn eine schwarze Flamme flackerte.

Endlich heulte der Motor auf, und die Propeller begannen sich immer schneller zu drehen. Um Haaresbreite entkamen sie ihren Angreifern, die am Ende des Stegs angekommen waren und ihnen hinterherstarrten, bis die Queen Mary von der grauen Wolkendecke verschluckt wurde.

Was war das denn, bitte schön?", keuchte Timothy.

„100% negativ", japste Arthur.

Alle riefen wild durcheinander, um sich gegenseitig und den Motorenlärm zu übertönen.

„Ruhe!", brüllte Master Duncan irgendwann so laut, dass mit einem Schlag alle verstummten. „Bringt doch nichts, wenn wir uns wie ein aufgescheuchter Hühnerhaufen verhalten", brummte er versöhnlicher. „Die wichtigste Frage zuerst: Ist irgendjemand getroffen worden?"

„Hallo? Ihnen steckte gerade noch ein Pfeil im Bein!", entgegnete Timothy.

„Außer mir", sagte Master Duncan genervt.

„Ich bin mir nicht sicher." Arthur tastete hektisch seinen Körper ab.

„Glaub mir, wenn du getroffen worden wärst, hättest du es gespürt", sagte Master Duncan.

„Wartet", sagte Chloé aufgeregt und deutete auf Arthurs Drachenballkappe. Am Hinterkopf steckte ein Pfeil. Er hatte das Leder der Kappe durchbohrt, doch der Schaft war zu kurz, um Arthur zu verletzen. Er steckte in der Schafwolle, mit der die Kappe gepolstert war.

Chloé zog ihn vorsichtig heraus.

Master Duncan schaltete den Autopiloten ein und drehte sich zu ihnen um. „Sei vorsichtig, Chloé. Fass bloß nicht die Spitze des Pfeils an. Kann sein, dass sie vergiftet ist."

Arthur wurde bleich. „100% negativ. Stellt euch mal vor, ich hätte meine Kappe nicht aufgehabt. Ich brauch was zu essen." Er kramte ein dickes Sandwich aus seiner Tasche und wickelte es mit zittrigen Fingern aus dem Butterbrotpapier.

Chloé, Lucy und Edward untersuchten den Pfeil. „Sieht ein bisschen aus wie ein Grillspieß", sagte Lucy.

„Eher wie ein Dartpfeil, nur kleiner", meinte Edward.

Während die drei diskutierten, tauschten Henry und Casper Blicke. Henry deutete auf Caspers Arm. Dort, wo ihn der Pfeil gestreift hatte.

Doch Casper winkte ab. „Nichts passiert", sagte er und wandte sich an die anderen. „An dem Ding sind hinten ja gar keine Federn", sagte er.

„Pfropfen", nuschelte Arthur, kaute und schluckte einen Bissen Wurstbrot runter, bevor er weiterredete. „Unsere Angreifer müssen mit Blasrohren auf uns geschossen haben."

Henry nickte. „Haben sie. Habe ich genau gesehen."

„Die Pfropfen dienen dazu, den Schaft des Blasrohrs zu verschließen. So kann mit der Luft der Lunge ordentlich Druck aufgebaut und der Pfeil über fünfzig Meter weit geschossen werden. Das Blasrohr ist eine Waffe, die vornehmlich von den Ureinwohnern Südamerikas zur Jagd genutzt wird. Dort werden die Pfeilspitzen in der Tat oft vergiftet. Mit einem Sekret von Pfeilgiftfröschen oder auch mit Curare. Das ist eine Substanz, die aus Brechnuss oder Mondscheingewächsen gewonnen wird." Die Farbe kehrte in Arthurs Wangen zurück. Sobald er etwas erklären durfte, wurde er wieder munter. „Packt das Ding gut weg. Wir geben es nachher Mistress Leonella. Sie soll es mal untersuchen."

Henry kletterte zu Master Duncan ins Cockpit und ließ sich neben ihm auf dem Co-Pilotensitz nieder. Er deutete auf dessen Bein. „Spüren Sie denn was?", fragte er besorgt, doch Master Duncan schüttelte den Kopf.

„Juckt ein bisschen. Ansonsten ist alles gut. Erst mal bring ich uns nach Sieben Feuer. Dann kommt ein bisschen Whiskey auf den Einstich und ein bisschen mehr in meinen Hals, und morgen bin ich wieder der Alte." Er zwinkerte Henry zu.

„Meinen Sie, Lady Blackstone steckt hinter dem Angriff?"

Master Duncan nickte grimmig. „Wer sonst? Ich frage mich nur, woher sie wusste, wann und wo wir uns treffen würden ..."

Master Duncan flog sie durch eine Gewitterfront an der goldenen Grenze, die sich gewaschen hatte. Die Queen Mary fiel metertief in mehrere Luftlöcher, ächzte und jaulte, während sie wieder an Höhe gewann, um dann in das nächste Luftloch zu fallen. Blass und teilweise grünlich um die Nasen, hatten sie das Unwetter irgendwann hinter sich gelassen und die goldene Grenze überwunden. Und als Sieben Feuer unter ihnen auftauchte, verebbte die Diskussion über die Gestalten mit den Flammenmasken, und sie klebten alle mit ihren Nasen an den Scheiben des Flugzeugs.

„Da unten ist Wellentänzerin! Zwischen den Felsen in der Drachenzahnbucht!“, rief Lucy aufgeregt.

Und auch Henry meinte, sowohl Happy als auch Phönix entdeckt zu haben. Zumindest zogen ein großer roter und ein etwas kleinerer oranger Drache ihre Kreise über dem gähnenden Abgrund. Und als die Drachen wiederum die Queen Mary entdeckten, drehte der kleinere von ihnen bei, um Richtung Anlegesteg zu fliegen. Der größere hingegen verkroch sich in einer der Höhlen an der Steilklippe.

Und nur einen Augenblick später echote eine Stimme durch Henrys Geist. *Endlich, du bist zurück!* Henrys Herz wurde warm, und ein Lächeln breitete sich auf seinem Gesicht aus.

„Es ist doch gar nicht so viel Zeit vergangen, seit wir uns das letzte Mal gesehen haben."

Wie bitte?, empörte sich Phönix. *Mag sein, dass du nach deinem Abenteuer in diesem* King's Arms *kurz hier warst. Davor habe ich aber ein halbes Jahr lang gedacht, dass wir uns nie wiedersehen würden. Geschweige denn, das Band zueinander knüpfen.*

„Ich weiß", sagte Henry.

Jeder Tag, den wir nicht beieinander sind, ist ein verlorener Tag, ließ Phönix ihn wissen. *Auch wenn ich natürlich verstehe, dass du zu deinem Muttertier wolltest.*

Henry lächelte. Was seine Mum wohl denken würde, wenn sie wüsste, dass jemand sie als Muttertier bezeichnete?

Aber Phönix hatte natürlich recht. Nachdem Henry seine Goldzungenfähigkeit zurückerlangt hatte, hatte er zwar einen heimlichen Besuch auf Sieben Feuer unternommen, um Phönix wiederzusehen. Doch dann war er zu seiner Mutter gefahren, um die letzten beiden Wochen der Sommerferien bei ihr zu verbringen.

Und? Glaubst du, wir werden dieses Jahr endlich mal ein ganz normales Schuljahr erleben?

Henry seufzte und schüttelte den Kopf. Dann ließ er seinen Drachen an seinen Erinnerungen teilhaben und zeigte ihm die Bilder vom Angriff der Flammenmasken.

Das erzählst du mir erst jetzt? Geht es dir gut?, fragte Phönix aufgeregt.

„Ja, nur Master Duncan ist getroffen worden. Gleich nach der Landung geht er zu Mistress Leonella, um überprüfen zu lassen, ob der Pfeil vergiftet war."

Phönix ächzte. *Ihr Menschen! Ihr seid schwieriger zu hüten als ein Sack Läuse.*

„Flöhe", korrigierte Henry seinen Freund automatisch. „Kommst du mich am Anlegesteg abholen? Ich würde gerne eine Runde mit dir drehen und Happy besuchen."

Wird gemacht, antwortete Phönix. *Obwohl ich die starke Vermutung habe, dass Happy die Sommerferien mal wieder viel zu schnell vorbeigegangen sind und er gerne noch ein bisschen Ruhe vor dir und deinen Artgenossen gehabt hätte.*

„Da hat er Pech gehabt. Ich würde ihn gerne zu den Typen befragen, die uns angegriffen haben. Vielleicht weiß er etwas über diese schwarzen Flammenmasken, die sie getragen haben. Also bis gleich am Steg." Henry kappte das Band.

Phönix war nicht der einzige Drache, der sie bei ihrer Landung erwartete. Sie waren alle gekommen, um ihre Reiter zu begrüßen.

Königsherz und Königsblut, die beiden kaukasischen Vierhörner, schwarz wie die Nacht und lediglich durch die Farbe ihrer Hörner voneinander zu unterscheiden, standen dicht gedrängt auf dem Steg.

Hinter ihnen reckte Tausendschön den Hals in den Himmel. Das Schuppenkleid von Chloés Maskara-Drachendame leuchtete in den unterschiedlichsten Farben. Pyrothargas, Arthurs Mönchshaube, stand in sicherer Entfernung am Ufer. Gegen die sprühende Gischt der Wellen, die ans Ufer brandeten, hatte er seine Halskrause wie einen Regenschirm aufgespannt. Noch weiter dahinter stand Arundula, Caspers Blattfingerdame, die nach Jahrzehnten auf dem Grund des Arundelsees mindestens genauso wasserscheu war wie die Mönchshaube. Ganz anders als Wellentänzerin, die Aquamarin-Drachendame, die anmutig durchs Wasser glitt, um Lucy in Empfang zu nehmen.

Lucy war kurz davor, sich ebenfalls in die Wellen zu stürzen, als sie innehielt. „Können wir Sie allein lassen?“, fragte sie zögerlich.

Master Duncan stand etwas steifbeinig auf der Kufe der Queen Mary und war dabei, das Wasserflugzeug am Steg zu vertäuen. Ungehalten brummte er etwas von Taxi-Unternehmen McBain, scheuchte sie dann aber fort wie lästige Fliegen. „Seht zu, dass ihr nichts in der Queen Mary liegen lasst. Ich statte Mistress Leonella einen kurzen Besuch ab, muss dann aber wieder zurück nach London, die anderen Jahrgänge einsammeln. Wir müssen einen neuen Treffpunkt ausmachen. Nicht dass uns diese seltsamen Gestalten mit den Blasrohren wieder in die Quere kommen.“

„Aber was, wenn die Pfeile wirklich vergiftet waren? Dann müssen Sie sich schonen. Kann nicht jemand anderes die Queen Mary fliegen?“, fragte Chloé besorgt.

Master Duncan kratzte sich mit dem kleinen Finger unter der Augenklappe und überlegte. „Ich glaube, Rudge Bleaker hat einen Pilotenschein“, murrte er. „Aber wenn es nicht unbedingt sein muss, gebe ich die Queen Mary nicht aus der Hand.“

„Rudge Bleaker? Ist der etwa noch da?“, fragte Timothy erstaunt. „Ich dachte, Sie würden wieder unseren Unterricht übernehmen.“

Master Duncan grinste. „Ach, auf einmal so anhänglich, O'Sullivan?“

Timothy hob die Schultern. „Wenn ich zwischen Pest und Cholera wählen muss, dann doch lieber Cholera."

„Verschwindet endlich!", polterte Master Duncan, während er Timothy seinen Schlapphut hinterherwarf.

Das ließen sie sich nicht zweimal sagen. Lucy hüpfte ins Wasser, und die anderen rannten den Steg hinunter Richtung Ufer, ihren Drachen entgegen.

Als Henry aus dem Flugzeug trat, knüpfte er erneut das Band zu Phönix. „Fängst du mich?", fragte er und wartete die Antwort gar nicht erst ab. Er rannte nicht zum Ufer, sondern zum anderen Ende des Bootsstegs Richtung Meer. Dann drückte er sich kraftvoll ab und riss die Arme in die Luft. Als die Sohlen seiner Füße den Wellenkamm berührten und er schon dachte, dass sein Plan zu kühn gewesen war, spürte er, wie die Krallen seines Freundes nach ihm griffen und ihn in die Luft zogen.

Du machst mich vollständig.

„Fertig!", verbesserte Henry lachend.

Fertig? Womit?, fragte Phönix verwirrt.

„Es heißt *Du machst mich fertig*. Und nicht: *Du machst mich vollständig.*"

Eure Sprache macht mich fertig, erwiderte Phönix. *Aber nur mit dir fühle ich mich vollständig*, fügte er nach einigen Flügelschlägen klug hinzu.

Henry umarmte Phönix mit seinem Band. „Langsam hast du den Dreh raus. Und mir geht es genauso. Nur mit dir an meiner Seite fühle ich mich komplett."

So viele Wörter, gluckste Phönix, während er an Höhe gewann und die Queen Mary klein wie ein Spielzeugflugzeug wurde.

Henry hangelte sich den Hinterlauf seines Drachen hinauf, zog sich eine Schuppe nach der anderen hoch, bis er schließlich hinter der dreizehnten Zacke im Rückenkamm seines Freundes zum Sitzen kam.

„Und jetzt will ich fliegen!", rief er ausgelassen. „Zeig mir, was du kannst."

Phönix breitete seine Schwingen aus und schoss über die Insel der Sieben Feuer hinweg. Sie flogen einen weiten Bogen über die wehklagende Aue und drehten eine Runde um das Krähennest der Wolkenburg. Henry spürte den eisigen Wind auf seinem Gesicht, er roch das Meer und den Rauch, der aus den Schornsteinen der Burg stieg. Er atmete tief ein und spürte, dass er wieder zu Hause war. Zurück auf Sieben Feuer.

Er schloss die Augen und breitete seine Arme aus. Sie jagten durch die Höllentalklamm, um zum Haupt des Riesen und zum gähnenden Abgrund zu kommen. Nach einer weiteren Runde über der Drachenzahnbucht, bei der sie Lucy zuwinkten, die unter ihnen auf dem Rücken von Wellentänzerin durchs Wasser pflügte, flogen sie schließlich auf den Eingang von Happys Höhle zu. Wie alle anderen Höhlen war auch sie in die Steilklippe unterhalb des gähnenden Abgrunds gegraben worden. Mit ihren vielen Löchern erinnerte die fast senkrecht abfallende sandfarbene Wand ein bisschen an einen riesigen Schweizer Käse.

Phönix schoss in seine und Happys Höhle und schrammte dabei haarscharf an den felsigen Wänden entlang. Bald würde er so groß sein, dass er nicht mehr einfach so würde hineinfliegen können. Mit seinem Körper versperrte er fast den gesamten Höhleneingang, sodass es in der ohnehin düsteren Höhle finster wurde wie in einer Neumondnacht.

Henry glitt vorsichtig von Phönix' Rücken und tastete in der Dunkelheit erst mal mit seinem Band nach dem alten Teufelsgrind. Er fand den Geist des griesgrämigen Drachen und stupste ihn vorsichtig an. Nichts geschah. Henry stupste fester. Der Geist des Drachen wirkte vor Henrys innerem Auge genauso riesig wie dessen Körper. Ein Gebirge. Starr und steinern.

Henry konzentrierte sich und rumpelte im Geiste so heftig gegen den alten Drachen, dass es eine mentale Steinlawine auslöste. Fluchend erwachte Happy und überrollte Henry mit Flüchen und Beschimpfungen, die so wüst, aber auch so abwegig waren, dass Henry sich nicht entscheiden konnte, ob er sich aufregen oder lachen sollte. Also wartete er einfach ab. Und irgendwann hörte das Gepolter auf.

Hörst du mir eigentlich zu?, erkundigte sich der alte Drache krächzend.

„Nach *hohlköpfiger, halunkiger Hanswurst, der sich wie ein tölpelhafter, trampeliger Taugenichts aufführt,* habe ich ehrlich gesagt auf Durchzug gestellt", antwortete Henry.

Unverschämtheit! Diese Ignoranz, diese Respektlosigkeit vor einem höheren und wesentlich älteren Wesen. Du solltest jedes meiner Worte aufsaugen wie ein trockener Schwamm, wie die Wurzeln eines Baumes nach der Dürre, wie ein Kamel, das nach einer Wüstendurchquerung das rettende Wasserloch erreicht.

„Aber deswegen bin ich doch hier", schmeichelte Henry ihm. „Um an deinem unermesslichen Erfahrungsschatz, an deinem messerscharfen Verstand, an deinem schier grenzenlosen Wissen teilzuhaben."

Wirklich?, fragte der alte Drache verdattert.

Henry versuchte das Lachen, das langsam seinen Hals hinaufkroch, zu unterdrücken. Er ging tiefer in die Höhle hinein. Seine Augen hatten sich inzwischen an die Dunkelheit gewöhnt, und er erkannte Happys massigen Körper, der im hinteren Teil auf einem Nest aus Stroh ruhte.

Phönix tapste hinter ihm zur Feuerstelle der Höhle und entzündete einige alte Torfbrocken, indem er sie mit seinem Feueratem anhauchte. Rauchfahnen kräuselten sich über blauen Flammen und wurden vom Wind aus der Höhle getragen. Die Flammen zuckten höher und färbten sich orange. Sie warfen tanzende Schatten an die Wände und spiegelten sich in den Schuppen der beiden Drachen. Wärme machte sich breit. Und ein schwerer Geruch, salzig, erdig und ein bisschen sauer.

Henry schloss die Augen und sog ihn gierig ein. So roch Sieben Feuer! Wohlig und nach Abenteuer.

Als er sie wieder öffnete, staunte er überwältigt.

„Wow", hauchte er. „Das Feuer, das sich in euren Schuppen spiegelt ... Ihr beide funkelt wie riesige Rubine."

Recht so, erwiderte der alte Teufelsgrind besänftigt. *Stell deine Frage, Zwerg. Es ist ja nicht verwunderlich, dass in so einem kleinen und mickrigen Körper wie deinem auch nur ein beschränkter, winziger Geist wohnen kann,* sagte er gnädig. *Wahrscheinlich ist ein Gespräch von Drache zu Mensch so zu bewerten wie das Gespräch eines Menschen mit einem Regenwurm,* überlegte er weiter.

Henry erwiderte nichts und ließ den alten Teufelsgrind stattdessen an seinen Erinnerungen teilhaben. Er zeigte ihm den Angriff, der auf sie stattgefunden hatte. Als er zu dem Bild der drei Angreifer kam, die ihnen vom Steg aus hinterherschauten, fror er das Bild der Masken ein, durch die die Fremden ihnen hinterhergestarrt hatten. Ausdruckslose, feuerrote Gesichter, über die eine schwarze Flamme zuckte.

„Kennst du dieses Zeichen?"

Ein düsteres Schweigen legte sich über die Höhle. So lange, dass Henry schon glaubte, Happy hätte das Band zu ihm gekappt. Schließlich echote die Stimme des alten Teufelsgrinds doch noch durch seinen Geist. *Die Loge der Schwarzen Flamme,* ließ er Henry wissen.

Henry hatte keine Ahnung, was der Begriff zu bedeuten hatte, aber Happys Grabesstimme ließ ihn Böses ahnen.

Die Loge der Schwarzen Flamme, wiederholte Happy und machte eine dramatische Pause. *Während der Drachenkriege, also noch lange bevor Sieben Feuer gegründet wurde, gab es unter den Drachenreitern eine Einheit, die sich die Schwarze Flamme nannte. Rücksichtslose Draufgänger, die sich tollkühn und leichtsinnig in noch so aussichtslose Kämpfe stürzten. In jeder Schlacht riskierten sie nicht nur ihr eigenes Leben, sondern auch das ihrer Drachen und ihrer Einheiten. Die Reiter stammten eigentlich aus unterschiedlichen Clans. Doch sie übermalten die Wappen auf ihren Schilden mit der schwarzen Flamme und stellten ihren Leitspruch über den Wahlspruch ihrer Clans.*

„Und der lautete wie?“, wollte Henry wissen.

Mut lebt ewig, antwortete Happy und hielt inne, bevor er erneut das Band zu Henry knüpfte. *Ich spüre doch, dass du die Schwarze Flamme für diesen Spruch insgeheim bewunderst, Zwerg!*

„Mut ist doch was Gutes“, entgegnete Henry.

Nur wenn er richtig eingesetzt wird. Zu viel davon kann blind, rücksichtslos und grausam machen. Manchmal fehlt euch Menschen einfach das richtige Maß. Die Schwarze Flamme gewann zwar viele Schlachten, fuhr der Teufelsgrind fort und seufzte, *doch sie verloren noch mehr Männer. Größtenteils Fußsoldaten, die nicht das Privileg genossen, auf dem breiten Rücken eines mächtigen Freundes zu reiten, der sie notfalls durch die Lüfte davontragen konnte.*

Ertappt erinnerte sich Henry an die vielen Male, die ihn Happy, Phönix, Master Duncan, Lucy oder erst heute Morgen Casper aus brenzligen Situationen gerettet hatten. Nicht selten hatten sie sich dabei selbst in Gefahr gebracht.

„Aber warum sind diese schwarzen Flammen-Krieger jetzt zurückgekehrt?“, fragte Henry.

Happy seufzte schwer. *Lady Blackstone wird sie aus der Mottenkiste hervorgezerrt haben,* mutmaßte er. *Ich schätze, dass sie ihre Gefolgschaft vergrößern will. Sie braucht Anhänger, die ihr blind folgen.*

Der alte Teufelsgrind durchbohrte Henry mit einem Blick aus seinen grün funkelnden Augen.

Und die Loge der Schwarzen Flamme übt unbestreitbar auf gewisse Menschen eine große Faszination aus.

Henry zog ertappt den Kopf zwischen die Schultern.

Die Schwanzspitze des Teufelsgrinds zuckte hin und her, als er sich zu seiner vollen Größe aufsetzte. Fast stieß sein Horn an die Höhlendecke. *Nehmt euch in Acht, Drachenreiter,* warnte er. *Ich spüre es in meinen alten Knochen. Was wir bisher mit der alten Hexe erlebt haben, war nur der Anfang. Sie ist dabei, sich von Neuem zu erheben. Und sie wird immer mächtiger.*

Bedrückt flogen Phönix und Henry zurück zur Wolkenburg. Henry hatte Phönix erzählt, was Happy ihm berichtet hatte.

Sie landeten im Innenhof der Wolkenburg, und Arthur winkte Henry aus einem der schmalen Fenster des Turms zu, in dem sich ihre Schlafräume befanden. Henry erinnerte sich noch gut an die Nacht, in der sie zum ersten Mal auf Sieben Feuer angekommen waren. Sie hatten im Dunkeln die Außentreppe, die sich um den Turm wand, hinaufsteigen müssen, und Arthur war damals vor lauter Angst tausend Tode gestorben.

Henry legte seine Hand zwischen Phönix' Nüstern und versprach seinem Drachen, dass er später am Abend nochmals das Band zu ihm knüpfen würde. Als er den Innenhof durchquerte, öffnete sich die hohe Flügeltür zum Hauptgebäude der Burg, und Master Finley und Mistress Dora traten heraus.

Als sie Henry erblickten, stutzten sie kurz und kamen dann auf ihn zugeeilt. Während Master Finley in seinem weißen Leinengewand und mit hektisch wedelnden Armen an einen aufgeplusterten Schwan erinnerte, sah Mistress Dora in ihrem

Waffenrock und dem Wams aus wie eine Gladiatorin. Ihre Arme waren rußgeschwärzt. Wahrscheinlich hatte sie mal wieder den ganzen Tag in ihrer Schmiede verbracht.

Als die beiden ihn erreichten, umschloss Master Finleys bratpfannengroße Hand sanft seine Schulter, und der Lehrer strahlte heller als ein Goldschatz in der Sonne. Gleichzeitig war er so ergriffen, dass er kein Wort herausbrachte.

Mistress Dora schüttelte Henry so kräftig die Hand, dass es sich anfühlte, als würde sie ihm jeden Moment den Arm abreißen oder die Finger zerquetschen.

„Du weißt gar nicht, wie sehr wir uns freuen, dass du wieder bei uns bist!", rief sie.

Es war das erste Mal, dass sie Henry nach dem Tribunal wiedersahen.

„Eine himmelschreiende Ungerechtigkeit war das, als der Rat dich letztes Jahr rausgeworfen hat! Aber denen hast du es gezeigt!", dröhnte Mistress Dora.

Master Finley nickte zustimmend. „Sir Henry. Einfach bewundernswert. Du weißt, wie sehr ich Gold mag. Da kannst du dir ausmalen, wie betrübt ich war, als du, unser Goldjunge, der Wolkenburg verwiesen wurdest." Er schüttelte seinen blank polierten Glatzkopf. „Eine Schande! Umso beeindruckender, dass du trotz des Safts des Vergessens den Weg zu uns zurückgefunden hast."

„Der Junge klebt an seinem Drachen wie ein alter Kaugummi", lachte Mistress Dora. „Und diese besondere Verbindung zu dem alten Teufelsgrind ...“ Sie klatschte in die Hände. „Wie Pech und Schwefel, einfach unzertrennlich die beiden!“

Henry kratzte sich peinlich berührt am Kopf. „Na ja“, wiegelte er ab. „Zumindest was Happy angeht, glaube ich nicht, dass er das genauso sieht.“

Mistress Dora schniefte geräuschvoll und wischte sich mit dem Handrücken unter der Nase lang. Dafür erntete sie einen pikierten Blick von Master Finley, den sie jedoch nicht bemerkte. „Sei’s drum. Die Hauptsache ist, dass du wieder da bist.“

„Herzlich willkommen zurück, Sir Henry!“, pflichtete Master Finley ihr bei. „Alle freuen sich, dass du wieder bei uns bist.“

Henry hatte eine Bewegung hinter einem der Burgfenster wahrgenommen. Stewart Todd senior hatte sie beobachtet und dann brüsk den Vorhang vor das Fenster gezogen.

„Da bin ich mir nicht so sicher“, murmelte er. Als Mistress Dora und Master Finley ihn fragend anschauten, schüttelte er nur den Kopf und wechselte das Thema. „Haben Sie von dem Angriff auf uns gehört, und wissen Sie, wie es Master Duncan geht?“

Master Finley nickte, und das Strahlen verschwand aus seinem Gesicht. „Irgendetwas an der Wunde an Duncans Oberschenkel ist wohl seltsam. Um den Einstich herum ist die Haut ganz grau und hart geworden.“

„Sie heilt halt schnell“, sagte Mistress Dora achselzuckend. „Du kennst die McBains. Nichts für ungut Henry, aber die Leute von eurem Clan sind doch wie Unkraut.“

Master Finley schüttelte den Kopf. „Mistress Leonella meinte, dass es sich dabei nicht um den klassischen Heilungsprozess handelt, sondern eher um eine Sepsis."

„Eine was?", fragte Henry.

„Eine Blutvergiftung. Leonella untersucht gerade die Spitze des Pfeils, den ihr mitgebracht habt. Er muss in irgendeine höchst widerwärtige Flüssigkeit getaucht worden sein."

„Und Master Duncan?", fragte Henry alarmiert.

Mistress Dora winkte ab. „Der sitzt längst wieder in der Queen Mary, um den nächsten Jahrgang einzusammeln."

„Mistress Leonella hat ihm einige Tropfen des traurigen Elixiers auf die Wunde geträufelt. Das hat wohl vorerst geholfen", ergänzte Master Finley.

„Ich sag's ja. Wie Unkraut, die McBains." Mistress Dora zwinkerte Henry zu. „Und bevor wir es vergessen, es gibt eine kleine Planänderung. Das große Galadinner, um den neuen Jahrgang willkommen zu heißen, findet erst morgen Abend statt. Da wir einen alternativen Treffpunkt in London ausmachen mussten, schafft Master Duncan es nur noch, den dritten Jahrgang einzusammeln. Die Reiter des zweiten und des neuen Jahrgangs stoßen erst morgen zu uns."

„Heute Abend gibt es also nur belegte Brote", sagte Master Finley betrübt.

Henry verkniff sich ein Grinsen. Er vermutete, dass Master Finley diese Tatsache selbst am meisten bedauerte. Doch da hatte er sich geirrt.

„Kein Galadinner?“, fragte Arthur entrüstet. „100% negativ.“

Auch Timothy, der gerade dabei war, sein Zeug in die kleine Kommode neben seinem Bett zu stopfen, hielt inne. „Alter! Ich habe ein schwarzes Loch im Bauch, das nach Materie verlangt.“

Henry ließ sich auf das einzige noch freie Bett fallen, das zwischen Timothys und Caspers Lager stand. Es ächzte bedenklich, und eine kleine Staubwolke tanzte im Lichtstrahl, der durch eines der winzigen Fenster in ihr neues Schlafzimmer fiel. „Beschwert euch nicht bei mir! War schließlich nicht meine Idee.“

Casper, der gerade dabei war, seine Straßenklamotten gegen die Drachenballuniform zu tauschen, war mit seinem Kopf im Leinenhemd stecken geblieben. Henry setzte sich auf und griff nach einem der Hemdärmel, die sich verdreht hatten, um ihm zu helfen.

Casper zuckte erschrocken zurück und purzelte dabei von seinem Bett. Als er sich aufrappelte, hatte er es immerhin mit dem Kopf durch die Hemdöffnung geschafft. „Das kriege ich schon allein hin!“, fuhr er Henry wütend an und versteckte dabei seinen Arm hinter dem Rücken.

Henry stutzte und wollte Casper auf seinen Arm ansprechen, doch Timothy lenkte ihn ab.

„Sollte Casper es nicht mal schaffen, sich allein anzuziehen, frage ich mich, wie er dieses Jahr die Prüfungen bestehen soll. Hab gehört, dass das vierte Jahr das härteste sein soll“, witzelte Timothy.

Edward stand am Kamin und versuchte, einige Torfstücke zu entzünden. Er tat sich damit wesentlich schwerer, als einer ihrer Drachen es getan hätte. Doch schließlich begann der Torf erst zu rauchen, und dann endlich züngelten die ersten Flammen. Zufrieden wärmte Edward seine klammen Hände über dem Feuer. „Ich habe mit einer Reiterin aus dem sechsten Jahrgang gesprochen. Sie hat mir gesagt, dass die goldene Kompanie unter der Führung von Master Rudge weiterhin die goldene Grenze beschützen soll."

Timothy seufzte erleichtert auf. „Deshalb ist der alte Schleifer noch hier. Ich hatte schon befürchtet, dass er weiterhin Master Duncan vertreten wird."

Edward ließ sich in einen der Sessel neben dem Feuer fallen und suchte Henrys Blick. „Stewart Todd senior ist wohl auch noch hier. Es geht das Gerücht um, dass er so lange bleiben will, bis Lady Blackstone endgültig besiegt ist."

„100% negativ", stöhnte Arthur. Seitdem er Henry beim Tribunal gegen Stewart Todds Anklage vertreten hatte, konnte Arthur den Vorsitzenden des Rats nicht leiden.

„Es gibt wohl leider auch noch einige Stimmen, die nicht gerade glücklich darüber sind, dass du wieder zurückgekehrt bist, Henry", fuhr Edward fort.

„Ach", entgegnete Henry wenig erstaunt. „Warum wundert mich das nicht? Ich habe das Gefühl, dass Goldzungen auf Sieben Feuer ungefähr so beliebt sind wie Hexen im Mittelalter."

Es klopfte an die Tür, und ohne dass einer von ihnen die Chance gehabt hätte, „Herein!" zu rufen, wurde sie aufgerissen, und Lucy stürmte ins Zimmer. Hinter ihr betraten Chloé und dann Violet den Raum.

„Violet!", rief Timothy vergnügt. „So ein Zufall! Wir haben gerade von dir gesprochen." Violet kniff die Augen zusammen und starrte Timothy verständnislos an. „Henry hat gerade von ungeliebten Hexen geredet. Da dachte ich, du ..."

Doch weiter kam er nicht, denn Lucy und Violet funkelten ihn beide so wütend an, dass Timothy spontan beschloss, lieber den Mund zu halten.

„Jetzt mach schon, Timothy, und zieh dir deine Stiefel an. Ich habe Hunger", drängte Lucy.

„Sagt ausgerechnet das Mädchen, das immer barfuß unterwegs ist", moserte er zurück, gehorchte aber. „Das Galadinner fällt übrigens aus", fügte er gehässig hinzu.

„Wissen wir längst", entgegnete Lucy.

Timothy blies die Backen auf und schüttelte den Kopf. „Nicht mein Tag", murmelte er.

Während sie gemeinsam den Turm hinabstiegen und den Innenhof durchquerten, erzählte Henry ihnen, was Happy über die Schwarzen Flammen und die Master über die vergifteten Pfeile berichtet hatten.

„Und was genau ist mit Master Duncans Wunde passiert?", wollte Casper wissen.

Henry hob die Schultern. „Um den Einstich herum ist die

Haut wohl hart und grau geworden. Aber mit dem traurigen Elixier scheint Mistress Leonella es in den Griff bekommen zu haben."

Casper rieb sich gedankenverloren über seinen Arm, doch bevor Henry ihn danach fragen konnte, wandte Lucy sich an ihn.

„Heute Nacht ist Vollmond." Sie sah ihn erwartungsvoll an.

„O-kay?", sagte Henry gedehnt.

Sie boxte ihm auf die Schulter. „Hallo? Hast du es etwa vergessen? Um Mitternacht findet wieder das Mondscheinspringen am Seerosenteich statt. Du kommst doch bestimmt auch. Ich habe mir für dieses Jahr fest vorgenommen, einen dreifachen Salto zu schaffen."

„Klar komme ich", sagte Henry, der sich ehrlich freute. Er liebte es, sich am Ufer des Teichs an Phönix' Brust zu lehnen und seiner Freundin dabei zuzuschauen, wie sie akrobatische Sprünge von der Schwanzspitze ihres Drachen vollführte.

„Negativ", riss Arthur ihn aus seinen Gedanken. „Ich schlage vor, dass wir so viele belegte Brote, wie wir tragen können, in die Bibliothek schmuggeln und dann anfangen zu recherchieren." Er baute sich vor der Tür zur großen Halle auf und breitete die Arme aus, sodass keiner seiner Freunde an ihm vorbeikam. „Ich habe nachgedacht."

„Das ist ja mal ganz was Neues", murmelte Timothy.

Doch Arthur ließ sich nicht beirren. „Lady Blackstone hat zwei Blattfingerdrachen in ihrer Gewalt. Außerdem ist sie im

Besitz eines Teufelsjochs, mit dem sie die Drachen gefügig machen und ihnen ihren Willen aufzwingen kann. Trotzdem ist das definitiv zu wenig, um damit etwas gegen Sieben Feuer ausrichten zu können. Ich bin daher fest davon überzeugt, dass sie bereits auf der Suche nach den beiden noch verschollenen Blattfingern ist. Und dass sie einen Plan ausheckt, wie sie an den versteinerten Drachen kommt, den der Rat vom Grund des Arundelsees geborgen hat. Und was meint ihr? Hat der Rat der Alumni wohl schon etwas dagegen unternommen?"

Doch Arthur ließ die anderen gar nicht zu Wort kommen, sondern redete einfach weiter.

„95% negativ. So, wie ich diesen Stewart Todd senior kennengelernt habe, hockt der hier einfach auf der Burg und verschanzt sich. Und das bedeutet ..."

Jetzt hielt er inne und schaute seine Freunde erwartungsvoll an. Doch er blickte nur in fragende Gesichter, die stumm zurückstarrten.

„Kommt schon, Leute." Er ruderte mit den Armen. „Das bedeutet, dass wir die Sache selbst in die Hand nehmen müssen."

„So kenn ich dich ja gar nicht", sagte Edward erstaunt.

„Bisschen viel Heldenwasser getrunken, was?", witzelte Timothy, bevor Henry das Wort ergriff.

„Arthur hat recht", seufzte er, und Casper, Chloé und Violet nickten.

Lucy blickte auf die große Standuhr, deren Pendel lautlos und unermüdlich von links nach rechts schwang. „Von mir aus können wir bis kurz vor Mitternacht in der Bibliothek bleiben. Das sind über vier Stunden. Danach werde ich aber zum Seerosenteich fliegen."

„Deal!", sagte Arthur großzügig und machte den Weg in die große Halle frei.

Beim Abendessen in der großen Halle herrschte eine gedämpfte Stimmung. Nur die Hälfte der Kamine war eingeheizt worden, und auch von den Kronleuchtern unter der Decke brannten gerade so viele Kerzen, dass sich ein schummriges Licht in der Halle breitmachte. Zu düster, um die Ölgemälde der Drachenreiter an den Wänden zu erkennen.

Ein Großteil der Tische war leer. Nur die Tafel der Master und die Tische des siebten und des dritten Jahrgangs waren teilweise besetzt.

Henry und seine Freunde trotteten zur Essensausgabe. Wenigstens gab es mehr als genug belegte Brote. Auf drei silbernen Tabletts stapelten sich daumendicke Käse- und Wurstbrote übereinander. Während sie sich mit Proviant eindeckten, spähte Henry zu den Mastern hinüber. Mistress Leonella war in ein Gespräch mit Master Nicolas vertieft, und Rudge Bleaker kaute schweigsam vor sich hin, den Blick eisern geradeaus gerichtet.

Stewart Todd senior aber hob den Kopf, als ob er Henry gewittert hätte, und starrte ihm direkt in die Augen. Henry versuchte es mit einem zaghaften Nicken. Doch der Mann starrte einfach weiter, ohne erkennen zu lassen, ob er Henrys Friedensangebot bemerkt hatte. Als hinter ihnen erneut die Tür aufging und einige Männer der goldenen Kompanie in die große Halle kamen, wandte der Vorsitzende des Rats endlich den Blick von Henry ab und winkte die Männer zu sich.

Henry packte sich wahllos drei Brote, stopfte sie in seine Tasche und verließ, so schnell er konnte, die Halle. Am Treppenabgang zur Bibliothek wartete er auf die anderen.

„Du hast es aber eilig, in die Bibliothek zu kommen“, sagte Lucy, als sie zu ihm stieß. „So kenn ich dich ja gar nicht.“

Henry zuckte mit den Schultern. „Dieser Stewart Todd senior hat mich die ganze Zeit so seltsam angestarrt. Ich will keine Minute länger als nötig mit dem Typen in einem Raum verbringen.“

Die anderen gesellten sich zu ihnen.

„Gut, dass Master Nicolas in der großen Halle und nicht in der Bibliothek ist“, stellte Arthur fest. „Das macht uns das Reinschmuggeln der Brote leichter. Und gleich gibt es dann noch geistige Nahrung.“ Er rieb sich die Hände. „Schöner kann das vierte Jahr auf Sieben Feuer doch nicht beginnen.“

Arthur ignorierte die zweifelnden Blicke seiner Freunde und eilte die Treppe hinab – seinen Freunden aus Papier entgegen, dem stummen Gedächtnis von Sieben Feuer.

Es schien, als wären sie die einzigen Besucher in der Bibliothek. Sie liefen durch das runde Gewölbe, vorbei an den Statuen der

Drachen und ihrer Reiter, auf deren Schultern die sieben Galerien der Bibliothek ruhten. In den Fackeln, die die Reiter in den Händen hielten, brannte kaltes Feuer, und die Flammen warfen unheimliche Schatten an die Wände. Doch das kümmerte Henry und seine Freunde nicht weiter. Zielstrebig liefen sie durch das Gewölbe, während ihre Schritte auf dem steinernen Boden widerhallten.

Sie folgten Arthur die ausgetretenen Stufen hinauf bis zur vierten Etage, wo sich ihr Hauptquartier befand: eine Leseinsel bestehend aus zwei durchgesessenen Sofas, mehreren Sesseln, einem Tisch und einem Standglobus, der sich in seiner Messingaufhängung hin und her drehen ließ und der auf Henry eine unerklärliche Faszination ausübte.

„Nein, Henry. Lass die Finger von dem Ding!“, warnte Timothy ihn. „Das Gequietsche nervt.“

„Okay“, murmelte Henry enttäuscht und ließ sich auf eines der Sofas fallen. Lucy tat es ihm gleich, legte ihre Beine über seinen Schoß und wackelte mit den Zehen.

Arthur hatte die Augen geschlossen und sog geräuschvoll die Luft ein. „Dieser Duft“, murmelte er. „Altes Papier, Staub, Hunderte Jahre alte Tinte, Leder und Leim. Das Parfum der Gelehrten.“

Chloé und Violet, die es sich auf dem anderen Sofa bequem gemacht hatten, fingen an zu kichern. „Falls du jemals ein Date mit einem Mädchen statt mit einem Buch hast, solltest du echt was anderes auflegen, Arthur“, riet Violet ihm.

Er öffnete die Augen, blinzelte zweimal und starrte sie verständnislos an.

„Leute, wir sind nicht hier, um rumzuhängen", sagte er. „Los, aufstehen!" Er verschränkte die Arme hinter dem Rücken und schritt wie ein Feldwebel vor ihnen auf und ab. „Chloé, du bleibst hier auf der Etage. Such bitte nach allem, was du zum Thema Drachenreiterausrüstung, Uniformen, Waffen und Schilde, Helme und Kettenhemden, Wappen und Tartans finden kannst. Vielleicht erfahren wir so noch mehr über die Schwarze Flamme. Am besten fängst du in der Sektion *Drachenreitermode im Wandel der Zeiten* an. Die müsste in den Regalen C bis F zu finden sein. Violet, du kommst mit mir. Wir werden uns die Bücher anschauen, die früher mal auf der siebten Etage gestanden haben. Ein Großteil ist verbrannt, doch einige Schätze konnten gerettet werden und befinden sich nun in Master Nicolas' Werkstatt. Wir müssen sehr, sehr vorsichtig vorgehen, da viele der Bücher arg beschädigt sind und zu Asche zerfallen könnten, wenn wir sie nur anhusten."

Arthur deutete auf Edward.

„Du gehst bitte auf die fünfte Galerie und suchst nach allem, was du über Aufzucht und Pflege von Drachen finden kannst. In Regal Q stehen auch die dunklen Bücher, in denen es darum geht, wie man Drachen bändigt, wie man ihren Willen bricht und wie man sie unterwirft. Ich bezweifle es zwar, aber vielleicht finden wir dort doch noch etwas über das Teufelsjoch, was ich übersehen habe."

Und so teilte Arthur jeden von ihnen für einen anderen Bereich ein.

„Wir sammeln alle Bücher, die auch nur im Entferntesten interessant sein könnten, hier in unserem Hauptquartier." Er deutete auf den Tisch zwischen den Sofas. „Je nachdem wie viele es sind, entscheiden wir dann, ob ich sie allein lese oder ob ihr mir dabei helfen müsst."

Und so begann der Abend. Sie schleppten einen Wälzer nach dem anderen herbei, und während Arthur noch mit Violet die Bücher in Master Nicolas' Werkstatt nach Wissenswertem überprüfte, wuchsen die Bücherberge auf dem Tisch und auf den Sofas immer höher.

„Hätte nicht gedacht, dass Bücher so schwer sind", stöhnte Casper, rieb sich seinen Arm und ließ sich auf dem dunklen Holzboden nieder, da alle anderen Sitzgelegenheiten mit Büchern vollgestapelt waren. Henry setzte sich neben ihn.

Die anderen waren noch unterwegs, und so nutzte Henry die Gelegenheit, Casper nach seinem Arm zu fragen.

Doch Casper winkte ab. „Alles in Ordnung."

„Als du mich am Hafen zur Seite gestoßen hast, hat dich da der Pfeil wirklich nicht gestreift?", bohrte Henry weiter nach.

Casper presste die Lippen aufeinander. „Komm schon, wir haben keine Geheimnisse voreinander", sagte Henry. „Das habe ich hier auf Sieben Feuer schon im ersten Jahr gelernt."

„Da war ich ja noch nicht hier", murrte Casper, der trotzdem seinen Hemdsärmel aufknöpfte. „Ist wirklich nur ein Kratzer."

Er schob den Ärmel hoch und hielt Henry seinen Arm unter die Nase. Es stimmte. Eigentlich war es nur ein Kratzer, doch die Haut an den Wundrändern hatte sich gräulich verfärbt.

„Los, geh mal näher ans Licht." Henry deutete auf eine der Fackeln, die in der Wand steckten. „Sieht irgendwie nicht normal aus", stellte er fest. Die Färbung der Haut erinnerte Henry an die verblassten Tätowierungen, die er schon mal auf den Unterarmen alter Seemänner gesehen hatte. Nur dass sie in Caspers Fall nicht eine Meerjungfrau oder einen Anker darstellten. Henry drückte mit dem Finger darauf. „Tut das weh?"

Casper grinste schief. „Nein, Dr. McGregor."

„Sehr witzig", sagte Henry. „Fühlt sich ganz kalt und hart an."

„Kalt und hart? Sprecht ihr gerade über Violets Herz?" Timothy tauchte schwankend zwischen zwei Bücherregalen auf und lud einen weiteren Stapel Bücher auf einem der Sessel ab.

„Casper hat am Hafen einen Streifschuss abbekommen. Von einem der vergifteten Pfeile."

„Es ist nichts", murrte Casper.

Timothy kam zu ihnen und beugte sich nun ebenfalls über den Arm. „Sieht ganz schön fies aus."

„Was sieht fies aus?", ertönte Lucys Stimme hinter ihnen. Sie hörten ihre nackten Füße auf den Boden patschen, als sie näher kam.

„Das darf doch nicht wahr sein!", stöhnte Casper.

Wenig später waren alle zurück und hatten ihre Köpfe über Caspers Arm zusammengesteckt.

„Ein Umschlag aus Liebstöckel, Mistel und Kamille könnte helfen“, sagte Lucy. „Wirkt zumindest entzündungshemmend. Geh morgen Früh am besten als Erstes zu Mistress Leonella.“

„Wie oft soll ich es denn noch sagen? Es ist nicht so wild“, brummte Casper.

Lucy schüttelte den Kopf. „Ich versteh euch einfach nicht.“ Sie bedachte sowohl Casper als auch Henry mit einem bösen Blick. „Was ist so schwer daran, um Hilfe zu bitten, wenn es einem nicht gut geht?“

„Hallo?!“, verteidigte sich Henry. „Erinnere dich bitte mal daran, wie oft ich schon bei Mistress Leonella auf der Krankenstation war.“

„Jetzt fällst du mir auch noch in den Rücken. Vielen Dank! Von wegen Blutsbruder ...“, murrte Casper und rollte seinen Ärmel wieder runter. „Ich gehe morgen Früh zu ihr. Versprochen. Es ist aber wirklich nicht der Rede wert. Der Arm fühlt sich nur ein bisschen steif und taub an.“

„Gut“, sagte Arthur, der bereits dabei war, die Bücherstapel zu sortieren. „Wenn das geklärt ist, können wir ja endlich anfangen.“ Er deutete auf drei große Stapel, die er an den Rand geräumt hatte. „Die kenne ich alle schon in- und auswendig. Da steht nichts drin, was uns weiterhelfen könnte. Die könnt ihr also wieder zurückbringen.“

Die anderen stöhnten auf, doch Arthur ignorierte sie.

Er deutete auf den höchsten Bücherberg. „Die nehme ich mir vor. Ich schätze, die sollte ich alle im Laufe dieses Abends schaffen." Er deutete auf sechs kleine Stapel, die aus nicht mehr als drei bis fünf Büchern bestanden. „Die sind für euch. Sollte auch machbar sein. Los geht's."

„Wonach suchen wir noch mal genau?", fragte Henry.

Arthur schüttelte fassungslos den Kopf. „100% negativ!" Er begann aufzuzählen. „Die vermissten Blattfinger, die Schwarze Flamme, alles, was uns dabei helfen könnte, Lady Blackstone auf die Schliche zu kommen?!"

Er deutete auf drei Bücher. Bei zwei davon handelte es sich um schmale Bändchen, und nur das dritte war etwas dicker.

„Ich weiß schon, warum ich dir den kleinsten Stapel zugeteilt habe."

„Hey!", versuchte Henry, sich zu verteidigen. „Was sollen wir denn hier noch über die verschollenen Blattfinger herausfinden? Wir wissen doch, dass sie alle in Arundel gestanden haben und bis auf Arundula und den Drachen, den jetzt der Rat hat, weggeschafft wurden, bevor das Tal geflutet und zu einem Stausee wurde."

„Immerhin", stellte Arthur erstaunt fest.

„Ein bisschen was hast du dir also doch gemerkt." Er drehte sich im Kreis und deutete auf die deckenhohen Regale, die zu Hunderten eng an eng standen und wiederum Tausende Bücher beherbergten. „Dieser Ort hier ist lebendig", erklärte Arthur. „Jeden Monat erreichen Master Nicolas unzählige neue Bücher, die von den Drachenaugen entdeckt wurden."

„Von welchen Drachenaugen?", fragte Edward, der sich seinen Stapel Bücher bereits geschnappt hatte und zu einem der kleinen Lesepulte trug.

„Drachenaugen!", rief Arthur und starrte schon wieder in fragende Gesichter. „Herrje! Wirklich keiner von euch weiß, wer die Drachenaugen sind?" Er nahm seine Brille ab und massierte seinen Nasenrücken. „Das sind ehemalige Drachenreiter, die es sich zur Aufgabe gemacht haben, die Welt nach alten und neuen Hinweisen über unsere Drachen zu durchsuchen. Erinnert ihr euch an Alan Knight? Ratsmitglied und Geschichtsprofessor in Oxford."

„Sicher", brummte Henry. „Der hat beim Tribunal gegen mich gestimmt."

Arthur nickte. „Da hat er wirklich Mist gebaut. Ansonsten ist er aber mein großes Vorbild. Er ist ein Drachenauge. Er durchforstet europaweit die Universitätsbibliotheken nach Informationen zu unseren Drachen. Zum Beispiel hat er ohne Zweifel nachgewiesen, dass der rote Drache auf der walisischen Flagge ein Teufelsgrind ist. Und er kann genau belegen, wie es dazu kam, dass der Drache die Flagge ziert."

„Cool“, sagte Henry wenig begeistert.

„Die Drachenaugen kümmern sich auch darum, falsche Fährten zu legen und Gerüchte zu streuen, wenn jemand der Wahrheit über Sieben Feuer und unsere Drachen zu nahe kommt. Außerdem ...“

Henry winkte ab. „Ich hab’s verstanden.“ Er griff sich seine drei Bücher. „Hinweise auf die verschollenen Blattfinger und die Schwarze Flamme. Kann ja nicht so schwer sein.“

„Versuch, um die Ecke zu denken. Manchmal maskieren sich die Hinweise“, rief Arthur ihm hinterher, als er zwischen den Bücherregalen verschwand, um sich ebenfalls ein Lesepult zu suchen.

„Maskierte Hinweise über verschollene und versteinerte Blattfinger, die sich hinter irgendwelchen Ecken verstecken ... na toll!“, murmelte Henry vor sich hin und schüttelte den Kopf.

Im hinteren Bereich der vierten Galerie fand er ein gemütliches Plätzchen vor einem Fenster, von dem aus er das Meer sehen konnte. Der Mond stand bereits am Himmel und beschien silbrig die Wellen, die sich an der Küste von Sieben Feuer brachen. Henry hing kurz seinen Gedanken nach, doch er rief sich selbst zur Ordnung und betrachtete die Bücher, die Arthur ihm zugeteilt hatte. Beim ersten handelte es sich um ein Liederbuch: *Melodien traditioneller Volkslieder über Drachen für Dudelsack und Harfe.* Henry blies die Backen auf. Lustlos schlug er es auf. Die Noten sagten ihm nichts, da er nie ein Instrument gelernt hatte. Also begann er die Strophen des ersten Liedes zu lesen.

Hört die Weise von Sir Eglamore.
Es kommt ein böser Drache darin vor.
Doch keine Furcht, seid bloß nicht bange,
denn Eglamore fackelt nicht lange.

Er haut und sticht und sticht und haut.
Doch der Drache lacht nur laut.
Seine Haut ist hart wie Stahl,
für Eglamore wird es zur Qual.

Er keucht und sticht und haut und keucht.
Ganz, ganz langsam es ihn deucht:
So kannst du leider nicht gewinnen,
wirst deinem Schicksal nicht entrinnen!

Wie andere Ritter schon zuvor
klopfst du gleich ans Himmelstor.
Immer schwerer wird sein Schild.
Und der Drache? Der wird wild,
speit nun Feuer auf den Ritter.
Für Eglamore wird's langsam bitter.
Ein Dudelsack ertönt ganz leise
und spielt eine Abschiedsweise.

Des Ritters Knappe hat sie angestimmt,
als seines Herren Zeit verrinnt.

Der Drache hält verwundert inne,
die Töne rauben seine Sinne.

Welch grässlich schiefe Melodie,
sie zwingt den Drachen in die Knie.
Spiel weiter, stöhnt Sir Eglamore,
spiel schlechter noch als je zuvor.

Und der Knappe holt tief Luft
und schickt den Drachen in die Gruft.

Henry seufzte schwer, nachdem er sich den Liedtext durchgelesen hatte. Wenn die Melodie und das Dudelsackspiel des Knappen genauso schlecht gewesen waren wie die Reime des Liedes, war es kein Wunder, dass der Drache gestorben war. Er blätterte weiter. Im nächsten Lied ging es um einen Ritter, der einen Drachen töten musste, bevor er um die Hand der Prinzessin anhalten durfte. Das dritte Lied erzählte von einem Drachen, der ein Dorf in Schutt und Asche gelegt hatte und am Ende – Überraschung! – von einem Ritter getötet wurde.

Henry legte das Buch zur Seite. Was würde Phönix wohl dazu sagen, wenn er erfuhr, dass er sich mit Liedern beschäftigte, in denen dauernd irgendwelche Drachen getötet wurden? Wenn Happy das mitbekam, dann würde es sicher bald ein Lied geben, in dem ein edler Drache einen hässlichen kleinen Zwerg zur Strecke bringt.

Henry griff nach dem zweiten schmalen Buch und konnte nicht fassen, was auf dem Einband stand: *Melodien traditioneller Volkslieder über Drachen für Dudelsack und Harfe, Band 2!*

Wütend ließ Henry das Büchlein sinken und verfluchte Arthur innerlich. Klar, er hatte von Anfang an keine große Lust gehabt, in der Bibliothek nach Hinweisen zu suchen. Und es stimmte, er war weder ein besonders schneller noch ein gründlicher Leser. Manchmal ertappte er sich dabei, dass er bereits in dem Moment, in dem er eine Seite umblätterte, schon nicht mehr die leiseste Ahnung hatte, was er gerade gelesen hatte. Aber zwei Liederbändchen? Dass Arthur ihn so offensichtlich für eine Fehlbesetzung hielt, was diese Aufgabe anging, war echt enttäuschend. Selbst Timothy hatte einen größeren Stapel Bücher zum Prüfen bekommen als er.

Schlecht gelaunt griff Henry sich das letzte Buch. Immerhin würde er um Mitternacht ohne ein schlechtes Gewissen zu Lucys Mitternachtsspringen gehen können!

Henry begutachtete das Buch. Wenigstens war es nach seiner Einschätzung ein richtiges Buch: ziemlich dick und mit einem steifen, ledernen Einband. Henry las den Titel: *Gräser – Faszinierende Pflanzen, vielfältig, leicht, grazil und für Drachen überaus bekömmlich.*

Henry runzelte die Stirn und drehte das Buch um. Auf der Rückseite stand ein kurzer Erklärungstext: *Sie halten den Schlüssel zur Gräserbestimmung in Ihren Händen. Mittels der Zeichnungen und Beschreibungen werden Sie mit Leichtigkeit über zweihundertfünfzig Grünland-, Rasen- und Heidegräser bestimmen können. Halten Sie sich fest: Das gilt sogar für den blütenlosen Zustand der Gräser! Und das Beste: Für jede Grassorte gibt es Geschmacksangaben. Ob süßlich oder sauer, scharf oder mild, salzig, pfeffrig oder bitter – für jeden Drachengeschmack ist was dabei.*

„Wow! Langweiliger geht es ja wohl nicht", murmelte Henry. Er blätterte vor bis zum Ende. Das Buch hatte über fünfhundert Seiten. Und auf einmal gefielen ihm die schmalen Liederbücher ganz gut. Als er wieder zum Anfang blätterte, fiel ein dünnes Heftchen aus dem Buch und landete unter Henrys Tisch. Irgendjemand musste es zwischen den Seiten des Buchs versteckt haben. Neugierig hob Henry es auf. Vom Format her war es nicht größer als eine Postkarte. *CBs geheime Gedanken* stand auf dem Einband.

Henry spürte ein leichtes Kribbeln in der Magengegend. Das klang spannend. Jedenfalls hundertmal spannender, als Gräser zu bestimmen. Er schlug das Heftchen auf. Jemand hatte die fleckigen und vom Alter vergilbten Seiten eng beschrieben. Und aufgrund der Schnörkel vermutete Henry, dass es sich um ein Mädchen gehandelt haben musste.

Heute habe ich eine interessante Entdeckung gemacht. So begann das Büchlein. *Nachdem uns Mistress Greengrass aufgetragen hat, alle Pflanzen der Insel zu bestimmen, bin ich als Erste aus unserem Jahrgang in die Bibliothek gekommen, um mir dieses Bestimmungsbuch durchzulesen. Da wir keine Bücher ausleihen dürfen, was ich ehrlich gesagt recht übertrieben finde (Wie sollen bitte schön von einer Insel Bücher verschwinden?!), habe ich es in einem Regal versteckt, wo nur ich es wiederfinden werde.*

Henry musste grinsen. Über diese Regel hatte Arthur sich auch schon unzählige Male aufgeregt.

Das verschafft mir einen Wissensvorsprung vor meinen Mitschülern. Ohne das Buch werden sie gehörige Schwierigkeiten bei der Gräserbestimmung bekommen. Nicht, dass ich das nötig hätte, aber schaden kann es auch nicht.

Das war allerdings nicht sehr nett, dachte Henry. Schließlich geht es auf Sieben Feuer um Gemeinschaft und nicht darum, gegeneinander zu arbeiten. Ihn beschlich ein ungutes Gefühl, was den Verfasser des Textes anging. Er schüttelte den Kopf und las weiter.

Außerdem kann ich dich, mein kleines Tagebuch, im versteckten Buch verbergen. So wird dich nie jemand finden!

Aber zurück zu meiner Entdeckung. Auf Sieben Feuer wächst ein Gras, das sich Goldschleier nennt. Es soll sehr bitter und holzig schmecken, deshalb steht es nicht auf dem Speiseplan unserer Drachen. Ich habe jedoch die Zeichnung des Grases schon einmal in einem anderen Buch gesehen. Nämlich in Schwarze Tränke *– einem der verbotenen Bücher, zu dem ich mir heimlich Zugang verschafft habe. Dort wird das Gras als Bandschneider beschrieben, und es wird behauptet, dass es lediglich im Himalaya wächst. Wie gesagt, für Drachen ist es nicht bekömmlich, und sollte ein Drache es doch einmal zwischen die Zähne bekom-*

men, kann es starke Blähungen verursachen. Ansonsten passiert nichts. Die Wirkung bei Menschen, also bei Drachenreitern, ist jedoch eine gänzlich andere. Verzehrt man drei Stängel des Krauts – wohlbemerkt lediglich die Stängel, die Blätter muss man vorher abzupfen –, kann man die Erinnerungen, die man in der darauffolgenden Stunde macht, vor seinem Drachen verbergen. Egal, ob man das Band zu ihm knüpft oder nicht. Und manchmal ist es doch hilfreich, wenn man nicht alles mit seinem Drachen teilen muss. Habe ich nicht recht, liebes Tagebuch?

Henry schüttelte den Kopf. „Nein, hast du nicht“, murmelte er. „Darum geht es doch bei dem Band, das man zu seinem Drachen knüpft. Dass man alles miteinander teilt. Die guten Gedanken, Erinnerungen und Erfahrungen genauso wie die schlechten. Nur so wird das Band immer enger.“

Henry blätterte kopfschüttelnd weiter, als er schwere Schritte von gleich mehreren Personen die Treppe heraufkommen hörte. Er drehte sich um und sah, wie Stewart Todd senior, gefolgt von vier Mitgliedern der goldenen Kompanie, um ein Bücherregal bog und auf ihn zukam. Stewart Todd senior hob den Arm und deutete mit zitterndem Zeigefinger auf Henry.

„Ergreift die Goldzunge!“, rief er, und seine Stimme überschlug sich fast.

„Was hat das zu bedeuten?“, rief Henry erschrocken und wich ein Stück zurück.

„Er will fliehen!“, schrie Stewart Todd senior. „Los, schnappt ihn euch!“

Im Nu waren die Mitglieder der goldenen Kompanie zu Henry gehechtet und hatten ihm den Arm auf den Rücken gedreht.

Henry war viel zu überrumpelt, um sich zu wehren.

„Was soll das?“, keuchte er, doch niemand antwortete ihm.

„Schnell, betäubt ihn, bevor er seine Drachen rufen kann. Und dann schafft ihn hinab ins Verlies.“ Jemand presste Henry unsanft ein Tuch vor den Mund, und ein stechender Geruch schoss ihm in die Nase.

Phönix! Happy!, dachte Henry noch verzweifelt, bevor ihm schwarz vor Augen wurde.

Als Henry erwachte, hätte er nicht sagen können, wie spät es war. Ob er eine Stunde oder die ganze Nacht hindurch geschlafen hatte. Sein Schädel brummte, und es dauerte einige Momente, bevor er sich erinnern konnte, was passiert war. Stewart Todd senior hatte ihn von Mitgliedern der goldenen Kompanie ergreifen lassen. Und das Letzte, was Henry mitbekommen hatte, war der Befehl, ihn ins Verlies werfen zu lassen.

Henry war die Insel Sieben Feuer immer wie der wundervollste und sicherste Ort der Welt erschienen. Dass es hier so etwas Hässliches wie ein Verlies geben könnte, war ihm nie in den Sinn gekommen.

Er setzte sich auf, und kurzzeitig drehte sich alles. Er saß auf einer Holzpritsche, die mit zwei Ketten an der Wand befestigt war. Auf der Pritsche lag eine dünne Matratze, die ihre besten Tage längst hinter sich hatte. Es roch muffig und feucht. Henry vermutete, dass sich das Verlies irgendwo tief unter der Wolkenburg befand. Vielleicht sogar noch unter der Bibliothek und der Schatzkammer.

Er schaute sich weiter um. Es gab keine Fenster, und die schwere hölzerne Tür war mit einem dicken Riegel aus rostigem Metall verschlossen. Hier kam so schnell niemand heraus! Immerhin hatte irgendjemand die beiden Halbschalen, die in die Wand eingemauert waren, mit kaltem Feuer gefüllt, sodass er zumindest nicht im Dunkeln hockte.

Phönix, schoss es Henry durch den Kopf, und er versuchte, das Band zu seinem Drachen zu knüpfen. Doch vergeblich. Es gelang ihm nicht. Panik stieg in Henry auf, als er nun auch nach Happy tastete. Aber da war nichts. Er konnte nichts und niemanden erspüren. Keinen Drachen, keine Krähe, kein Schaf. Einfach nichts.

Henry sprang auf, hämmerte gegen die Tür, bis ihm die Fäuste wehtaten, und schrie, bis sein Hals wund wurde. Doch niemand hörte ihn. Oder falls doch, ignorierten sie ihn.

Henry setzte sich wieder auf die Pritsche. Hatten sie ihn etwa betäubt und ihm erneut den Saft des Vergessens eingeflößt? Nie wieder, hatte er Phönix und sich selbst geschworen, würde er das Zeug trinken!

Henry versuchte noch einmal, das Band zu knüpfen, doch keine Chance. Er schlug sich mit der Faust vor die Stirn, doch auch das half nicht.

„Denk nach, denk nach, denk nach!“, ermahnte er sich selbst, und endlich verfing sich ein klarer Gedanke in seinem Kopf. Als er damals den Saft des Vergessens getrunken hatte, hatte er all seine Erinnerungen an Sieben Feuer, an die

Drachen, an seine Freunde und die Wolkenburg verloren. Das war jetzt anders. Er zählte die Namen aller Drachen, all seiner Freunde und aller Master auf, um sich selbst zu testen. Sein Gedächtnis funktionierte einwandfrei. Es konnte also nicht der Saft des Vergessens sein, der ihn daran hinderte, das Band zu knüpfen.

Aber er wusste nicht, ob ihn das nun beruhigen sollte oder nicht. Gedankenverloren griff er unter sein Hemd, tastete nach der Träne der Erinnerung und umschloss sie mit der Hand. Der warm pulsierende Stein, den Happy ihm einst geschenkt hatte, hatte etwas Tröstliches. Fast meinte er, die grantige Stimme des alten Teufelsgrinds hören zu können. *Denk nach, Zwerg! Wenigstens einmal in deinem Leben. Wer weiß, so manch blindes Huhn hat auch schon mal ein Korn gefunden. Vielleicht verfängt sich zufällig eine einsame Idee in deinem Hohlkopf.*

Auch wenn ihm eigentlich nicht danach war, musste Henry lächeln. Ja, genau so würde Happy mit ihm sprechen, wenn er nur das Band zu ihm knüpfen könnte!

Also riss Henry sich zusammen, atmete tief durch und dachte nach.

Mein Milchschuppendolch!, schoss es ihm durch den Kopf. *Damit sollte ich den Riegel an der Tür doch mit links geöffnet bekommen.* Henrys Hand griff automatisch an seinen Gürtel. Doch da war kein Dolch, und ihm fiel wieder ein, dass er ihn in der Kommode neben seinem Bett liegen gelassen hatte.

Dafür spürte er etwas anderes. In der Tasche seines Kilts. Es war kleiner und flacher als der Dolch. Er zog es hervor und hielt das kleine Heftchen in den Händen, das aus dem Buch über Gräser gefallen war. Er musste es unbewusst eingesteckt haben, als Stewart Todd senior und seine Männer ihn überfallen hatten.

Henry strich gedankenverloren mit den Fingern über den Einband und blätterte bis zu der Stelle, an der er aufgehört hatte zu lesen. Er dachte an Arthur und seufzte. Sein bester Freund hätte sich wahrscheinlich schon längst in das Buch vertieft.

„Du wärst so was von stolz auf mich, Arthur", sagte er seufzend. Und bevor Henry seine Nase in das Buch steckte, murmelte er mit verstellter Stimme: „100% positiv."

Ich habe die Prüfung als Einzige mit „Herausragend" bestanden. Wieder einmal. Ich hätte das Buch über Gräser also gar nicht verstecken müssen. Ich bin meinen Mitschülern auch so überlegen. Als ob mir das nicht schon vorher klar gewesen wäre ...

Ich habe übrigens eine höchst interessante Entdeckung gemacht. Als Mitglied des Crawford-Clans habe ich zwar das besondere Talent, auch zu anderen Tieren als nur zu meinem Drachen das Band zu knüpfen. Doch mir ist aufgefallen, dass ich die anderen Drachen ebenfalls erspüren kann. Ich nehme ihre Bänder wahr. Und ich habe das Gefühl, dass ich sogar Kontakt zu ihnen aufnehmen könnte, wenn ich wollte. Ich weiß, das Band zwischen Drache und Reiter ist angeblich heilig und man sollte es nicht stören. Aber wenn man es nicht sollte, warum ist mir dann die Fähigkeit dazu verliehen worden?

Henry ließ das Buch sinken. Das ungute Gefühl, das ihn bereits beschlichen hatte, als er in der Bibliothek angefangen hatte, in dem Büchlein zu lesen, war zurückgekehrt. Mit aller Macht. So stark, dass es ihn fröstelte. Er schlug das Buch zu und las erneut, was auf dem Einband stand: *CBs geheime Gedanken*. Eine Gänsehaut kroch ihm vom Nacken über die Kopfhaut. Natürlich! C stand für Charlotte, und B stand für Blackstone. Das Tagebüchlein gehörte niemand anderem als Lady Blackstone!

Henry atmete schwer. Eigentlich war das eine gute Nachricht. Er hatte einen Weg gefunden, in Lady Blackstones dunkle und verworrene Gedankengänge zu gelangen. Wer weiß? Vielleicht gab das Büchlein ja noch Geheimnisse preis, die ihnen im Kampf gegen ihre Besitzerin helfen konnten.

Dumm nur, dass er hier festsaß und seine Entdeckung mit niemandem teilen konnte! Henry hätte sich viel lieber gemeinsam mit seinen Freunden den dunklen Gedanken von Lady Blackstone gewidmet ... im Schein der Flammen eines prasselnden Kaminfeuers zum Beispiel. Und nicht allein an diesem kalten, einsamen Ort.

Er rieb sich über die Arme, um die Gänsehaut loszuwerden, und schlug das Buch wieder auf. Es half alles nichts. Er musste schnell weiterlesen. Sollten Stewart Todd senior und seine Männer das Büchlein finden, würden sie es ihm sofort wegnehmen.

Ich habe nachgeforscht und bin auf einen interessanten Bericht gestoßen: Eric Crawford – Die Geschichte der ersten Goldzungen. *In dem leider sehr kurzen Text geht es um einen jungen Drachenreiter namens Eric Crawford, der die unbedeutende Familie Crawford zu einem der mächtigsten Clans machte, weil er es vermochte, nicht nur zu seinem, sondern zu allen Drachen zu sprechen. Das muss sich in der alten Zeit ereignet haben, als Drachen und Reiter noch stolz Seite an Seite durch das Königreich schritten. In der Zeit, als sie von den Menschen noch gekannt und gefürchtet wurden.*

Neben seiner Fähigkeit, das Band zu allen Drachen zu knüpfen, besaß Eric Crawford weitere Talente. Unter anderem muss er ein charismatischer Anführer und ein brillanter Kriegsherr gewesen sein. Jedenfalls gewann sein zu Anfang kläglich kleiner Clan aus Kriegern und Drachen eine Schlacht nach der anderen. Immer mehr Familienoberhäupter beugten ihr Knie vor Eric, und immer mehr Drachen spien ihr Feuer für ihn. Und jedes Mal ließ er die Bezwungenen wissen, dass niemand sie anführen würde. Und dass er dieser Niemand für sie sein wolle. Ein Nobody aus einer unbedeutenden Familie. Sein Aufstieg schien unaufhaltsam zu sein. Doch eines Morgens, als seine Männer an sein Lager traten, war Eric verschwunden – und er sollte nie wieder auftauchen!

Die Drachen hüllten sich in Schweigen. Sieben Tage lang richteten sie ihre Häupter gen Norden und weigerten sich, das Band zu ihren Reitern zu knüpfen. Und als sie wieder mit ihren Reitern in Verbindung traten, verrieten sie nichts über Erics Verbleib. Wohl aber hatten sie eine andere Nachricht für ihre Reiter. Sie eröffneten ihnen, dass Onyx, der Urvater aller Drachen, zu ihnen gesprochen hatte. Furor, Erics Drache, hatte ein schlimmes Verbrechen begangen. So schlimm, dass er nicht nur Schuld auf sich, sondern auf alle Drachen geladen hatte. Und deshalb würde von diesem Tage an die Verbindung zwischen Menschen und Drachen nur noch sieben Jahre dauern. Wenn Reiterinnen und Reiter erwachsen wurden, sollte sich das Band zu den Drachen auflösen.

Henry erinnerte sich dunkel daran, was Arthur ihnen einmal darüber erzählt hatte. Er hatte gelesen, dass sich der Goldgehalt in ihrem Blut verringerte, je älter sie wurden. Und deshalb konnten die Drachen sie irgendwann nicht mehr erspüren. Aber offenbar war das nicht immer so gewesen. Nur was hatte Furor Schlimmes getan, um alle Drachen und Reiter für immer derart zu bestrafen?

Henry blätterte aufgeregt die Seite um und las weiter. Zumindest für den Moment hatte es Lady Blackstone geschafft, ihn seine missliche Lage vergessen zu lassen.

Den anderen Drachen blieb noch etwas Zeit mit ihren Reitern, bis sie nach Ablauf der sieben Jahre einen neuen Menschen zu ihrem Reiter bestimmen würden. Nur Erics Drache Furor sollte bis zu seinem Tode nie wieder einen Menschen auf seinem Rücken tragen. Der Aufstieg des Crawford-Clans war somit jäh gestoppt worden. Sie blieben zwar ein bedeutender Clan, doch lediglich einer unter vielen.

Henry hörte, wie sich Schritte näherten. Schnell schob er das Heftchen unter die dünne Matratze und sprang auf. Doch es öffnete sich lediglich eine kleine Luke am unteren Rand der Tür, und jemand schob ein Tablett mit einer Schale Porridge und einem Glas Milch in seine Zelle.

Henry ging auf die Knie und versuchte, einen Blick nach draußen zu erhaschen.

„Hallo! Hallo! Könnten Sie mir bitten sagen, warum ich hier eingesperrt wurde?"

Doch die Stiefelspitzen, die er durch den schmalen Spalt erkennen konnte, machten auf dem Absatz kehrt, ohne dass ihr Besitzer auch nur ein Wort gesagt hätte. Henry hörte lediglich, wie sich die Schritte entfernten. Das leiser werdende Geräusch der Absätze, die auf den Steinboden knallten, fühlte sich an wie Faustschläge in seine Magengrube.

„Bitte warten Sie!", flehte er. „Was habe ich denn getan? Wie lange muss ich hierbleiben?"

Die Schritte verhallten, ohne dass er eine Antwort bekam. Frustriert griff er nach der Schüssel und schleuderte sie gegen die Wand. Mit einem lauten Scheppern zerbrach sie in tausend Scherben, und Haferschleim tropfte vom Mauerwerk.

Erst jetzt merkte Henry, dass ihm der Magen knurrte, und er

bereute seinen Wutausbruch. Er griff sich das Glas Milch und trank es in einem Zug leer. Dann dachte er nach. Der Porridge ließ darauf schließen, dass es Morgen war. Er hatte also wirklich die ganze Nacht hindurch geschlafen.

Phönix machte sich sicher schon große Sorgen um ihn, und auch seine Freunde und Master Duncan würden sich fragen, wo er abgeblieben war, sofern Stewart Todd senior sie nicht schon längst informiert hatte. Oder schlimmer noch, vielleicht hatte er Henrys Freunde ebenfalls eingesperrt.

Henrys Blick fiel erneut auf die Zellenwand, an der der Haferschleim klebte. Ihm fiel auf, dass sich rostfarbene Adern durch die Steine zogen, und er sah sich die Mauer genauer an. In der Tat gab es keinen Stein, der nicht mit diesen Adern durchzogen war. Die Farbe erinnerte Henry an getrocknetes Blut. Nachdenklich fuhr er mit dem Finger die Linien nach. Irgendwo hatte er so etwas Ähnliches schon einmal gesehen ...

Und dann fiel es ihm wieder ein. In den Stollen unter dem Wald von Arundel! Dort, wo er Caspers Blattfingerdame gefunden hatte. Dort, wo Lady Blackstone ihn gefangen gehalten hatte. In den Tiefen des Berges, wo er plötzlich nicht mehr das Band zu den Drachen hatte knüpfen können. Egal, wie sehr er sich auch angestrengt hatte. Die Adern bestanden aus Feuerstein. Das hatte ihm Lady Blackstone damals verraten. Und Feuerstein verhinderte, dass man das Band zu seinen Drachen knüpfen konnte.

Henry fiel ein Stein vom Herzen, auch wenn er immer noch in diesem dunklen Verlies hockte! Aber der Gedanke, dass er das Band zu seinen Drachen wahrscheinlich nur vorübergehend nicht knüpfen konnte, beruhigte ihn. Kein Saft des Vergessens, kein Bandschneider oder was auch immer für ein Gift war verantwortlich dafür, dass er seine Goldzungenfähigkeit verloren hatte. Nein, sobald man ihn endlich aus diesem Verlies befreite, würde alles wieder gut werden. Es war sicher nur ein großes Missverständnis, das sich bald aufklären würde.

Und wie auf ein Zeichen hörte Henry erneut Schritte, die sich näherten. Dieses Mal wurde die Zellentür aufgeschlossen, und Stewart Todd senior trat herein. Neben ihm zwei Mitglieder der goldenen Kompanie. Einer davon war sein Neffe Stewart junior, den Henry vor gar nicht langer Zeit vor Lady Blackstone und Graham Green beschützt hatte.

Seit wann braucht Stewart Todd senior denn eine Leibwache?, dachte Henry bei sich. *Hat er etwa Angst vor mir?*

Stewart Todd senior betrachtete erst missbilligend die Scherben auf der Erde und den an der Wand getrockneten Haferschleim und dann Henry.

„Das ist wohl alles nur ein großer Spaß für dich, oder?"

Henry konnte nicht anders und nickte.

Er deutete auf die Scherben der Porridge-Schale. „Das Puzzle da habe ich selbst gemacht. Für später, falls mir wieder langweilig wird."

„Nicht frech werden, Giftzunge! Du bist nicht in der Lage, dir irgendwelche Scherze zu erlauben."

„Frech werden? Ich?!" Henry sprang von der Pritsche auf, und sofort schob sich der Leibwächter vor Stewart Todd senior. Stewi junior hingegen blieb wie angewurzelt stehen. Den Kopf gesenkt wich er Henrys Blick aus und starrte zu Boden.

„Sie haben mich doch betäubt, entführt und hier eingesperrt! Sagen Sie mir endlich, warum! Was habe ich Ihnen denn getan? Ich habe doch nichts gemacht, außer in einem verdammten Buch zu lesen!"

„Ruhe!", herrschte Stewart Todd senior ihn an. Seine Gesichtsfarbe hatte einen ungesunden Rotton angenommen. „Hast du wirklich gedacht, dass du nach deiner Verbannung einfach so wieder hier auftauchen kannst? So, als ob nichts gewesen wäre?" Er tigerte in der Zelle auf und ab. „Du bist rechtskräftig verurteilt worden. Ein ehrbarer Drachenreiter hätte seine Strafe akzeptiert. Doch du widersetzt dich dem Urteil und hast alles dafür getan, deine gefährliche Gabe zurückzuerlangen. Das beweist doch nur, dass du es nicht verdienst, Teil des Bündnisses von Sieben Feuer zu sein."

„Aber ..."

„Unterbrich mich gefälligst nicht! Es ist deine Schuld, dass Lady Blackstone nun im Besitz eines Teufelsjochs ist. Eines

Folterinstruments, das es ihr erlaubt, den Willen der Drachen zu brechen und sie sich gefügig zu machen."

Henry starrte ihn mit großen Augen an. Auf eine verquere Weise hatte Stewart Todd senior recht. Hätten Henry und seine Freunde nicht versucht, im Hotel *King's Arms* den Kelch der Tausend Zungen zu ersteigern, hätten Charles und Stewi junior Lady Blackstone unter Umständen daran hindern können, das Teufelsjoch in ihren Besitz zu bringen.

Henry biss die Zähne zusammen und schwieg.

„Solange Lady Blackstone ihr Unwesen treibt, wirst du hier unten in dieser Zelle bleiben", fuhr Stewart Todd senior fort. „Als Goldzunge bist du ein viel zu großes Risiko für unser Bündnis. Sobald wir ihr das Handwerk gelegt haben, sehen wir weiter."

„Und wann genau wird das der Fall sein?"

„Es dauert so lange, wie es dauert." Ein gemeines Lächeln stahl sich auf sein Gesicht. „Besser, du machst es dir in deiner Zelle erst mal gemütlich." Er wandte sich ab. „Wir sind hier fertig."

„Halt!" Henry wollte nach Stewart Todd seniors Arm greifen, doch die Leibwache, die Henry nicht kannte, stieß ihn unsanft zurück. Er stolperte rückwärts und plumpste auf die Pritsche.

Als Stewart Todd senior die Zelle bereits verlassen hatte, hob Stewi junior verstohlen den Blick, und Henry meinte, so etwas wie ein schlechtes Gewissen darin zu erkennen. Wo war er da nur wieder reingeraten? Henry lag auf seiner Pritsche und starrte an die Zellendecke. Es war so ungerecht. Wenn er sich in sein Schicksal gefügt hätte, hätte er Sieben Feuer nie wiedergesehen. Nicht mal die Erinnerungen an seine Drachen und seine Freunde wären ihm geblieben.

Außerdem hatte er doch bei ihrem Ausflug nach *King's Arms* dabei geholfen, ihre größte Feindin, Lady Blackstone, in Schach zu halten. Okay, er war nicht unschuldig daran, dass sie nun ein Teufelsjoch besaß. Aber er hatte sie daran gehindert, den Kelch der Tausend Zungen in die Hände zu bekommen.

Henrys Gedanken fuhren Karussell. Genauso wie seine Gefühle. Mal fühlte er sich mutlos und schuldig, mal war er wieder zuversichtlich und im nächsten Moment einfach nur wütend. Und so ging es auf und ab, und die Tage zogen vorüber.

Henry klammerte sich an die Hoffnung, dass seine Freunde ihn bestimmt bald retten würden. Sie waren wohl nicht gefangen genommen worden. So viel meinte Henry aus dem letzten Gespräch mit Stewart Todd senior herausgehört zu haben. Der Ratsvorsitzende hatte sich allerdings nach seinem ersten Besuch nicht mehr bei ihm blicken lassen.

Sein Blick wanderte zum gefühlt tausendsten Mal zu der Mauer neben sich. Dort hatte er mithilfe einer Scherbe der kaputten Porridge-Schale kleine Kerben in die Wand geritzt. Immer dann, wenn ihm Frühstück gebracht worden war. Mittlerweile reihten sich 32 kleine Kerben aneinander. Er war also schon über einen Monat hier!

Immer wieder musste er sich selbst an sein Clan-Motto erinnern: *Wir geben niemals auf.* Doch so schwer wie jetzt war es ihm noch nie gefallen, sich daran zu halten. Schließlich hatte er auch noch nie so lange in einem Verlies festgesessen. Ohne jeden Kontakt zur Außenwelt. Wenn er doch nur mit Phönix kommunizieren könnte! Oder wenigstens mit Happy! Fast sehnte er sich danach, sich von dem griesgrämigen Teufelsgrind beschimpfen zu lassen. Alles war besser als dieses dunkle Loch!

Immer wieder, wenn ihn der Mut verließ, rieb er an der Träne der Erinnerung, um sich selbst Hoffnung zu machen. Außer den seltenen Ausflügen zum Waschraum, zu denen ihn zwei Wachen stumm begleiteten, waren die drei Mahlzeiten, die Henry unter der Tür hindurchgeschoben wurden, die einzige Abwechslung, die ihn von der Welt außerhalb seiner Zelle erreichte. Er hatte keinen blassen Schimmer, was mit seinen Drachen und mit seinen Freunden war.

Nach jeder Mahlzeit machte er Sport – um fit zu bleiben, aber vor allem auch, um sich abzulenken. Kniebeugen, Liegestütze,

Klappmesser und von Zellenwand zu Zellenwand laufen. Am liebsten waren ihm die Momente, in denen er völlig außer Atem war und sein Herz wild hämmerte, weil er sich so verausgabt hatte. Dann genoss er es, dass sein Kopf völlig leer war und kein Gedanke, keine Sorge sich darin breitmachen konnte. Kurz vergaß er in diesen Momenten sogar, wo er sich befand.

Immer wieder holte er das kleine Heftchen unter seiner Matratze hervor, um darin zu lesen. Es war mittlerweile ganz zerfleddert. Kaum vorstellbar, dass Lady Blackstone auch mal eine Schülerin von Sieben Feuer gewesen war ...

Irgendwie fühlte es sich komisch an, in ihren geheimen Gedanken zu lesen. Es war, als würde er etwas Verbotenes tun. Und genau das faszinierte ihn. Trotzdem fragte Henry sich, warum Lady Blackstone ihr Tagebuch ausgerechnet in einer Bibliothek versteckt hatte, wenn sie ganz offensichtlich nicht wollte, dass es je jemand zu Gesicht bekam. Ein Wunder, dass es in all den Jahren nicht entdeckt worden war. Selbst nicht von Arthur, dem kaum etwas entging, was sich in der Bibliothek von Sieben Feuer befand.

Henry schlug das Heftchen ungefähr in der Mitte auf. An der Stelle, an der die junge Lady Blackstone endgültig vom rechten Weg abgekommen war und mit dem Bündnis der Sieben Feuer gebrochen hatte. Wie es dazu gekommen war, hätte Henry niemals für möglich gehalten ...

Ich habe meinem Drachen Boudica von Eric Crawford erzählt, dem Drachenreiter, den sie Goldzunge nannten. Verschwiegen habe ich meiner Blattfingerdame allerdings, wie ich auf seine Geschichte gestoßen bin und dass ich das Gefühl habe, die gleiche Gabe zu besitzen wie er ... Ich glaube, auch ich kann mit allen Drachen das Band knüpfen. Doch ich verbiete mir, darüber nachzudenken. Und wenn der Drang doch einmal zu groß ist, kaue ich vorher ein paar Stängel Blattschneider, um meine Gedanken vor meinem Drachen zu verbergen.

Boudica ist sehr still geworden, als ich Eric Crawford erwähnte. Doch dann hat sie mir erzählt, was sich die Blattfingerdrachen seit Jahrhunderten erzählen. Was angeblich der Grund für das plötzliche Verschwinden von Eric Crawford gewesen ist ... Lange Zeit eilten Eric und sein Drache Furor von Schlacht zu Schlacht und von Sieg zu Sieg. Nichts und niemand konnte sie aufhalten. Entweder man schloss sich ihnen an, oder man wurde vernichtet. Unter Erics Führung wurde der Crawford-Clan immer stärker und fegte wie ein Flächenbrand über das Land. Und dort, wo Clans es wagten, sich gegen ihn zu stellen, hinterließ er nichts als verbrannte Erde. Sechs Drachenreiter hatte Eric um sich geschart. Seine engsten Verbündeten, die im Volksmund die Schwarzen Reiter genannt wurden. Zog er gemeinsam mit ihnen in die Schlacht, konnte selbst die übermächtigste Armee nichts gegen sie ausrichten. Die sechs Reiter ließen es zu, dass Eric während der Kämpfe Bänder zu ihren Drachen knüpfte, sodass er zusammen mit Furor sieben Drachen auf einmal steuerte. Die Schwarzen Reiter vertrauten Eric blind, und lange Zeit sollte er sie nicht enttäuschen. Unverletzt verließen sie wieder und wieder als Sieger das Schlachtfeld.

Doch eines Tages lernte Eric eine Frau namens Alba kennen. Und von dem Moment an änderte sich alles. Sie war die Tochter eines Clans, der sich lange tapfer gegen Eric und seine Männer gewehrt hatte. Alba war es, die die Schwarzen Reiter letztendlich besiegte. Nicht auf dem Schlachtfeld, nein, sie eroberte Erics Herz! Sie zerbrach die Kruste aus Gier und falschem Stolz, die sich um sein Herz gelegt hatte, und öffnete ihm die Augen, die der Hass hatte blind werden lassen.

Alba machte Eric klar, dass Versöhnung und Liebe so viel größer sind als Zerstörung, Kampf und Hass. Mit seinen Schwarzen Reitern hätte Eric die Welt erobern können – aber für Alba war er bereit, darauf zu verzichten.

Doch jemand anderes war es nicht! Furor, sein Drache, war außer sich. Diese Alba wollte ihm nicht weniger nehmen als seinen Reiter – und mit ihm die ganze Welt! In einer mondlosen Nacht fasste Furor also einen Plan, der dunkler war als der wolkenverhangene Nachthimmel. Er weinte eine schwarze Träne aus purem Hass, tauchte die Spitze eines seiner Geweihe in die schwarze Flüssigkeit und stieß sie der schlafenden Alba mitten ins Herz. Als Eric am nächsten Morgen erwachte, war die Frau, die er liebte, zu Stein erstarrt …

Henry lief es eiskalt den Rücken hinunter. Es wollte ihm nicht in den Kopf, dass ein Drache zu so etwas fähig gewesen war. Phönix' Herz war so rein und unschuldig wie frisch gefallener Schnee, und Happys Herz war aus purem Gold – auch wenn der alte Griesgram es nie zugegeben hätte.

Henry hörte, wie sich Schritte näherten. Er schlug das Heftchen zu und schob es vorsorglich wieder unter die Matratze. Die Luke in der Tür seines Verlieses öffnete sich, und jemand schob ein Tablett mit Essen hindurch. Normalerweise schloss sich die Luke danach sofort wieder, doch dieses Mal blieb sie offen. Verwundert setzte sich Henry auf und starrte auf die Luke.

„Schnell, wir haben keine Zeit!", wisperte eine Stimme.

Ohne nachzudenken, hastete Henry durch seine Zelle und ließ sich vor der Luke auf die Knie fallen.

„Ich bin es. Stewart junior", flüsterte eine Stimme. „Schau unter dem Tablett nach, und halte dich bereit", befahl er.

Bevor Henry etwas erwidern konnte, hörte er, wie Stewart sich mit schnellen Schritten wieder entfernte. Es war das erste Mal seit einem Monat, dass Henry eine menschliche Stimme gehört hatte.

Wie erstarrt kniete er vor dem Tablett. Denn obwohl es nur Stewarts Stimme gewesen war, hatte sie sich wie Musik in seinen Ohren angehört.

Schließlich löste er sich aus seiner Starre und trug das Tablett zu seiner Pritsche. Vorsichtig stellte er die Schale mit der dampfenden Zwiebelsuppe auf die Erde und drehte das Tablett auf den Rücken. Wie Stewart gesagt hatte, klebte darunter ein klein gefalteter Zettel. Aufgeregt riss Henry ihn ab und faltete ihn auseinander. Sofort erkannte er Arthurs krakelige Handschrift.

Lieber Henry,

Sieben Feuer und die Wolkenburg sind nicht mehr das, was sie mal waren. Stewart Todd senior und seine goldene Kompanie haben die Führung übernommen. Ein Teil der Drachenreiter – ich schätze, so 50% – finden sein Vorgehen gut. Die Master sind aber alle gegen ihn, glaube ich.

Nachdem du gefangen genommen wurdest, hat Stewart Todd senior doch glatt verkündet, das sei nur zu deinem Schutz! Angeblich hat er dein Wohl im Blick, und sobald er und die goldene Kompanie Lady Blackstone unschädlich gemacht haben, wird er dich wieder auf freien Fuß setzen. Dieser Lügner! Seither überwacht er alle, von denen er vermutet, dass sie auf deiner Seite stehen.

Und in Sachen Lady Blackstone klopft er nur großspurige Sprüche. Passiert ist im letzten Monat nichts.

Zum Glück hat sich sein Neffe Stewi auf unsere Seite geschlagen! Wer hätte das gedacht? Ehrlich, ich hätte die Chancen bei unter 5% gesehen. Ist aber natürlich 100% positiv. Jetzt können wir endlich wieder Kontakt zu dir aufnehmen.

Wir können nur ahnen, wie es dir in deiner Zelle ergangen sein muss. Du Armer! Allein und ohne uns. Und ohne Phönix und Happy. Ich musste deinen Drachen regelrecht zwingen, nicht schon wieder das Fressen einzustellen. So was kann ja nicht gesund sein!

Und Lucy musste ich davon abhalten, nicht auf eigene Faust eine Rettungsaktion zu starten. Du weißt ja, wie sie ist, wenn sie sich erst mal was in den Kopf gesetzt hat …

Aber halte durch, mein Freund! Wir arbeiten mit Hochdruck an einem Plan, um dich zu befreien. Ich soll dich übrigens lieb von allen grüßen.

Wir melden uns bald wieder.

Dein Arthur

PS: Am besten isst du die Nachricht sofort auf, damit uns niemand auf die Schliche kommt.

Henry las die Nachricht immer und immer wieder. Bis er sie auswendig konnte. Und jedes Mal hörte er Arthurs Stimme, die wie ein Echo durch seinen Kopf hallte. Es tat so gut, endlich ein Lebenszeichen von seinen Freunden zu bekommen.

Anders als Arthur es ihm geraten hatte, aß er den Brief jedoch nicht auf, sondern versteckte ihn gemeinsam mit Lady Blackstones Tagebuch unter seiner Matratze. Und immer, wenn er sich besonders einsam fühlte, holte er den Brief wieder hervor und klammerte sich daran wie an einen Rettungsring.

Es sollte drei weitere Tage dauern, bevor Henry erneut Nachricht von seinen Freunden erhielt. Er nutzte die Zeit, um Lady Blackstones Tagebuch ein weiteres Mal zu Ende zu lesen.

Eintrag vom 15. November

Boudica erzählte mir, dass Eric schnell herausfand, dass sein Drache für Albas Tod verantwortlich war. Bandschneider funktioniert nun mal nur bei Reitern, nicht bei ihren Drachen. Als Eric also in seiner Verzweiflung das Band zu Furor knüpfte, sah er die Bilder, wie sein eigener Drache die Frau tötete, die er über alles liebte.

Von hier an wird die Geschichte nebulös. Boudica kann oder will mir nicht mehr erzählen, und obwohl ich die halbe Bibliothek auf den Kopf gestellt habe, um herauszufinden, was dann passiert ist, konnte ich nur noch vereinzelt Hinweise finden, die sich jedoch teilweise widersprechen.

Einige Geschichtsschreiber vertreten die Meinung, dass Eric bald an gebrochenem Herzen starb. Andere wiederum vermuten, dass es Eric gelang, Alba wiederzuerwecken. Einig sind sich jedoch alle darin, dass Eric nicht etwa wartete, bis die sieben Jahre vorüber waren, sondern wie Onyx ihm geheißen hatte, sofort mit Furor brach und das Band zu ihm zerschnitt.

Deshalb hält Boudica auch ihn und nicht seinen Drachen für den größten Verräter aller Zeiten. Seine Gaben sollte man nutzen, sagt sie. Wer die Möglichkeit hat, die Welt unter sich zu einen, der sollte sich gefälligst auf diese Aufgabe konzentrieren! Sich verlieben, heiraten und womöglich Kinder bekommen, darum sollte sich das gewöhnliche Volk kümmern. Die Aufgaben eines Mannes wie Eric wären andere gewesen. Eric hätte die Chance gehabt, gemeinsam mit Furor und seinen Schwarzen Reitern dafür zu sorgen, dass Drachen und ihre Reiter über das gesamte Königreich herrschen. Doch diese Chance hat er weggeworfen, so, wie man Abfall wegwirft.

An dieser Stelle hielt Boudica inne, um ihrer folgenden Frage an mich mehr Gewicht zu verleihen: „Siehst du nicht, wohin uns Erics Schwäche gebracht hat?“, wollte sie von mir wissen. „Die edelsten Tiere der Schöpfung und die Menschen, denen die Gabe verliehen wurde, eine Einheit mit ihnen zu formen, leben nun am Ende der Welt – an einem verlassenen, stürmischen und kalten Ort. Dort verstecken sie sich, wie Würmer, Asseln und Käfer sich unter Steinen verstecken.“

Boudica knüpfte das Band noch enger zu mir, bevor sie weitersprach.

„Sollte sich nur der Hauch einer Chance auftun, sich zu erhe-

ben und zurückzukehren an den Platz, an den wir gehören, sollten wir sie nutzen", sagte sie eindringlich.

Und das war der Moment, in dem ich sie an meiner Entdeckung teilhaben ließ. Ich zeigte ihr, dass auch ich die Gabe besaß, das Band zu allen Drachen zu knüpfen ...

Das war eine der spannendsten Stellen in Lady Blackstones Tagebuch. Denn sie beschrieb den Moment, in dem Lady Blackstone von ihrer Drachendame verführt wurde und vom rechten Weg abkam.

Sooft Henry das Tagebuch auch las, an dieser Stelle zog es ihn immer wieder von Neuem in seinen Bann. Auch er war eine Goldzunge. So wie Eric Crawford und Lady Blackstone vor ihm.

Und auch er wollte seine Gabe nutzen, anstatt sie zu verleugnen. War er deshalb genauso schlecht wie Eric oder Lady Blackstone? Hatte Stewart Todd senior recht damit, ihn unter einem Haufen Feuersteinen wegzusperren? Wie eine Kellerassel?

Henry schüttelte sich, wie um diesen Gedanken loszuwerden. Nein, er war anders. Er wollte seine Gabe für das genaue Gegenteil einsetzen. Er wollte, dass Sieben Feuer, die Wolkenburg, die Drachen und ihre Reiter unentdeckt blieben. Dass sie weiter in Frieden und verborgen vor den Augen der Menschen leben konnten.

Doch auch das durfte eine Goldzunge offenbar nicht. Es schien, als gäbe es einfach keinen Platz für Menschen wie ihn.

Am besten, man machte es wie Tippy Parrot und verbarg seine Gabe und teilte sie nur mit denjenigen, denen man hundertprozentig vertrauen konnte.

Doch diese Möglichkeit gab es für Henry nicht mehr. Jeder wusste, dass er eine Goldzunge war.

„Oder besser gesagt, eine Giftzunge", murmelte Henry frustriert, als vor der Zellentür Schritte zu hören waren.

Hastig schob er das Heftchen unter die Matratze und schwang sich von seiner Pritsche. Er atmete tief durch.

Die Luke öffnete sich, und jemand schob ein Tablett mit Essen herein. Als sich Henry danach bückte, hörte er Stewis Stimme.

„Halt dich bereit. Morgen Früh, auf dem Weg zum Waschraum, findet deine Befreiung statt", wisperte er ihm zu und schloss die Luke wieder.

7

Henry hatte kaum geschlafen. Die Nacht war langsamer dahingekrochen als eine altersschwache Schnecke.

Er wälzte sich auf seiner schmalen Pritsche hin und her, dämmerte immer mal wieder weg, um im nächsten Moment aufzuschrecken, weil er dachte, Schritte gehört zu haben. Doch es war jedes Mal nur sein eigener Herzschlag, als wollte er ihm einen Streich spielen.

Irgendwann, als er sich oft genug hin und her gewälzt hatte, hielt er es nicht mehr aus. Er stand auf und begann, in seiner kleinen Zelle auf und ab zu tigern.

Plötzlich schlich sich ein fieser Gedanke in seinen Kopf, und er hielt inne. Was, wenn er sich das alles nur eingebildet hatte? Wenn es den Plan, ihn zu retten, gar nicht gab? Genauso wenig wie den Brief von seinem besten Freund Arthur? Vielleicht war er einfach zu lange allein gewesen und wurde langsam verrückt …

Hektisch griff Henry in seine Rocktasche und blätterte das Tagebuch von Lady Blackstone auf, zwischen dessen Seiten Arthurs Nachricht lag. Nein, den Zettel bildete er sich nicht ein! Das war definitiv die krakelige Handschrift seines besten Freundes.

Henry zerknüllte das Papier, stopfte es sich in den Mund und zerkaute es. Ob echt oder nicht echt, gleich würde die Nachricht auf jeden Fall weg sein, dachte er sich.

Als sich das Papier in seinem Mund auflöste und in einen schleimigen Klumpen Pappmaché verwandelte, hörte er erneut Schritte. Und diesmal täuschte er sich nicht, denn die Schritte wurden lauter.

Schnell steckte er das Tagebuch von Lady Blackstone wieder weg und begann fieberhaft zu kauen. Der Klang der Schritte verstummte. Jemand befand sich nun direkt vor der Zellentür.

Henry kaute noch schneller. Er hörte, wie der schwere Eisenriegel zurückgeschoben wurde, und würgte hastig einen Teil von Arthurs Nachricht hinunter. Quietschend öffnete sich die Tür. Henry verschluckte sich und begann zu husten. Die Tür wurde aufgestoßen, und zwei Wachen der goldenen Kompanie starrten ihn an. Eine davon war Stewart Todd junior.

Henry hustete, würgte und schluckte schließlich den Rest von Arthurs Nachricht runter.

„Die Giftzunge macht langsam schlapp", stellte die zweite Wache fest. „Wundert mich eh, wie wenig es ihm bisher ausgemacht hat, allein in diesem feuchten Dreckloch festzusitzen."

Henry glaubte, ein wenig Mitleid in der Stimme der Wache zu hören.

„Nicht unser Problem“, sagte Stewi harsch, und Henry fragte sich erneut, ob er es sich nicht nur eingebildet hatte, dass Stewi ihm zur Flucht verhelfen wollte.

Arthurs Nachricht lag schwer in seinem Magen, als er sich in Bewegung setzte. Stewi griff nach seinem Arm und drückte ihn zweimal fest am Ellbogen. Vielleicht ein geheimes Zeichen? Henry hoffte es.

Sie gingen den langen unterirdischen Korridor entlang, an dessen Ende der Waschraum lag. Als die andere Wache einen metallenen Ring aus ihrem Umhang hervorholte und klimpernd nach dem richtigen Schlüssel für den Waschraum suchte, drückte Stewi erneut Henrys Arm und verlangsamte seine Schritte. Henry warf ihm einen fragenden Blick zu, doch Stewi schaute stur geradeaus.

Der andere Wachmann wandte sich zu ihnen um. „Gefunden“, sagte er, grinste entschuldigend und schloss mit einem großen rostigen Schlüssel die Tür auf.

In dem Moment rannte Stewi los. Henry sprang erschrocken einen Schritt zur Seite, während der zweite Wachmann Stewi mit offenem Mund anstarrte. Bevor er reagieren konnte, stieß Stewi ihn ziemlich unsanft in den Waschraum. Der Wachmann taumelte, und Henry konnte hören, wie der Mann auf dem Boden landete.

„Was zum Henker ...?“

Die Stimme wurde abgeschnitten, als Stewi die Tür zuschlug. Er versuchte, den Schlüssel umzudrehen, doch er klemmte. Henry sah Stewi dabei zu, wie er verzweifelt mit dem rostigen Schlüssel im Schlüsselloch herumstocherte. Aber der Schlüssel drehte sich entweder ohne Widerstand im Schloss oder er klemmte und ließ sich gar nicht bewegen.

„Verdammt noch mal! Komm her und hilf mir!"

Die Tür flog einen Spaltbreit auf, aber Stewi stemmte sich mit aller Kraft dagegen. Der Wachmann war offenbar wieder auf die Beine gekommen und versuchte, die Tür von innen aufzustoßen.

„Du verfluchter ..."

Henry war aus seiner Starre erwacht und warf sich gemeinsam mit Stewi gegen die Tür, die wieder im Schloss einrastete. Doch sie konnten spüren, wie der Wachmann weiter daran rüttelte.

„Drück die Klinke hoch und stemm dich mit der Schulter gegen die Tür!", befahl Henry und nahm Stewi den Schlüsselbund aus der Hand. Er führte den Schlüssel erneut in das Schlüsselloch und schloss die Augen. Er tastete mit dem Bart des Schlüssels vor und zurück und drehte ihn langsam in die eine und dann in die andere Richtung. Zweimal dachte er, dass er es geschafft hatte, doch dann rüttelte es von innen wieder an der Tür.

„Wird das heute noch was?", fluchte Stewi.

Henry ließ sich nicht aus der Ruhe bringen. Wenn er eines in seiner einsamen Zelle gelernt hatte, dann war es Geduld. Vorsichtig steckte er den Schlüssel ins Schloss und begann ihn erneut zu drehen. Er spürte den Widerstand des Schließmechanismus, und zu seiner großen Erleichterung schob sich endlich der eiserne Riegel vor. Eine Umdrehung, dann noch eine, und die Tür war verschlossen.

Henry ließ sich mit dem Rücken an der Tür hinabgleiten. „Geschafft!", stöhnte er erleichtert, doch Stewi zog ihn wieder auf die Beine.

„Noch lange nicht. Das war die kleinste Übung. Komm, wir müssen weiter." Er zog Henry den Gang entlang zurück in Richtung Verlies. „Der Plan sieht vor, dass wir dich unentdeckt aus der Wolkenburg herausbekommen und die Rebellion am Haupt des Riesen treffen", erklärte Stewi.

„Welche Rebellion?", fragte Henry verwirrt.

„Na, die Widerständler. Die, die sich gegen meinen Onkel, den Rat und die goldene Kompanie verschworen haben, um sich dir anzuschließen."

„Mir? Anschließen?" Henry schwirrte der Kopf.

„Erkläre ich dir später", sagte Stewi und zog Henry an seiner Zelle vorbei. Kurz danach kamen sie an eine Weggabelung. Der eine Weg führte noch tiefer in den Bauch der Wolkenburg hinein, der andere zu einer Wendeltreppe, die sich nach oben schlängelte. Henry wandte sich instinktiv der Treppe zu. Er sehnte sich danach, endlich wieder Tageslicht zu sehen.

Doch Stewi zog ihn in den anderen Gang. Weiter hinab in die Wolkenburg. Henry folgte ihm nur widerstrebend.

„Es geht gleich nach oben. Versprochen. Dahinten habe ich nur deine Verkleidung versteckt."

Sie bogen um eine Ecke, und in einer Wandnische, verborgen unter einer alten Decke, lagen Umhang, Waffenrock und ein paar Stiefel, wie sie die Mitglieder der goldenen Kompanie trugen.

„Den Umhang und den Rock haben Mistress Dora und deine Freundin Chloé geschneidert. Die sind nicht von den Originalen zu unterscheiden. Und die Stiefel habe ich meinem Onkel aus seinem Fundus geklaut. Könnte sein, dass sie dir ein paar Nummern zu groß sind."

Ohne zu zögern, zog Henry sich bis auf die Unterhose aus, knüllte seine streng riechenden Klamotten zusammen und presste sie in die Nische.

„Gut", kommentierte Stewi und wedelte mit der Hand vor seiner Nase herum. „Puh, der Geruch deiner Kleidung hätte dich auch auf zehn Meilen gegen den Wind enttarnt."

Henry setzte sich auf die Erde, um sich die Stiefel überzuziehen. Dabei ließ er das Tagebuch von Lady Blackstone heimlich in einen der Stiefelschäfte gleiten.

„Warum hilfst du mir?" Die Frage brannte Henry seit der Nachricht unter dem Tablett auf der Zunge.

Das Grinsen verschwand aus Stewis Gesicht. „Du hast mir im *King's Arms* das Leben gerettet. Ich schulde dir was."

Er reichte Henry den Waffenrock und fuhr fort.

„Die Todds sind allesamt aufgeblasene Wichtigtuer. Und mein Onkel ist der Schlimmste von allen. Je näher jemand mit der Queen verwandt ist, umso höher steigt er in der Achtung meines Onkels."

Stewi ballte die Fäuste.

„Aber mal ehrlich. Was schert mich die Queen, wenn mein bester Freund ein Drache ist? Ich habe es lange nicht kapiert. Manchmal denke ich, dass ich einen Großteil meiner Zeit auf Sieben Feuer vergeudet habe. Mein Onkel hat mir eingebläut, die Zeit auf der Wolkenburg zu nutzen, um mich mit den *richtigen* Leuten zu umgeben." Bei dem Wort *richtig* malte er mit den Fingern Gänsefüßchen in die Luft. „Deshalb habe ich versucht, mich mit so Typen wie Dex Dunstanville anzufreunden. Er steht auf Platz 23 in der Thronfolge."

„Und auf der Liste der Vollidioten steht er auf Platz 1", ergänzte Henry.

„Wie gesagt, hab lange gebraucht, um das zu kapieren", bestätigte Stewi. Er reichte Henry den Umhang. „Setz die Kapuze auf."

Henry knöpfte den Umhang zu. Bevor er sein Gesicht unter der Kapuze verbarg, sah er Stewi an und sagte: „Danke."

„Spar dir das, bis wir es wirklich hier rausgeschafft haben", wiegelte Stewi ab.

„Der Wille zählt", sagte Henry und lächelte. „Und so, wie ich meinen Freund Arthur kenne, gibt es mindestens einen Plan B, sollte Plan A nicht klappen. Plan A geht bei unseren Abenteuern nämlich grundsätzlich in die Hose."

Stewi runzelte die Stirn. „Dann wollen wir mal hoffen, dass es dieses Mal anders läuft. Soweit ich weiß, gibt es nämlich keinen Plan B."

Stewi und Henry stiegen schweigend eine steinerne Wendeltreppe hinauf. Henry hatte die Stufen nicht mitgezählt, aber es mussten einige gewesen sein, denn als sie oben ankamen, hatte er einen Drehwurm. Stewi holte tief Luft.

„Wenn wir im Innenhof sind, gehen wir direkt auf das Ausgangstor zu. Wir tun so, als ob wir in ein wichtiges Gespräch vertieft sind. Sollte uns jemand ansprechen wollen, sind Violet, Casper, Master Finley und Mistress Dora da, um uns abzuschirmen. Vor den Toren der Burg wartet Master Duncan mit seinem Planwagen. Wir springen hinten rein, und er bringt uns zum Haupt des Riesen. Dort treffen wir die anderen und unsere Drachen."

„Und dann?", fragte Henry.

„Erst mal müssen wir so weit kommen", sagte Stewi und stieß die Tür auf.

Henry erkannte, dass sie nicht weit vom Eingang zur Schatzkammer herausgekommen waren, Master Finleys Reich. Er erinnerte sich noch gut daran, wie er hier einige lange Tage gemeinsam mit Timothy verbracht hatte, um Goldmünzen zu polieren. Er drehte sich um und sah, dass vor der Tür, durch die sie gekommen waren, das Bild eines Drachenreiters des Murray-Clans hing. Eine Nachtszene. Der Reiter hielt einen goldenen Dolch in der Hand, während sein Drache eine überdimensionierte Distel in den Klauen hatte. Drache und Reiter sahen ziemlich grimmig aus.

Kein Wunder, ging es Henry durch den Kopf, *die beiden bewachen ja auch einen Geheimgang.*

Bei ihm hatte es jedenfalls funktioniert. Er hatte dem Bild in den Jahren, die er nun schon auf Sieben Feuer war, nie groß Beachtung geschenkt. Nie im Leben wäre er auf die Idee gekommen, dass sich dahinter eine Tür verbarg, die hinab zu den Verliesen führte.

Er atmete tief durch. Es war zwar immer noch ziemlich kühl, denn sie befanden sich weiterhin tief unter der Erde, aber die Luft war längst nicht mehr so feucht und muffig wie in seiner Zelle.

Sie kehrten der Schatzkammer den Rücken und gingen den Gang entlang, der am Fuß der Treppe zur Eingangshalle endete. Sie kamen vorbei an riesigen Gemälden von Drachen, Reitern und Burgen, und bei jedem Bild fragte Henry sich, ob sich dahinter wohl weitere Geheimnisse verbargen.

In Stewart Todd seniors übergroßen Stiefeln rutschte er bei jedem Schritt vor und zurück. Und unwillkürlich musste er an Lucy denken. Wenn er die Wahl gehabt hätte, wäre er jetzt auch lieber barfuß gelaufen.

Als sie die Treppe zur Eingangshalle hinaufstiegen, spürte Henry plötzlich die Bänder seiner Drachen. Ganz kurz erlaubte er sich, das Band zu Phönix zu knüpfen.

Ich bin wieder da, ließ er seinen Drachen wissen.

Phönix schlang das Band so fest um ihn, dass Henry taumelte und fast über die zu großen Stiefel gestolpert wäre.

Stewi warf ihm einen alarmierten Blick zu.

„Einen Moment", bat Henry.

„Dein Drache?", fragte Stewi, und Henry nickte. „Eine Minute", sagte Stewi. „Wenn gleich alles gut geht, habt ihr danach so viel Zeit miteinander, wie ihr wollt."

„Danke", antwortete Henry und ließ Phönix wissen, wie es ihm ergangen war.

Henry! Henry! Henry!, echote Phönix' Stimme durch seinen Geist. Phönix sandte ihm Bilder vom Haupt des Riesen, wo er gemeinsam mit Happy und einer Reihe weiterer Drachen und Reiter ungeduldig auf ihn wartete.

Wir sind wieder vereint! Sie flochten ihre Bänder ineinander. *Endlich wieder vollständig,* murmelte Phönix.

Und in dem Moment mischte sich Happy ein. *Konzentrier dich, Zwerg, und versau ja nicht unseren Plan! Jetzt ist keine Zeit für Gefühlsduseleien. Verstanden?*

„Ich freu mich auch, dich wiederzusehen", antwortete Henry, verabschiedete sich von Phönix und gab Stewi ein Zeichen weiterzugehen.

Sie hatten Glück. Als sie die große Eingangshalle betraten,

lag diese verlassen da. Stewi atmete tief durch und deutete auf die Tür. „Nichts wie raus hier!“

Sie durchquerten die Eingangshalle und erreichten endlich den Ausgang.

„Bereit?“, fragte Stewi, und Henry nickte.

Stewi stieß die Tür auf, und sie traten ins Freie. Henry riskierte einen Blick und lugte vorsichtig unter seiner Kapuze hervor. Er hatte Violet entdeckt, die an den Ställen stand und einem von Master Duncans Pferden die Flanke tätschelte. Casper war gerade dabei, einen Eimer in den Brunnen hinabzulassen. Und dort, wo der Weg zur Schmiede führte, stand Mistress Dora mit einer Schubkarre voll beladen mit Torfstücken.

Henrys Blick wanderte zum Bergfried, und sein Herz setzte einen Moment lang aus. Denn genau in diesem Moment trat niemand anderer als Stewart Todd senior auf den überdachten Austritt, der auf den Wehrgang führte!

Schnell drehte Henry sich weg und sah Master Finley, der auf der südlichen Seite des Wehrgangs stand.

Master Finley hatte Stewart Todd senior ebenfalls entdeckt, schien von dessen Auftauchen aber nicht sonderlich beeindruckt zu sein. Geschickt ließ er eine Goldmünze über seine Knöchel tanzen. Und anders als Violet, Casper und Mistress Dora tat er nicht so, als ob Stewi und Henry Luft wären, sondern sprach die beiden unverblümt an.

„Ihr kommt wohl gerade von Henry. Ich hoffe, es geht ihm gut. Wenn ihr dem Jungen auch nur ein Haar krümmt, stecke ich euch in einen meiner Goldsäcke und verfüttere euch dann an die Drachen!“, rief er zu ihnen hinab.

Oft ist Dreistigkeit die beste Tarnung, dachte Henry. Hätte er Master Finley gar nicht zugetraut. Henry spielte mit, hob den Arm und winkte ihrem Master beschwichtigend zu.

Doch in dem Moment sah er, wie vier Wachen der goldenen Kompanie durch das Haupttor in den Innenhof traten. Er erstarrte. Wie sollten sie nur unentdeckt an denen vorbeikommen? Henry spürte, wie sich auch Stewis Körper anspannte.

Und wieder war es Master Finley, der Henry erstaunte. Der schwergewichtige Master eilte die Treppe von der Burgmauer hinab, schob sich vor Henry und Stewi und verbarg sie so vor den neugierigen Blicken der Wachen.

„Na? Etwa auch auf dem Weg zu unserem Schwerverbrecher? Meint ihr vier denn, ihr seid genug, um ihm einen Besuch abzustatten? Nicht dass der Junge euch überwältigt.“

Jeder, der darauf achtete, konnte den Spott in seiner Stimme hören. Master Finley machte kein Geheimnis daraus, auf welcher Seite er stand.

„Kümmern Sie sich um Ihre Angelegenheiten!“, blaffte eine der Wachen ihn an und wandte sich an Stewi und Henry. „Kommt ihr mit in die große Halle, um was zu essen?“

Henry senkte den Blick und betete, dass die Männer ihn nicht fragten, warum er seine Kapuze aufgesetzt hatte.

Master Finley tat empört. Er raffte seine weite Kutte und

schubste den Mann, der ihm geantwortet hatte, mit seinem dicken Bauch weg von Stewi und Henry.

„Nicht in diesem Ton!“, rief er.

Es funktionierte. Die Wachen der goldenen Kompanie ließen Stewi und Henry stehen und beeilten sich, in die große Halle zu kommen. Bei aller Kameradschaft – einem aufgebrachten Master Finley ging man lieber aus dem Weg!

Unterdessen hatte Casper den Eimer mit einem lauten Scheppern in den Brunnen fallen lassen, sodass Stewart Todd senior, der die Szene zwischen Master Finley und den Wachen misstrauisch beäugt hatte, kurzzeitig abgelenkt war.

Nur noch wenige Schritte, und Stewi und Henry würden die Wolkenburg hinter sich gelassen haben.

In dem Moment geschah es. Henry stolperte.

Normalerweise hätte er sich auf dem glitschigen Kopfsteinpflaster sicher wieder gefangen. Doch in den übergroßen Stiefeln knickte er um und schlug der Länge nach hin. Dabei rutschte ihm die Kapuze vom Kopf. Hastig rappelte er sich auf und zog sie sich wieder ins Gesicht.

„Los, weiter!“, zischte Master Finley.

Doch da hallte Stewart Todd seniors Stimme über den Innenhof hinweg.

„Stewart junior!“, rief er, und Stewi blieb wie angewurzelt stehen. Er drehte sich um und blickte zu seinem Onkel hinauf.

„Ja?“

„Mit wem warst du heute bei unserem Gefangenen?“

Stewi deutete auf Henry und tat unwissend.

„Mit ... Andrew. Du hast uns doch eingeteilt. Weißt du nicht mehr?“

Stewart Todd senior starrte zu ihnen hinunter und sagte eine lange Weile nichts.

„Onkel?“

„Wenn ich mich recht erinnere, hat Andrew helle Haare. So blond wie ein Weizenfeld.“

„Onkel?“, fragte Stewi erneut.

Doch sein Onkel achtete nicht auf ihn.

„Los! Macht das Tor zu!“, schrie er den Wachen zu, die auf dem Weg in die große Halle waren. „Und dann nehmt meinen Neffen und die Person neben ihm fest!“

Zwei Wachen eilten zum Tor. Die anderen beiden schritten auf Stewi und Henry zu. Doch Master Finley stellte sich ihnen erneut in den Weg und breitete seine Arme aus. „Tut mir leid, Männer. Ihr rührt die Jungen nicht an!“

Die beiden Wachen blieben stehen. „Master Finley. Bitte. Wir befolgen nur die Befehle des Rats.“

„Der Rat liegt falsch“, ertönte die Stimme von Mistress Dora. Sie hatte die Schubkarre abgestellt, sich ihren Hammer geschnappt und zu Master Finley gesellt. „Und ihr goldenen Jungchen solltet endlich mal eure Köpfe einschalten und darüber nachdenken, ob es richtig ist, einen Jungen, der nichts getan hat, wochenlang in ein Verlies zu sperren.“

Henry schlug die Kapuze zurück und ließ den Umhang zu Boden gleiten. Seine Tarnung war ohnehin aufgeflogen. Trotzdem ging ein Raunen durch die Menge. Stewart Todd seniors Gebrüll hatte noch weitere Wachen der goldenen Kompanie, Bedienstete und Drachenreiter angelockt. Sie alle starrten Henry an, während zwei Wachmänner das doppelflügelige Tor, das aus dem Innenhof der Wolkenburg in die Freiheit führte, schlossen und mit einem dicken Querbalken aus Eichenholz sicherten. Außerdem ließen sie das Fallgatter hinab. So schnell würde niemand den Innenhof verlassen!

Henry registrierte, wie Casper einen Schritt vom Brunnen wegtrat und Violet aufhörte, das Pferd zu tätscheln. Beide ballten ihre Fäuste. Genau wie einige der jungen Drachenreiter und zwei Stallburschen, die sich hinter Casper versammelten. Henry registrierte aber auch, wie sich ein paar andere zu den Wachen der goldenen Kompanie gesellten. Die Lager formierten sich.

„Stewi! Komm zu mir. Sollte dir die Goldzunge vergiftete Worte in deine Ohren geträufelt haben, ist jetzt der Zeitpunkt, dich wieder für die richtige Seite zu entscheiden. Die Gewinnerseite. Noch hast du die Wahl."

Stewis Blicke flogen gehetzt hin und her. Der Widerstand war zu schwach. Sie waren einfach zu wenige. Denn mittlerweile bevölkerten gut zwanzig Männer der goldenen Kompanie den Innenhof. Und sie standen treu an der Seite des Rates. An der Seite von Stewart Todd senior.

„Ich werde das Richtige tun, ich werde das Richtige tun, ich werde das Richtige tun", sprach sich Stewi Mut zu und bewegte sich nicht von Henrys Seite.

Henry dachte an Lady Blackstones Tagebuch. Er dachte an die Schwarzen Reiter und an Eric, Furor und Alba. Er holte tief Luft und blickte Stewart Todd senior fest in die Augen.

„Niemand muss sich für eine Seite entscheiden. Denn es gibt nur eine Seite. Wir werden nicht gegeneinander kämpfen. Das Bündnis der Sieben Feuer muss zusammenstehen. Wir sind Freunde, keine Feinde. Der einzige Feind, den wir haben, ist Lady Blackstone. Und wenn wir uns gegenseitig schwächen, wird sie nur stärker."

Henry hob die Arme in die Luft und kniete sich hin. Als Zeichen, dass er sich ergab. Er sog die Luft ein, die nach Herbst roch, und spürte die schwachen Strahlen der Sonne auf seinem Gesicht. Er sah in die Gesichter von Master Finley und Mistress Dora und suchte den Blick von Violet und schließlich von seinem Blutsbruder Casper. Dann knüpfte er das Band zu seinen beiden Drachen.

„Wenn es der Wille des Rates ist, dass ich eingesperrt werde, bis Lady Blackstone besiegt ist, dann werde ich das Urteil akzeptieren."

Eine Stille legte sich über den Innenhof. Die Wachen der goldenen Kompanie entspannten sich, während die Widerständler entmutigt die Arme sinken ließen.

Stewart Todd senior beugte sich über die Brüstung des

Wehrgangs. „Du hast recht, Henry McGregor", zischte er. „Es gibt nur die eine Seite. Doch du gehörst genauso wenig dazu wie Master Finley und Mistress Dora oder mein missratener Neffe. Ergreift sie und werft sie allesamt ins Verlies!", befahl er den Wachen der goldenen Kompanie. Dann wandte er sich an alle anderen. „Lasst euch das eine Warnung sein. Ich weiß, dass der ein oder andere von euch mit dem Gedanken gespielt hat, sich dieser Giftzunge dort anzuschließen. Lasst euch nicht von ihm einlullen. Heute will ich Milde walten lassen. Außer der Giftzunge und den dreien wird niemand eingesperrt. Doch ich warne euch alle." Er deutete mit zitterndem Zeigefinger auf Henry. „Dieser Junge bringt nur Unheil. Nehmt euch vor ihm in Acht!" Er deutete auf seinen Neffen, Master Finley und Mistress Dora. „Ich hoffe, dass ihr stärker seid als diese drei."

Henry starrte Stewart Todd senior mit offenem Mund an. Der Mann war offenbar verrückt geworden! Was hatte Henry ihm nur getan, dass er ihn so sehr fürchtete und hasste?

Bevor sich Henry jedoch weitere Gedanken machen konnte, zerriss ein Donnerhall die Luft. Die schweren Holzbohlen der beiden Torflügel zerbarsten. Im nächsten Moment wurde das Fallgitter aus den Angeln gerissen und landete mit einem lauten Scheppern auf dem steinernen Boden des Innenhofs. Ein riesiges rot geschupptes Haupt schob sich durch das Burgtor. Und der Drache brüllte so laut, dass Henry das Gefühl hatte, sein Trommelfell würde platzen.

Dann knüpfte Happy das Band zu ihm.

Warum macht ihr euch eigentlich die Mühe, immer wieder aufs Neue Pläne zu schmieden, wenn ihr doch wisst, dass sie nahezu jedes Mal schiefgehen? Los, schwingt euch auf meinen Rücken und lasst uns von hier verschwinden!

Henry erwachte aus seiner Starre. „Schätze, das ist Plan B!", rief er Stewi zu und schob ihn in Richtung Happy. Er griff nach Master Finleys und Mistress Doras Hand und zog sie hinter sich her. „Schnell, klettert auf seinen Rücken!", befahl er.

„Du meine Güte!", rief Master Finley aufgeregt. „Ich bin seit Jahren keinen Drachen mehr geritten und noch nie einen Teufelsgrind."

„Keine Angst, ich bin ja bei dir", knurrte Mistress Dora, die sich bereits wenig elegant Happys Hals hinaufgehievt hatte und ihm die Hand entgegenreckte.

Noch während Henry hinter die dreizehnte Schuppe sprang und Stewi direkt hinter ihn rutschte, überschlug sich Stewart Todd seniors Stimme. „Ergreift sie! Sie dürfen uns nicht entkommen!"

Doch die Männer der goldenen Kompanie bewegten sich keinen Millimeter. Sie alle kannten den ältesten, größten und griesgrämigsten Teufelsgrind noch aus der Zeit, als sie selbst Drachenreiter gewesen waren. Und jeder von ihnen wusste, dass man sich besser nicht mit ihm anlegte, wenn er schlecht gelaunt war.

V*ier Menschen auf einmal habe ich das letzte Mal nach der Belagerung von Cabrol getragen. Und alle vier haben zusammen weniger gewogen als Master Finley oder Mistress Dora allein,* beschwerte sich der alte Teufelsgrind, als sie auf das Haupt des Riesen zusteuerten.

„Ich bin mir nicht sicher, ob es klug war, mich zu retten“, entgegnete Henry. „Was wird jetzt aus dem Bündnis?“

Du undankbarer Wicht. Wenn es dir lieber ist, kann ich dich gern wieder zurück zum Verlies fliegen. Oder ich sperre dich in meine Drachenhöhle.

„Du weißt, was ich meine“, unterbrach Henry ihn.

Sie landeten auf dem Haupt des Riesen, und für einen Moment waren alle Sorgen wie weggewischt. Phönix kam wie ein junger Hund auf sie zugerannt, begrub Henry unter seinen Flügeln und presste ihn an seine geschuppte Brust. Und während Mistress Dora die anderen informierte, was auf der Wolkenburg geschehen war, feierten Henry und sein Drache ihr Wiedersehen.

Endlich, endlich, endlich!, wiederholte Phönix immer wieder, und Henry erlaubte sich, die Augen kurz zu schließen und den Geruch nach Schwefel, Rost und Pfeffer einzuatmen, der allen Drachen so eigen war. Dann löste er sich von seinem Drachen, und Phönix gab ihn frei.

„Du wolltest wirklich freiwillig wieder zurück ins Verlies?“, fragte Timothy ihn und ließ seinen Zeigefinger auf Schläfenhöhe kreisen.

Henry schaute sich um und entdeckte Timothy, Lucy, Chloé, Arthur und Edward. Sie saßen auf den Rücken ihrer Drachen. Auf Königsherz, Edwards Drachen, hatte zudem Master Duncan Platz genommen, und hinter Lucy entdeckte er Tippy Parrot. Mistress Dora war dabei, zu Chloé auf Tausendschön zu klettern, während Master Finley und Stewi auf Happys Rücken blieben.

„Kleine Planänderung“, ergriff Master Finley das Wort. „Nachdem wir aufgeflogen sind, können Dora und ich nicht auf Sieben Feuer bleiben. Stewart, der Mistkerl, würde uns sofort einsperren. Wir müssen also mitkommen.“

Henry drehte sich im Kreis. „Was ... was habt ihr vor?“

„Wir müssen eine Zeitlang verschwinden. Bis wir Lady Blackstone das Handwerk gelegt haben“, entgegnete Master Duncan.

„Du weißt doch. Wir stehen füreinander ein, Henry“, sagte Edward. „Wir lassen dich doch nicht in irgendeinem Loch verrotten!“

„Wir sind die Rebellion!“, rief Timothy und reckte eine Faust in die Luft. „Die Flamme des Widerstands!“

Henry schüttelte den Kopf. „Nein. Nein. Das ist nicht gut. Ihr müsst das nicht machen. Nicht für mich. Das Bündnis ist wichtiger."

„Nichts für ungut, Henry. Aber wir tun es für das Bündnis. Stewart senior hat sich verrannt. Er führt das Bündnis auf den falschen Weg. Direkt ins Verderben. Du, wir, also alle gemeinsam müssen wir das Bündnis schützen", brummte Master Duncan bestimmt.

„Aber", versuchte Henry zu widersprechen, als ihn ein Hieb auf die Schulter verstummen ließ.

Erschrocken drehte er sich um. Lucy stand vor ihm. Mit geröteten Wangen und Augen, die gleichzeitig Feuer sprühten und so feucht waren, dass er befürchtete, sie würden jeden Moment überlaufen. Wie oft hatte er sich diesen Augenblick herbeigewünscht.

Eine Weile schauten sie sich nur an, und die Drachen, die Master, ihre Freunde und die gesamte Welt um sie herum versanken. Bis Lucy Luft holte und ihn wild beschimpfte.

„Du blöder Kerl! Wir haben keine Zeit zu diskutieren. Schwing deinen Hintern auf Phönix' Rücken, und lass uns von hier verschwinden!"

Lucy hatte recht. Jetzt war es zu spät, eine andere Lösung zu finden. Fliehen, kämpfen oder sich einsperren lassen. Mehr Optionen gab es nicht. Und da sie ganz sicher nicht gegen ihre eigenen Leute kämpfen würden und niemand freiwillig ins Verlies ging, kam nur die Flucht infrage. Aber wo sollten sie hin? Was war mit der obersten Regel von Sieben Feuer, dass alles geheim bleiben musste?

Henry schwirrte der Kopf, als er widerstrebend auf Phönix' Rücken kletterte.

„Haben eure Drachen den Grenzenlossaft getrunken?“, fragte Master Duncan, und alle nickten.

„Grenzenlossaft getrunken“, wiederholte Tippy und kicherte. „Dann mir nach! Auf nach Nimmerland!“

Ein Drache nach dem anderen schwang sich in die Luft. Und als Phönix sich kraftvoll von der Erde abdrückte, über den gähnenden Abgrund sprang und einige Meter absackte, bevor ihm der Wind unter die gespreizten Flügel fuhr, waren der Monat im Verlies und die ungewisse Zukunft, die vor ihnen lag, vergessen.

Henry schloss die Augen und atmete den salzigen Geruch des Meeres ein. Er genoss den Wind, der an seiner Kleidung zerrte, hörte, wie das Kreischen der Möwen und das Blöken der Schafe leiser wurden, und spürte, wie er mit seinen besten Freunden auf die offene See hinausflog.

Nach einer Weile öffnete er die Augen wieder und knüpfte das Band zu Happy. „Weißt du, wo wir hinfliegen?“ Er wusste, dass der alte Teufelsgrind ab und zu das Band zu Tippy knüpfte, die genau wie Henry eine Goldzunge war.

Nimmerland, brummte Happy einsilbig.

„Genau. Und da treffen wir dann Peter Pan, Tinkerbell und die verlorenen Jungs.“

Was faselst du da?, regte Happy sich auf.

„Ich rede von den Romanfiguren", erklärte Henry. „*Peter Pan*. Das Buch kenne selbst ich."

Mag sein, dass Tippy die Insel nach dem Eiland aus diesem Buch benannt hat, gestand Happy ihm zu. *Aber es gibt sie wirklich*, erklärte er. *Sie liegt im Südwesten eures Königreichs. Tippy hat sie vor Jahren bei einer dieser Versteigerungen erworben, an denen sie so gerne teilnimmt.*

Happy erzählte das so beiläufig, als sei es das Normalste der Welt, sich eine Insel zu kaufen.

„Sie hat eine Insel ersteigert?", fragte Henry fassungslos.

Bist du während der Zeit in der Zelle noch begriffsstutziger geworden, als du ohnehin schon warst?, fragte Happy genervt und übermittelte Henry Bilder einer kleinen bewaldeten Insel mit einem Berg und einem Wasserfall, der sich in einen See ergoss.

Es gab ein paar Grashügel, auf denen Schafe weideten, eine Steilklippe an der nördlichen Seite, über der Seevögel kreisten, und einen breiteren Strandabschnitt an der südwestlichen Seite, der flach ins Meer abfiel. Hier war das Wasser wesentlich heller und ruhiger als auf der Nordseite.

„Die gesamte Insel gehört Tippy?", fragte Henry immer noch völlig ungläubig.

Vielleicht wusstest du es noch nicht, Zwerg, aber Tippy ist nach der Queen die reichste Frau im gesamten Königreich.

Henry war baff. Nein, das hatte er nicht gewusst. Andererseits wunderte ihn bei Tippy mittlerweile gar nichts mehr. Er schob die Bilder der Insel beiseite und löcherte Happy weiter mit den Fragen, die ihn am meisten beschäftigten.

„Und wie wollen wir ungesehen dahin kommen? Wir können doch nicht einfach mit so vielen Drachen quer über England fliegen und glauben, dass wir nicht entdeckt werden!"

Der Grund, warum wir dich erst heute aus dem Verlies befreit haben, ist der Wetterbericht. Schau mal nach Süden.

Henry starrte aufs Meer hinaus und begriff, worauf Happy hinauswollte. Nicht weit vor ihnen, sicherlich noch vor der goldenen Grenze, türmten sich Wolken auf, die höher waren als der Buckingham Palace.

Das gesamte Königreich liegt heute unter einer tief hängenden Wolkendecke, fuhr Happy fort. *Wir werden über den Wolken fliegen. Könnte ein bisschen kühl werden da oben, aber so sind wir vor neugierigen Blicken geschützt.*

„Und was machen wir, wenn wir da sind? Haben wir denn einen Plan, wie wir Lady Blackstone das Handwerk legen? Wann glaubt ihr, können wir wieder nach Sieben Feuer zurückkehren? Und warum sind Casper und Violet nicht bei uns?"

Ruhe!, donnerte es durch Henrys Geist. *Du fragst mir noch Löcher in mein Schuppenkleid. Versuch, dich zu entspannen. Genieß deine Freiheit! Genieß es, auf dem Rücken deines Drachen über das Meer zu fliegen, und vielleicht versuchst du auch einfach mal, die Ruhe zu genießen. R-U-H-E. Völlig unterschätzt, weil sie so still daherkommt. Aber mächtig, wenn dein Geist sich ihr öffnet.*

Damit kappte der alte Teufelsgrind das Band, und Henry dachte kurz darüber nach, was Happy ihm geraten hatte. Dann schüttelte er den Kopf und knüpfte das Band zu Phönix. Er hatte fürs Erste genug Ruhe in seiner kleinen Zelle gehabt.

Da bist du ja, freute sich sein Drache. *Du hast sicher mit Happy gesprochen, oder?* Aber bevor Henry antworten konnte, plapperte Phönix schon drauflos. Wie glücklich er sei, dass Henry wieder da war. Und dass nichts und niemand sie noch einmal voneinander würde trennen können. Er fluchte wild, als er über Stewart Todd senior redete, und noch wilder, als er von Lady Blackstone sprach. Vor allem aber beteuerte er, wie froh er sei, dass sie wieder gemeinsam durch die Lüfte ritten.

Henry genoss das bunte Geblubber seines Drachen. Ein Sturm aus Bildern, Wörtern und Gefühlen. Wie sehr hatte er das die letzten Wochen vermisst!

Sie flogen in Formation, nachdem Master Duncan darauf bestanden hatte. An der Spitze flogen Königsherz mit Edward und Master Duncan sowie Wellentänzerin mit Lucy und Tippy Parrot. Dahinter folgten Happy mit Stewi und Master Finley sowie Henry auf Phönix. Versetzt hinter ihnen bildeten Tausendschön mit Chloé und Mistress Dora, Pyrothargas mit Arthur und Timothy auf Königsblut die Nachhut.

Phönix und Henry brachen zweimal aus der Formation aus,

und beide Male fingen sie sich dafür einen Rüffel von Master Duncan ein.

„Bleibt an eurem Platz, verdammt noch eins!“, brüllte er sie über den Wind hinweg an. „Wenn die goldene Grenze hinter uns liegt und wir die Wolkendecke durchbrochen haben, könnt ihr euch von mir aus austoben. Jetzt aber noch nicht. Wer weiß, vielleicht kommt Stewart Todd senior auf die dumme Idee, uns aufhalten zu wollen. Zuzutrauen wäre es ihm. Und wenn dem so wäre, hätten wir in unserer Formation die größten Chancen, einen Riegel zu durchbrechen.“

„Was denn für einen Riegel?“, brüllte Henry zurück, doch Master Duncan winkte ab und deutete auf sein Ohr.

„Erklär ich dir, wenn es so weit ist.“

Doch zum Glück passierten sie die goldene Grenze, ohne dass andere Drachenreiter oder Wachen der goldenen Kompanie versuchten, sie daran zu hindern. Dann stiegen sie durch die Wolkendecke. Ein weißes feuchtes Nichts, in dem sie kaum die Hand vor Augen sehen konnten und es unnatürlich still war. Selbst der Wind schien hier zur Ruhe zu kommen.

Ganz schön anstrengend, beschwerte sich Phönix, der kräftig mit den Flügeln schlagen musste, um an Höhe zu gewinnen.

„Hoffentlich schafft Pyrothargas es“, sagte Henry.

Oder Happy, der muss Master Finley und Stewi tragen, entgegnete Phönix und kicherte.

Sie alle schafften es und genossen es, über den Wolken

dahinzugleiten – auch wenn es hier oben so bitterkalt war, dass ihre feuchten Umhänge steif froren.

Phönix vollführte sogar ein umgekehrtes Sonnenrad. Dabei schoss er senkrecht in die Höhe, überstreckte seinen Nacken und kippte nach hinten über. Henry wurde aus seinem Platz hinter der dreizehnten Schuppe des Rückenkamms gehoben und stürzte in die Tiefe. Doch Phönix schoss an ihm vorbei und tauchte in die Wolkendecke ein. Und als auch Henry drohte, erneut in den Wolken zu versinken, schob sich der mächtige Rücken seines Drachen unter ihn und fing ihn sanft auf.

„Angeber!“, rief Timothy und stürzte sich nun mit Königsblut in die Tiefe.

Dann gab es kein Halten mehr. Als Nächstes kletterte Lucy zu Wellentänzerins Schwanzspitze, ließ sich von ihr in die Luft katapultieren und vollführte einen eleganten Kopfsprung in die Wolken. Selbst Arthur konnte da nicht widerstehen. Er befahl Pyrothargas, knapp unterhalb der Wolkendecke zu fliegen. Dann erhob er sich und klemmte seine Füße zwischen zwei Zacken des Rückenkamms, um besseren Halt zu haben. Und nun sah es wirklich so aus, als ob er über die Wolken surfen würde.

„100% schade, dass niemand einen Fotoapparat dabeihat!“, rief er ausgelassen.

Master Duncan ließ sie eine Zeitlang gewähren, bis er sie schließlich wieder zur Ordnung rief. „Kommt schon, die Wolkendecke wird nicht ewig halten, und wir haben noch ein gutes Stück Weg vor uns.“

Kurz bevor die Sonne im Meer versank, erreichten sie Nimmerland. Das kleine Eiland ragte aus den schiefergrauen Wellen. Henry musste unwillkürlich an die Inseln denken, die er im Kindergarten und in der Grundschule gemalt hatte. Sie hatten genauso ausgesehen: ein sandfarbener Strand, grüne Wiesen, dunkelgrüne Wälder, in der Mitte ein Berg mit einem Wasserfall und einem See davor.

„Wunderschön!", rief Chloé beeindruckt.

„Sollte ich jemals genug Geld haben, würde ich mir genau so eine Insel kaufen", stimmte Lucy ihr zu.

„Insel kaufen", wiederholte Tippy vergnügt und deutete mit der Hand über Lucys Schulter. „Sag Wellentänzerin, dass sie gegen den Uhrzeigersinn in immer kleineren Kreisen über die Insel fliegen soll. Dann zeig ich euch alles."

Wellentänzerin überholte Königsherz und setzte sich an die Spitze der Drachen. Und während sie über die Insel sausten, drehte sich Tippy zu den anderen um, formte mit den Händen einen Trichter um ihren Mund und rief ihnen über den Wind hinweg zu, was sie unter sich vorfanden.

„Von Osten her bis in die Mitte der Insel zieht sich der Hain der tanzenden Eichen."

„Warum tanzend?", wollte Lucy wissen.

Arthur schüttelte den Kopf und stöhnte. „Frag sie doch nicht auch noch! Wir kennen doch Tippys verrückte Erklärungen."

Aber Tippy ließ sich nicht die Laune verderben.

„Im Frühjahr könnt ihr hier ein blaues Wunder erleben", rief sie. „Dann bedecken Abertausende Hasenglöckchen den Waldboden. Wie ein großer blauer See. Und manchmal, nachts, wenn der Wind die Blütenköpfchen der Hasenglöckchen schaukeln lässt, ertönt eine leise Melodie, und die Bäume erwachen zum Leben. Dann tanzen die Eichen umeinander. Und hin und wieder kommt es vor, dass am nächsten Morgen der ein oder andere Baum ganz woanders steht."

„Ich hab's euch doch gesagt! 100% negativ", maulte Arthur.

Tippy deutete auf den Wasserfall, den man aus der Ferne tosen hörte. „Das ist die Kuhflucht. Über 280 Meter stürzt sich das Wasser in drei Fallstufen in die Tiefe."

„Kuhflucht? Ernsthaft?", stöhnte Arthur. „Auf *die* Erklärung bin ich gespannt."

„Der Begriff leitet sich angeblich von den Römern ab, die die Insel als Erstes besiedelten. Lateinisch *Confluctum* – der Zusammenfluss des Wasserfalls mit dem See."

„Mmh", brummte Arthur. „Das klingt irgendwie logisch."

„Den See haben die Römer angeblich auf den Namen *Lacus Aureus* getauft", ließ Tippy sie wissen. „In der Mitte des Sees soll eine Spalte sein, so tief, dass sie bis zum Mittelpunkt der Erde reicht. Dort haben die Römer früher ihren Göttern gehuldigt und Opfergaben in Form von Goldmünzen versenkt. Und im Sommer, wenn die Sonne tief auf dem Wasser steht, sieht es wirklich so aus, als ob die gesamte Seeoberfläche golden schimmert."

Tippy blinzelte Arthur zu.

„Über das Moor, die Grotten, die unterirdischen Höhlen bei den Steilklippen und die davorliegende Bucht der untertauchenden Drachen erzähle ich euch später."

Kaum am Boden angekommen, erwartete sie eine Überraschung. Als sie von ihren Drachen kletterten, trat ein Mann zwischen den Bäumen hervor. Verschwitzt mit Holzspänen im Haar und einer Säge in der Hand.

„Charles!", rief Henry erfreut und rannte seinem Cousin entgegen. „Was machst du denn hier?"

„Bin gerade mit einer eurer Unterkünfte fertig geworden", antwortete er und lachte. „Ich arbeite nicht mehr für Stewart Todd senior oder den Rat. Als ich gehört habe, dass sie dich auf Sieben Feuer eingesperrt haben, habe ich den Alumni den Rücken gekehrt."

Henry verzog das Gesicht. „Ihr dürft meinetwegen nicht alle euer Leben über den Haufen werfen."

Charles legte die Säge auf die Erde, rieb sich über die Blasen an seinen Händen und grinste schief. „Fühlt sich ein bisschen so an wie nach einem langen Drachenritt. Oder einem besonders harten Drachenballspiel. Wenn man sich mal wieder zu lange an einer schartigen Drachenzacke festgehalten hat."

Er ging zu Happy, der sein mächtiges Haupt beugte, bis es vor Charles' Gesicht schwebte. Vorsichtig pressten die beiden ihre Stirn aneinander und verharrten so eine Weile. Henry fragte sich unwillkürlich (und ein klein wenig eifersüchtig), ob Happy ihn auch jemals so schätzen würde wie Charles, der vor ihm sein Reiter gewesen war.

Schließlich löste sich Charles aus der Drachenumarmung und drehte sich wieder zu Henry um. „Sieben Feuer. Das Bündnis. Es ist größer als wir, Henry. Stewart und der Rat sind dabei, es zu verraten. Und du ..." Er unterbrach sich. „Also *wir* müssen sie aufhalten."

„Aufhalten", wiederholte Tippy und deutete auf den schmalen Pfad, der in den Wald hineinführte. „Das machen wir alle gemeinsam. Allerdings nicht heute. Lasst uns erst mal zu unseren Unterkünften gehen. Mit Henrys Befreiung und unserer Flucht ist mein Bedarf an Abenteuern für heute erst einmal gedeckt. Alles Weitere besprechen wir später. Und sagt euren Drachen, dass sie hier auf der Lichtung warten sollen. Ich brauche jetzt erst mal einen ordentlichen Tee. Folgt mir." Sie blinzelte ihnen zu und tänzelte davon.

Nach wenigen Minuten, die sie im Gänsemarsch durch den Wald gegangen waren, erreichten sie erneut eine Lichtung, die von mehreren hohen Eichen umgeben war. Die Stämme der

Bäume waren so dick, dass es fünf ausgewachsene Männer gebraucht hätte, um sie zu umarmen. In der Mitte der Lichtung stand ein hölzernes Podest. Henry schätzte, dass es ungefähr zehn mal zehn Meter groß war. Auf dem Podest befand sich ein grob gezimmerter Tisch, um den jede Menge Baumstümpfe als Sitzgelegenheiten standen. Henrys Blick wanderte nach oben. Über dem Tisch, zwischen den Eichen, hatte jemand ein ausgedientes Fischernetz gespannt, in das zahlreiche Farne und Federn geflochten worden waren.

„Das Segel der tausend fliegenden Fische", erklärte Tippy, die Henrys staunenden Blick bemerkt hatte. „Angeblich hat es mal Bernard Fokke gehört, dem niederländischen Seemann. Auch bekannt unter dem Namen Fliegender Holländer. Mit dem Segel da", sie deutete mit ihrem knochigen Finger nach oben, „soll er angeblich in nur drei Monaten die Strecke zwischen der Gewürzinsel Java und Holland zurückgelegt haben."

„Negativ", mischte Arthur sich ein. „Dieses Kunststück soll ihm gelungen sein, weil er den Mast seines Schiffes mit eisernen Stangen namens Rahen gestützt hat. Deshalb konnte er fast immer unter vollen Segeln fahren, egal, wie stark der Wind wehte."

Tippy drehte sich zu ihm um, kniff ihre Augen zusammen und musterte ihn stumm.

Arthur verschränkte die Arme vor der Brust und schob angriffslustig sein Kinn vor.

Tippy begann zu kichern. „Ich hab dich vermisst, Arthur", sagte sie und tätschelte seine Drachenballkappe.

Henry hatte unterdessen an einem Eichenstamm einige quer genagelte Holzbretter entdeckt, die als provisorische Leiter hinauf in den Baum führten. Aus den dichten Kronen von zwei anderen Bäumen hingen Taue mit vielen kleinen Knoten herab, die man ebenfalls als eine Art Leiter benutzen konnte. Lucy rannte sofort darauf zu und hangelte sich hinauf. Barfuß, wie sie war, fiel ihr das wesentlich leichter als Edward, der versuchte, es ihr nachzumachen.

„Das müsst ihr euch anschauen!", erklang wenig später ihre Stimme aus der Krone des Baums. „Das ist der absolute Wahnsinn!"

Henry sah Arthur an, der skeptisch den Kopf schüttelte. „100% zu gefährlich." Er verschränkte die Arme vor der Brust. „Da klettere ich nicht hoch."

Charles, der bereits dabei war, Lucy hinterherzusteigen, hielt inne und grinste zu ihnen hinab. „Es gibt auch ein paar Unterkünfte im Erdgeschoss. Schaut mal auf der Rückseite des Baums nach."

Er deutete auf eine Eiche, die etwas weiter weg am Rand der Lichtung halb auf einem Felsen stand. Ihre Wurzeln hatten sich wie Kerzenwachs über den Stein ergossen, waren durch die kleinsten Spalten gewandert und bedeckten ihn fast komplett unter sich. Arthur hob die Schultern, und Henry, der eigentlich lieber den anderen hinterhergeklettert wäre, folgte ihm. Als sie die Eiche umrundet hatten, blieben ihnen die Münder offen stehen.

„100% positiv“, hauchte Arthur schließlich, und Henry nickte langsam.

Das Wurzelwerk der Eiche bildete ein Dach, und der auf der Rückseite ausgehöhlte Fels formte die Wände. Der Eingang zur Höhle war mit dichten Efeuranken verdeckt, durch die es aus dem Inneren leuchtete. Neugierig schob Henry die Efeuranken beiseite, und sie sahen, dass das Höhleninnere ungefähr die Größe eines Viermannzeltes hatte. An einer Wurzel hing eine Glasschale, die mit kaltem Feuer gefüllt war. Der Boden der Höhle war mit dickem, weichem Moos bewachsen, das unter ihren Füßen nachgab, als sie hineinkletterten. Vorsichtig stiegen sie über die beiden Schlafsäcke und Kissen, die auf dem Boden ordentlich nebeneinanderlagen. An der hinteren Felswand stand eine kleine hölzerne Kommode.

„100% gemütlich“, stellte Arthur fest. „Hier ziehe ich ein. Willst du mein Zimmergenosse sein?“

Henry senkte den Blick zur Erde. Es stimmte, die Höhle war sehr gemütlich, doch er war neugierig auf die Baumhäuser. Er begann rumzudrucksen, doch Arthur winkte erleichtert ab. „Ich hab nur aus Höflichkeit gefragt. Ich hätte dich natürlich gerne bei mir. Aber noch lieber wäre es mir, wenn ich die Kiste Bücher, die Pyrothargas extra für mich hierhergeschleppt hat, zu mir nehmen könnte.“

Henry seufzte erleichtert. Da fiel ihm das Tagebuch von Lady Blackstone ein, und er zog es aus seinem Stiefel.

„Mann!“, rief er. „Das habe ich in der ganzen Aufregung ja

völlig vergessen! Aber erinnerst du dich noch an die Bücher, die ich durcharbeiten sollte, bevor ich eingekerkert wurde?"

Arthurs Gesicht färbte sich rosa, und er begann, verschämt seine Brille zu putzen. „Henry ... das waren jetzt nicht unbedingt Werke, von denen ich mir viel versprochen habe. Ich habe sie ehrlich gesagt für dich ausgewählt, weil genaues und schnelles Lesen nicht unbedingt zu deinen Stärken gehört."

Henry winkte ab und kramte das schmale Tagebüchlein von Lady Blackstone hervor.

„Hier! Das war in einem der Bücher versteckt." Er reichte es Arthur. „Ich bin mir ziemlich sicher, dass Lady Blackstone es geschrieben hat. Da stehen unter anderem ziemlich spannende Sachen über Eric, die erste Goldzunge, drin. Solltest du unbedingt lesen."

Arthur griff sich das Büchlein und setzte sich seine Brille wieder auf. Er schlug die erste Seite auf. Dann die zweite, dann die dritte.

„Arthur?", fragte Henry, doch sein Freund hörte ihn schon nicht mehr. Stattdessen setzte er sich wortlos im Schneidersitz unter die Lampe aus kaltem Feuer und vertiefte sich weiter in das Buch. „Erde an Arthur!", rief Henry nun lauter, und Arthur blickte verwirrt auf.

„Das ist ein beeindruckender Fund, Henry! Mit diesem Büchlein können wir in Lady Blackstones Inneres schauen. In ihren Geist. Wir können nachvollziehen, wie sie denkt. Vielleicht gibt sie Geheimnisse über sich preis. Vielleicht ..."

Henry unterbrach ihn. „Arthur! Obwohl ich – wie du bereits netterweise bemerkt hast – nicht der schnellste Leser bin, habe ich das Heftchen während meiner Zeit im Verlies mindestens dreißig Mal durchgelesen. Ich kann es quasi auswendig. Und ja, es stehen spannende Sachen drin, über die wir reden müssen. Über Eric, die erste Goldzunge, aber auch über Lady Blackstone und insbesondere ihre Drachendame."

Arthur nickte. „100% positiv. Geh zu den anderen. Ich muss lesen."

„Okay, okay, ich geh ja schon", sagte Henry. „Keine falsche Höflichkeit."

Er verließ die Höhle, umrundete die dicke Eiche und stand wieder auf der Lichtung. Die Master waren gerade dabei, sich einzurichten und die Sachen, die sie mitgebracht hatten, zu verstauen. Es gab ein paar weitere Höhlen wie die, die Arthur bezogen hatte, und auch einige olivgrüne Zelte, die aussahen, als ob sie vor Jahrzehnten von der Armee ausgemustert worden wären. Master Duncan mühte sich damit ab, eines von ihnen aufzurichten. Dabei hatte seine Gesichtsfarbe einen ungesunden rötlichen Ton angenommen, der noch eine Spur dunkler wurde, als die hintere Seite des Zeltes in sich zusammenstürzte.

„Wir können uns doch eine Höhle teilen", bot Master Finley großzügig an.

Doch Master Duncan schüttelte verbissen den Kopf. „Danke, aber nein, danke, Fin. Bevor ich mir die ganze Nacht dein Geschnarche anhöre, schlafe ich lieber im Zelt."

Die andere Seite des Zeltes brach in sich zusammen.

„Welches Zelt genau meinst du?“, fragte Master Finley amüsiert, und Master Duncans Gesichtsfarbe wurde noch eine Spur röter.

Bevor Master Duncan explodierte, kletterte Henry schnell die Leiter, die an eine der Eichen genagelt worden war, hinauf. Aus der Baumkrone über ihm hörte er die Stimmen seiner Freunde. Nach gut fünf Metern war die Leiter zu Ende, und der Stamm verzweigte sich in fünf dicke Äste, die wie die Finger einer Hand in den Himmel ragten. Henry entschied sich für den mittleren Ast und kletterte weiter.

Er kam an eine Stelle, an der er keinen Ast mehr erreichte, um weiter nach oben zu steigen. Doch dann sah er, dass jemand einen Fensterknauf in das Holz geschraubt hatte, an dem er sich weiter hochhangeln konnte. Er entdeckte weitere Kletterhilfen: eine umgedrehte Türklinke, auf der er sich abstützen konnte, und den hölzernen Arm einer Statue, die ihm die Hand entgegenstreckte. Am seltsamsten fand er jedoch eine große bronzene Nase, die verkehrt herum in der Rinde des Baums verschraubt worden war und in deren Nasenlöchern man sich festhalten konnte.

Schließlich schob er den Kopf an mehreren Blättern und kleinen Ästen vorbei und sah das Baumhaus, das Lucy gerade so in Begeisterung versetzt haben musste. Er hievte sich auf eine kleine Veranda, hinter der sich das eigentliche Baumhaus befand. Zwischen den Ästen der Eiche waren Wände

aus Holzbrettern gesetzt worden. Keine einzige war gerade. Alle waren schief und krumm und fügten sich so perfekt in den natürlichen Wuchs der Eiche ein. Hohlräume waren mit Lehm und Erde verputzt worden. Das Dach bestand aus vielen Lagen Schilfrohr, Holz und Blättern. Das Häuschen hatte eine niedrige Eingangstür und links und rechts davon zwei runde Fenster.

Henry duckte sich, um durch die Tür ins Innere des Häuschens zu gelangen. Es bestand aus einem kleinen Raum. Auf der Erde lagen zwei dickere Strohmatten und darauf Schlafsäcke und Kissen. An der hinteren Wand des Häuschens gab es eine weitere Tür, durch die nun Lucy eintrat.

„Herzlich willkommen in Lucys Vogelnest! Komm, ich führe dich herum." Sie verschwand durch die kleine Tür, durch die sie gekommen war. Dahinter befand sich wieder eine Art Veranda, nur diesmal ohne Brüstung. Dafür gab es einen Bereich, der statt aus Brettern aus einem eng geknüpften Netz bestand. Lucy hüpfte hinein. Die Seile knarzten ein wenig, doch das Netz hielt. „Es ist wie eine riesige Hängematte!", rief sie begeistert, und Henry kletterte vorsichtig zu ihr. „Komm, leg dich auf den Rücken", sagte sie, und Henry legte sich neben seine Freundin und blickte nach oben. Genau über ihnen hatte das Blätterdach eine Lücke. Die dicke Wolkenschicht begann sich aufzulösen und gab den Blick auf den dunkler werdenden Abendhimmel frei. „Wenn es nicht regnet, können wir hier schlafen. Mit Blick auf die Sterne. Ist das nicht toll?"

„Mmhh", murmelte Henry und bekam einen Schlag gegen die Schulter verpasst.

„Ein bisschen mehr Begeisterung, bitte", forderte Lucy.

„Ja, ja", beeilte er sich zu sagen. „Es ist nur ..." Er verstummte und suchte nach den richtigen Worten. „Es ist nur, dass ich das Gefühl habe, dass ihr das alles hier nur meinetwegen tut: das Bündnis verraten und Sieben Feuer zurücklassen. Was ist, wenn Lady Blackstone sich überlegt, es ausgerechnet jetzt anzugreifen? Dann sind Happy, Master Duncan, Mistress Dora, Master Finley und auch wir nicht da, um es zu beschützen." Er drehte sich auf den Bauch. „Wir sind aber nur gemeinsam stark. Wenn ich eines auf Sieben Feuer gelernt habe, dann das. Und jetzt bin ich schuld, dass wir keine Einheit mehr sind."

Lucy boxte Henry wieder auf die Schulter. Dieses Mal fester. „Red dir nicht so einen Blödsinn ein. Stewart Todd senior hat es zugelassen, dass Lady Blackstone einen Keil in das Bündnis treiben konnte. Nicht du. Du, ich meine, wir sind die, die das Bündnis wieder zusammenführen werden!"

„Wieso ich? Wieso muss sich alles immer um mich drehen? Wieso kann ich nicht mal ein ganz normales Jahr auf Sieben Feuer erleben wie Hunderte Drachenreiter in Hunderten Jahren vor mir?", wollte Henry wissen.

„Ich glaube, es gibt Menschen, die dazu bestimmt sind, voranzugehen."

Henry dachte an Eric Crawford und an Lady Blackstone. „Bin mir echt nicht sicher, ob ich solche Typen leiden kann", sagte er.

„Solange sie in die richtige Richtung gehen, ist nichts an ihnen auszusetzen", grinste Lucy.

„Und woher weiß man, dass es die richtige Richtung ist?"

Lucy kicherte. „Also in deinem Fall werde ich dein Kompass sein. Und immer wenn du falsch abbiegst, haue ich dir auf die Schulter."

In diesem Moment hörten sie Schritte, die näher kamen, und sie rappelten sich auf. Und erst jetzt sah Henry die schmale Hängebrücke, die von ihrer Plattform wegführte und in der Baumkrone der benachbarten Eiche verschwand.

„Hey, ihr zwei!", rief Timothy ihnen entgegen. „Das müsst ihr euch ansehen. Kommt mit!"

Er drehte sich um und marschierte die Brücke in die andere Richtung davon.

Lucy blickte Henry fragend an. „Alles klar mit dir?"

Henry nickte. Doch sie wussten beide, dass er noch nicht überzeugt war. Trotzdem krabbelten sie aus dem Netz und betraten die schwankende Brücke, die nur durch ein paar niedrig hängende Seile an den Seiten gesichert war.

„Arthur werden wir wohl niemals hier hochbekommen", vermutete Lucy, als sie in das Blattwerk der anderen Eiche eintauchten.

Das Ende der Brücke führte sie auf eine kleine kreisrunde Plattform, die um den Stamm der Eiche herum gebaut worden war. Von dort aus wand sich eine Wendeltreppe den Stamm hinauf. Der Baum war bestimmt noch mal zehn Meter höher als die Eiche, in die ihr Baumhaus gebaut worden war. Lucy kletterte leichtfüßig wie ein Eichhörnchen weiter, und Henry hatte alle Mühe, ihr zu folgen.

Die Wendeltreppe ging in eine Art natürliche Treppe aus dicken Ästen über, und als sie einen Vorhang aus Zweigen zur Seite schoben und ein weiteres Baumhaus entdeckten, staunten sie nicht schlecht. Das Baumhaus war riesig! Aber das wirklich Besondere daran war, dass es zwei Stockwerke hatte. Aus dem Fenster des oberen Stockwerks winkten Edward und Charles ihnen zu.

Unten öffnete sich im selben Moment eine Tür, und Stewis Gesicht kam zum Vorschein.

„Herzlich willkommen!", ertönte hinter ihm Timothys Stimme. Er wandte sich an Henry. „Da Arthur sich niemals hier hochtrauen wird, Edward sich mit Charles zusammengetan hat und du Verräter bei Lucy eingezogen bist, muss ich wohl oder übel mit Stewi vorliebnehmen."

Er nickte in Stewart Todd juniors Richtung.

„Können wir wirklich sicher sein, dass er kein Spion der anderen Seite ist?", fragte Timothy, und Stewi blickte verlegen zu Boden.

„Hör nicht auf ihn", sagte Henry und streckte Stewi die Hand entgegen. Dann erinnerte er sich an etwas, was Happy mal zu ihm gesagt hatte: „Wir können nicht ändern, wo wir herkommen, wohl aber, wo wir hingehen."

„Hast du etwa mit meiner Oma gesprochen? Der Spruch hätte auf ihrem Abreißkalender stehen können", frotzelte Timothy, doch Henry ignorierte ihn.

„Ich wollte mich noch mal bei dir bedanken. Ohne dich würde ich immer noch in diesem Verlies sitzen. Und dass du dich gegen deinen Onkel gestellt hast, war echt mutig."

Stewi verzog das Gesicht zu einem breiten Grinsen und

schlug ein. „Seit ich Timothy hier kennengelernt habe, bin ich mir zwar nicht mehr zu 100% sicher, ob ich wirklich auf der richtigen Seite gelandet bin ... aber gern geschehen."

„Wer hat Lust auf eine kleine Mutprobe?", unterbrach sie eine Stimme von oben. Edward hatte sich zu ihnen hinuntergebeugt und schaute sie erwartungsvoll an. Henry fiel auf, dass das sonst so adrett zum Seitenscheitel frisierte Haar seines Freundes länger geworden war und ihm mittlerweile bis über die Ohren fiel.

„Los, kommt! Der Letzte, der hier oben bei uns ist, ist ein Blackstone", forderte Edward sie heraus.

Die Jungs hangelten sich nacheinander ein dickes Seil mit Knoten hinauf, während Lucy die Äste nach oben kletterte. Sie kam als Erste auf der Plattform an. Die anderen purzelten übereinander, sodass es unmöglich war, festzustellen, wer wirklich Letzter geworden war. Sie rappelten sich auf, und schon wieder blieb ihnen auf Tippys Insel die Spucke weg.

„Wunderschön", hauchte Lucy.

Sie befanden sich in der Krone des wahrscheinlich größten Baumes auf Nimmerland. Vor ihnen erstreckte sich in der einen Richtung ein riesiges grünes Blättermeer und in der anderen ein Tal, in dem sich ein kleiner See mit einem Wasserfall befand. Das Wasser darin schimmerte dunkelgrün, und die Strahlen der Abendsonne, die auf die sanften Wellen fielen, glitzerten wie tausend kleine Sterne.

Vor dem See zur Waldseite hin, also ziemlich genau unter ihnen, befand sich ein dunkler Fleck von der Größe eines halben Fußballfeldes.

„Was ist das?", fragte Stewi.

„Sieht aus wie ein riesengroßer Kuhfladen", meinte Henry.

„Da müsste aber eine Büffelherde jahrelang auf den gleichen Fleck geschissen haben, um so was zu produzieren", stellte Timothy fest.

Charles gesellte sich zu ihnen. „Das ist das Blackmoor", erklärte er. „Und ob ihr es glaubt oder nicht, hier sticht sich Tippy Torf ab, um ihren eigenen Whiskey zu brennen."

„Sie brennt sich ihren eigenen Whiskey?", fragte Stewi erstaunt. „Ist das nicht verboten?"

Charles schnaubte kurz. „Meinst du, so was kümmert Tippy? Obwohl der Rat es ihr verboten hat, hat sie den Whiskey *Drachenatem* genannt. Unter Whiskeykennern gilt er als absolute Kostbarkeit."

„Was soll denn jetzt die Mutprobe sein?", fragte Lucy gelangweilt. „Hoffentlich nicht Whiskey trinken."

Charles schüttelte den Kopf und deutete auf eine Liane, die an einen Ast über ihm geknotet war.

„Kann man sich damit etwa bis zum See schwingen?", fragte Lucy begeistert.

Ein kleines gemeines Lächeln stahl sich auf Charles' Gesicht. „Nicht ganz." Er deutete auf das Moor. „Man kommt ungefähr bis zur Mitte über das Moor. Aber wenn ihr genau hinschaut, seht ihr, dass da eine weitere Liane hängt. Die muss man sich schnappen, um sich damit über den anderen Teil des Moores zu schwingen und im See zu landen."

„Du hast sie ja nicht alle!", schimpfte Timothy. „Entweder man bricht sich den Hals oder man versinkt im Moor. Was ist das denn für eine bescheuerte Mutprobe?"

„Die alte Tippy schwingt sich jeden Morgen zum Wachwerden von hier bis zum See", gab Charles achselzuckend zurück.

Timothy verschränkte die Arme vor der Brust. Und auch Stewi, Henry und Edward konnte man an den Gesichtern ablesen, dass sie wenig begeistert waren.

„Das Moor ist nicht tief", ließ Charles sie wissen. „Wenn ihr nicht gerade kopfüber reinfallt, kann nichts passieren. Dann bleibt ihr auf Hüfthöhe stecken. Dauert 'ne Zeit, bis man sich an den Rand gezogen hat, und noch mal so lange, bis man sich den Dreck abgewaschen hat. Mehr passiert aber nicht."

Während die Jungen weiter skeptisch zwischen dem Moor und dem See hin und her blickten, hatte Lucy sich bereits die Liane geschnappt und war auf einen Ast über ihnen geklettert.

„Ihr Hasenfüße!", rief sie ihnen zu, drückte sich ab und sprang in die Tiefe.

Alle schnappten nach Luft, als sie davonsauste. Ihr schwarzer Lockenkopf verschwand zwischen den Blättern, und für einen kurzen Augenblick konnte man nur noch hören, wie sie durch den Blätterwald rauschte.

„Da!", rief Edward, als Lucy am Waldrand wieder auftauchte und sich über das Moor schwang.

„Jetzt!“, murmelte Charles angespannt, und genau in diesem Moment ließ Lucy ihre Liane los. Sie zog ihren Körper zu einer kleinen Kugel zusammen, machte einen Salto vorwärts und streckte sich dann so lang aus, wie sie konnte. Alle hielten den Atem an und stießen ihn erleichtert aus, als Lucy mit den Fingerspitzen das Ende der anderen Liane zu fassen bekam und weiter Richtung See schwang. Als sie dort am höchsten Punkt war, ließ sie wieder los, überstreckte ihren Körper nach hinten und machte einen Rückwärtskopfsprung in das glasklare Wasser.

„Diese Angeberin“, kommentierte Timothy.

„Sie stammt aus dem Duffy-Clan, oder?“, fragte Charles, der dabei war, sich das Ende der ersten Liane zurückzuangeln.

Henry nickte.

„Die machen wohl immer noch ihr Mitternachtsspringen.“

Henry grinste. „Scheint hierfür eine gute Übung zu sein.“

Stewi nahm Charles das Ende der Liane aus der Hand. „Ich bin zwar aus dem Murray-Clan, aber ich war oft genug dabei, als die Duffys nachts ihre Sprünge geübt haben.“

Henry erinnerte sich noch gut daran. Stewi und Dex hatten ihm damals böse Blicke zugeworfen und ihn das ein oder andere Mal als Giftzunge beschimpft.

„So mutig?“, fragte Timothy.

Statt zu antworten, schwang Stewi sich davon. Henry blickte ihm nach und dachte an ihr Treffen auf der Terrasse des *King's*

Arms, als Graham Green und Lady Blackstone aufgetaucht waren. Damals war Stewi nicht so mutig gewesen. Aber Menschen schienen sich zu ändern.

Doch als Stewi über das Moor schwang, ließ er die Liane etwas zu früh los.

„Anfängerfehler", sagte Charles grinsend, als Stewi mit einem lauten Platscher in den Matsch fiel und bis zur Brust darin versank. „Wer will als Nächstes?"

Edward schnappte sich das Ende der Liane. „Kann doch nicht so schwer sein", murmelte er und schwang sich davon. Aber er wartete etwas zu lange und ließ die Liane erst los, als er den höchsten Punkt bereits erreicht hatte. Und so landete er neben Stewi im Schlamm.

Timothy gackerte schadenfroh, bis Charles ihm die Liane reichte.

„Also, nicht zu früh und nicht zu spät loslassen. Kann ja wohl nicht so schwer sein", sprach er sich selbst Mut zu und stürzte sich mit einem Tarzanschrei in die Tiefe. Timothy erwischte den optimalen Zeitpunkt, die Liane loszulassen. Doch das überraschte ihn selbst so sehr, dass er vor Aufregung ins Leere griff und mit einer Arschbombe genau zwischen Stewi und Edward im Matsch landete. Es spritzte nach allen Seiten.

„Hey, pass doch auf!", schimpften die beiden.

Charles reichte Henry die Liane und grinste.

„Keine Angst, ich fall schon nicht rein", entgegnete Henry übermütig.

Charles zog fragend eine Augenbraue hoch. „Lucy ist bisher die Einzige, die es beim ersten Mal geschafft hat."

Henry lächelte seinen Cousin an. „Arthur hat mir beigebracht, dass man immer einen Plan B haben sollte."

Er schwang sich davon, und kurz sackte ihm das Herz in die Hose. Doch während er immer schneller wurde, das Braun der Äste und das Grün der Blätter zu einem einzigen Farbwirbel verschwammen, fühlte er sich so lebendig wie lange nicht mehr.

Tief im Bauch spürte er, als er den tiefsten Punkt erreicht hatte und die Liane ihn wieder nach oben zog. Er ließ los und segelte durch die Luft. Sein Timing war gar nicht schlecht gewesen. Aber leider nicht perfekt. Er würde das andere Ende der Liane nicht erreichen! Doch das war egal. Denn in diesem Moment stürzte Phönix aus dem Himmel. Henry reckte seine Arme in die Luft, und sein Drache griff nach seinen Händen, kurz bevor seine Stiefelsohlen die Mooroberfläche berührten.

„Schiebung!"

„Beschiss!"

„Nicht fair!"

Die Rufe seiner Freunde, die im Moor feststeckten, folgten ihm, doch Henry lachte nur.

Er knüpfte erneut das Band zu seinem Drachen. „Lässt du mich über dem See los? Dort, wo Lucy ist?"

Wird gemacht, antwortete Phönix glucksend.

Nicht ganz so elegant, aber doch mit einem ganz passablen Kopfsprung tauchte Henry neben seiner Freundin in den See ein.

„Plan B?", lachte sie.

„Irgendwas von Arthurs Intelligenz muss ja auf mich abfärben", sagte Henry und grinste breit.

Als die Sonne bereits untergegangen war, saßen sie alle gemeinsam um ein knisterndes Lagerfeuer und drehten Stöcke in den Flammen, auf die sie frisch gefangene Fische gespießt hatten.

„100% heiß, heiß, heiß", japste Arthur, nachdem er ein großes Stück Fisch mit den Zähnen von seinem Stock gezerrt hatte.

„Puh, ihr stinkt wie die Moorleichen", murrte Master Duncan, der zwischen Edward und Timothy saß.

Die beiden waren zusammen mit Stewi erst später zu ihnen gestoßen, da es gedauert hatte, bis sie sich aus dem Moor gekämpft und gewaschen hatten. Immerhin hatte Lucy Wellentänzerin gebeten, die drei trocken zu pusten.

„Das hatte ich vergessen zu erwähnen", sagte Charles mit gespielt schlechtem Gewissen. „Der Moorduft vergeht, egal, wie oft man sich wäscht, erst nach ungefähr einer Woche."

„Nach einer Woche", bestätigte Tippy kichernd.

„Dieser Ort hier ist wirklich einzigartig. Aber wie kommt man auf die Idee, sich eine Insel zu kaufen?", fragte Chloé.

Tippy lächelte sie über das Feuer hinweg an.

„Ich habe lange über die Frage nachgedacht, ob ich mir einen See kaufen soll, in dem eine kleine Insel liegt, oder eine Insel, auf der es einen kleinen See gibt. Eines Nachts, schon vor Jahren, ist mir schließlich Onyx begegnet", begann sie. „Der Ur-Drache. Er hat mir diesen Ort hier gezeigt. Und da es ihn nur in meinem Traum gab, habe ich mir überlegt, dass es eine gute Idee wäre, ihn zu erschaffen."

Tippy hob einen kleinen Kupferbecher an die Lippen und nippte daran. Sie hatte für die Master und auch für Charles eine Flasche ihres selbst gebrannten Whiskeys aufgemacht.

„Nimmerland ist wie ein kleines Sieben Feuer. Eure Drachen werden es gespürt haben." Sie sah Arthur über den Rand ihres Bechers hinweg an. „Es ist wirklich so. Am Grund des Sees liegt jede Menge Gold, sodass wir auf dem Weg hierher auch eine goldene Grenze überquert haben. Und Nimmerland liegt so weit ab von jeglichen Schiffs- und Flugrouten, dass es sehr unwahrscheinlich wäre, dass wir zufällig entdeckt würden. Zumal die goldene Grenze ihren Teil dazu beiträgt, dass uns niemand zu nahe kommt."

„Wie funktioniert das mit der goldenen Grenze eigentlich?", fragte Timothy.

Arthur räusperte sich geräuschvoll. „Also darüber habe ich drei ziemlich umfangreiche Abhandlungen gelesen. Entdeckt hat das Phänomen angeblich William Mayweed. Die Formel, die die Anziehungskraft von Gold auf Drachen ermittelt, haben wir ja alle im ersten Jahr beigebracht bekommen."

Er warf einen Blick in die Runde.

„Wie auch immer ... Was das genaue physikalische Zusammenwirken von geballtem Goldvorkommen und Naturphänomenen wie Wolkenbildung, Wasserströmungen und Stürmen angeht, dazu gibt es unterschiedliche Theorien“, fuhr Arthur fort. „Es ist nämlich so, dass ...“

„Bitte nicht“, knurrte Master Duncan, und selbst Master Finley, der für die goldene Grenze auf Sieben Feuer zuständig gewesen war, gähnte und verdrehte die Augen.

„Bitte. Ich muss es nicht erzählen. Ich dachte, ihr würdet es vielleicht wissen wollen“, sagte Arthur eingeschnappt.

„Du kannst es ja später Timothy erzählen. Der hat schließlich gefragt“, sagte Mistress Dora, die die abwehrenden Gesten, die Timothy verstohlen in ihre Richtung machte, absichtlich ignorierte.

„Gefragt“, murmelte Tippy. „Dora hat recht. Wir sollten lieber darüber sprechen, wie unsere Pläne aussehen. Charles? Kannst du bitte die Tafel holen?“, bat sie.

Charles erhob sich, reichte Henry seinen Stockfisch und kehrte nach einigen Minuten mit einer riesigen alten Kreidetafel auf die Lichtung zurück. Die Rollen an den rostigen Beinen blockierten und quietschten unangenehm, als er sie über den unebenen Boden der Lichtung zerrte.

„Die Tafel stammt aus einer Schule aus Coventry, auf die Mary Anne Evans gegangen ist.“

„Mary Anne wer?“, fragte Timothy.

„100% negativ“, empörte sich Arthur. „Diesen Namen sollte man auf jeden Fall kennen. Mary Anne Evans hat unter dem Pseudonym George Eliot einige der wichtigsten Romane unseres Landes geschrieben.“

„... wichtigsten Romane unseres Landes geschrieben“, wiederholte Tippy. „Auch *Middlemarch*. Es heißt, dass sie die Geschichte mit dem letzten Satz begonnen haben soll.“ Sie deutete auf die Tafel. „Und diesen letzten Satz hat sie eigenhändig auf diese Tafel hier geschrieben.“

„100%iger Unsinn“, murrte Arthur.

Doch Tippy strahlte seine Zweifel einfach weg.

„Denn wenn das Gute wächst in der Welt, dann liegt es teilweise an Taten, die nicht in den Geschichtsbüchern stehen; und dass es um dich und mich nicht so schlecht steht, wie es sein könnte, verdanken wir zur Hälfte der großen Zahl, die zuversichtlich ihr Leben im Verborgenen führten“, flüsterte Chloé.

„Wie schön“, murmelte Lucy und kuschelte sich an Henry, während Arthur Chloé beeindruckt musterte.

„100% richtig. Das ist der letzte Satz aus *Middlemarch*.“

Chloé lächelte schüchtern. „Mein Lieblingsbuch.“

Henry schaute in die Runde. „*Die Verborgenen*. Ich finde, das ist ein guter Name für uns, oder?“

„Gut gesprochen“, stimmte Master Finley zu und hob seinen Becher. „Auf die Verborgenen!“

Die anderen hoben ebenfalls ihre Getränke und prosteten sich zu. „Auf die Verborgenen!“

„Auf die Verborgenen!“, wiederholte Tippy.

„Schön, dann wäre das ja schon mal geklärt“, sagte Master Duncan und erhob sich stöhnend. „Uff“, murrte er und streckte Arme und Beine einige Male, bevor er steifbeinig zur Tafel schritt. Er klopfte mit dem Finger gegen den schwarzen Schiefer. „Jetzt müssen die Verborgenen nur noch einige gute Taten vollbringen. Wir haben hier mal festgehalten, was alles zu tun ist, um Lady Blackstone das Handwerk zu legen und den durchgeknallten Stewart senior in den Griff zu bekommen.“ Er blickte entschuldigend in Stewis Richtung, der angestrengt in die Flammen starrte. „Nichts für ungut, Stewi.“

Master Duncan drehte sich wieder zur Tafel.

„Hier steht alles, was uns über Lady Blackstone bekannt ist oder was wir vermuten. Wir wissen, dass sie hinter den Blattfingerdrachen her ist. Zwei befinden sich bereits auf Dark Donan Castle, und die beiden konnte sie mithilfe von Henrys Blut auch schon erwecken.“

Henry rutschte auf seinem Baumstumpf unruhig hin und her, als er an die Stollen von Arundel und die Saugnupfen dachte, die Lady Blackstone ihm angesetzt hatte.

„Einen der beiden Drachen wird sie auch fliegen können, da sie nach der Versteigerung im *King's Arms* nun im Besitz eines Teufelsjochs ist“, fuhr Master Duncan fort. „Und zwei Blattfinger, Pan und Arundula, befinden sich auf Sieben Feuer.“

„Violets und Caspers Drachen“, murmelte Edward.

„Deshalb sind die beiden auch nicht mit nach Nimmerland gekommen. Trotz allem glauben wir, dass sie sicherer auf Sieben Feuer aufgehoben sind als hier auf Nimmerland."

„Aber wir sind uns doch ziemlich sicher, dass Lady Blackstone einen Spion auf Sieben Feuer hat. Sonst hätte sie nichts von dem Tribunal wissen können, das meinetwegen abgehalten wurde", gab Henry zu bedenken.

Master Duncan zog die Mundwinkel nach unten. „Vielleicht hat sie außer unserem guten Mortimer noch eine weitere Krähe im Einsatz. So oder so wird die Insel von der goldenen Armee bewacht, und mit Mistress Leonella, Master Nicolas und auch Rudge Bleaker sind noch fähige Leute da, die Sieben Feuer schützen können. Außerdem sind wir uns ziemlich sicher, dass Lady Blackstone und ihr Bund der Schwarzen Flamme es erst wagen würden anzugreifen, wenn sie weitere Drachen in ihrer Gewalt haben."

Master Duncan fuhr mit dem Zeigefinger auf der Tafel eine Zeile hinab.

„Ein weiterer versteinerter Blattfinger befindet sich im Besitz des Rats. Nachdem er auf dem Grund des Arundelsees gefunden wurde, hat sich der Rat dazu entschieden, ihn nicht zum Leben zu erwecken, sondern versteckt ihn seitdem auf Balnanock Manor."

Master Duncan warf Stewi einen Seitenblick zu, und der seufzte.

„Balnanock ist ein Gutshaus, das mein Onkel vor Jahren gekauft hat, um dort die Sommermonate zu verbringen. Kurz bevor das Schuljahr auf Sieben Feuer begonnen hat, habe ich ihn dort besucht."

Stewi hielt inne und holte tief Luft.

„Ich habe die Statue des Blattfingers auf Balnanock gesehen", fuhr er fort. „Genauer gesagt dahinter. Sie steht in einem Eichenwäldchen, das ungefähr eine Meile hinter dem Haupthaus beginnt. Die Bäume dort sind uralt."

„Uralt", bestätigte Tippy. „Man nennt das Wäldchen auch den Knochenwald. Einst lebte in Balnanock ein englischer Lord, der sich in eine Fee verliebte. Doch seine Liebe blieb unerwidert. In seiner Wut ließ der Lord den Wald, in dem die Fee lebte, von seinen fünf Söhnen roden. Zur Strafe verwandelte die Fee die Füße der Söhne in Wurzeln, sodass sie für immer an dem Ort verharren mussten, an dem zuvor ihr Wald gestanden hatte. Die Beine der jungen Männer wurden zu Baumstämmen, ihre Haut zu Rinde, ihre Haare zu Blättern und ihre Arme zu Ästen. Als der Lord erfuhr, was mit seinen Söhnen geschehen war, füllte sich sein Herz mit unendlicher Trauer. Man sagt, dass man in mondlosen Nächten, wenn der Wind durch die Blätter der Eichen fährt, noch heute das Wehklagen des alten Lords hören kann. Angeblich streift er immer noch durch den Wald. Auf der Suche nach seinen Söhnen."

Das Lagerfeuer ächzte, und während alle zusammenzuckten, wirbelten ein paar Funken in den Nachthimmel.

„Voll gruselig", wisperte Chloé.

„Und 100% nicht wahr“, ergänzte Arthur.

Tippy zuckte mit den Schultern. „Ich erzähl nur, was ich gehört habe. Fällt man übrigens einen der Bäume und schält die Rinde ab, sollen im Kern des Stammes und der Äste menschliche Knochen zum Vorschein kommen.“

„Jetzt hör aber auf, Tippy!“, ereiferte sich Master Finley. „Ich habe keine Lust auf Albträume heute Nacht.“

Tippy hob beschwichtigend die Hände. „Deshalb sollte man die Bäume ja auch lieber in Frieden lassen. Sie stehen schließlich immer noch unter dem Schutz der Fee.“

Master Duncan räusperte sich ungeduldig. „Zurück zu unserem Blattfinger“, sagte er. „Er steht also mitten in diesem Feenwald?“

„Richtig“, bestätigte Stewi. „Das Wäldchen ist nicht sehr groß, aber alles ist mit Moos, Farnen und Flechten überwuchert. Es ist also nicht ganz so einfach zu finden. Außerdem wird der Wald Tag und Nacht von einigen Soldaten der goldenen Kompanie bewacht.“

Master Duncan rieb sich über sein Kinn, und es hörte sich an, als ob jemand Schmirgelpapier benutzte.

„Es hilft alles nichts. Goldene Kompanie und rachsüchtige Feen hin oder her, wir müssen versuchen, den Blattfinger in Sicherheit zu bringen. Sonst kommt uns entweder Lady Blackstone zuvor oder schlimmer noch, Stewart Todd senior tut etwas sehr Dummes.“

Die anderen sahen ihn fragend an.

„Als ich noch Teil des Rats war, hat er mal den Vorschlag gemacht, die Statue zu zerstören."

Die anderen sogen hörbar die Luft ein.

„Ist sicher die dringlichste Aufgabe, die wir angehen sollten." Master Duncan seufzte. „Aber nicht die einzige."

„Weil es noch zwei Blattfinger gibt, die weiter als verschollen gelten", erinnerte Arthur die anderen.

„Als verschollen gelten", murmelte Tippy und zwinkerte ihm zu. „Es ist aber nur noch einer."

„Negativ", sagte Arthur und deutete auf die Tafel. „Da stehen sie doch alle samt ihrer Reiter oder der Personen, die die Drachen gerade in ihrer Gewalt haben."

„Verschollen gelten", wiederholte Tippy und erhob sich vom Lagerfeuer. „Kommt mal mit."

„Wie jetzt? Alle?", fragte Master Finley perplex.

Tippy nickte. „Alle."

1. BOUDICA (†):

EHEMALIGE DRACHENDAME VON LADY BLACKSTONE, GESTORBEN IM KAMPF DURCH HAPPYS HORN

2. PAN:

DER JUNGE BLATTFINGER, DEN HENRY UND TIMOTHY AUS LADY BLACKSTONES FÄNGEN BEFREIT HABEN UND DER IN VIOLET SEINE REITERIN GEFUNDEN HAT

3. ARUNDULA:

DIE BLATTFINGERDAME, DIE AUF DEM GRUND DES ARUNDELSEES STAND, VON HENRY ERWECKT WURDE UND NUN VON CASPER GERITTEN WIRD

4. DER BLATTFINGER, DER GEMEINSAM MIT ARUNDULA AUF DEM GRUND DES ARUNDELSEES GESTANDEN HAT

5. + 6. DIE BEIDEN BLATTFINGER, DIE LADY BLACKSTONE UND LEANDER PEBBLEBUTTOM BEI GEHEIMEN AUKTIONEN ERSTEIGERT HABEN UND DIE SICH NUN AUF DARK DONAN CASTLE BEFINDEN

7.+ 8. DIE BEIDEN BLATTFINGER, DIE WEITERHIN ALS VERSCHOLLEN GELTEN

Was willst du uns denn zeigen?", fragte Chloé.

„Nicht so neugierig, junge Drachenreiterin", lächelte Tippy geheimnisvoll und bedeutete ihnen, ihr zu folgen.

„Beeil dich aber, Tippy. Ich will nicht, dass die Ameisen oder sonst ein ungebetener Gast meinen Fisch auffressen, während wir hier bei Nacht über die Insel stromern", murrte Mistress Dora, reihte sich aber brav in den kleinen Trupp ein.

Henry und Master Duncan folgten zum Schluss, und Henry fiel auf, dass Master Duncans Gang immer steifbeiniger wurde.

„Das Gift des Pfeils macht Ihnen noch zu schaffen, oder?"

„Das, das Alter und die feuchte Luft. Da kommt einiges zusammen." Master Duncan legte einen Arm um Henry. „Aber mach dir mal keine Sorgen. Unkraut vergeht nicht."

Henry wollte etwas erwidern, aber Master Duncan schob ihn vor sich, damit sie den Anschluss zu den anderen nicht verloren.

„Also wirklich, Tippy! Mir erschließt sich nicht, warum wir mitten in der Nacht durch den Wald stolpern müssen", regte sich nach einigen Minuten Master Finley auf, der an einer Wurzel hängen geblieben war.

„Und wieso können wir uns für so lange Strecken nicht von unseren Drachen fliegen lassen?", ergänzte Arthur.

Doch dann wurden die beiden still. Auch alle anderen schwiegen. Sie hatten eine kleine Anhöhe erreicht, auf der keine Bäume wuchsen. Und dort stand er. Das eine Paar seiner Flügel auf dem Rücken verschränkt, das andere aufgerichtet und gespreizt, als ob er damit das silbrige Mondlicht, das vom Himmel fiel, auffangen wollte.

„Einer der versteinerten Blattfinger", sprach Timothy das Offensichtliche aus.

Henry betrat als Letzter die Lichtung und betrachtete nicht weniger beeindruckt das urzeitliche Wesen aus Stein. Es war schlanker als Arundula, überragte diese aber sicher um ein bis anderthalb Drachenköpfe. Anders als die beiden Exemplare, die Jahrhunderte auf dem Grund des Arundelsees verbracht hatten, war der Stein, in den der Drache verwandelt worden war, glatt und wirkte fast wie poliert. Kein Moos, keine Algen, nur grüner Stein.

Und doch wussten alle, dass unter der steinernen Kruste ein Herz schlug und ein Wesen aus Fleisch und Blut darauf wartete, endlich erweckt zu werden.

„Wie um alles in der Welt ist der Blattfinger in deinen Besitz gelangt?", fragte Mistress Dora.

„Besitz gelangt", wiederholte Tippy, hob den Zeigefinger vor Mistress Doras Gesicht und wackelte damit vorwurfsvoll hin und her. „Dora, Liebes! Niemand besitzt einen Drachen.

Das weißt du doch. Ich habe mir lediglich erlaubt, ihn hierherzubringen."

Mistress Dora rollte mit den Augen. „Du wirst uns nicht sagen, wo du ihn gefunden hast, oder?"

Tippy lächelte verschmitzt und schwieg.

„Und warum hast du ihn oder sie nicht bereits erweckt?", ergänzte Master Finley.

„Bereits erweckt", murmelte Tippy und suchte Henrys Blick. „Ich habe es versucht. Ich habe nach seinen ..." Sie unterbrach sich. „Ich glaube, es ist ein Er, dessen erster Name Fafnir war. Ich habe also nach seinen Hörnern gegriffen." Sie schaute immer noch Henry an. Und in ihrem Blick lag ein Bedauern, als sie fortfuhr. „Aber meine Goldzungenfähigkeiten sind mittlerweile zu schwach, um ihn zu erwecken. Du musst es tun, mein Junge."

Henry zögerte kurz. Schließlich löste er sich aus der Gruppe, ging zu der Statue und blieb direkt vor ihr stehen. Dann seufzte er und knüpfte das Band zu Phönix.

Du willst schon wieder einem fremden Drachen an die Hörner greifen?, fragte Phönix empört. Henry begann sich zu erklären, doch Phönix unterbrach ihn. *Ich wollte dich doch nur auf den Flügel nehmen. Du bist mein Reiter und wirst es immer bleiben, egal, welche Aufgaben auf dich warten.*

„Und du wirst immer mein Drache sein", entgegnete Henry dankbar. „Es heißt übrigens *auf den Arm nehmen* und nicht *auf den Flügel*", fügte er lächelnd hinzu, als er Happys Band spürte.

Kurz davor, wieder was Unüberlegtes zu tun, Zwerg?, fragte er ihn griesgrämig, und Henry zeigte ihm den Drachen, vor dem er gerade stand.

Fafnir, stellte Happy fest. *Das war vor langer Zeit sein erster Name.*

Henry nickte. „Ich weiß, hat Tippy auch schon gesagt."

Soso. Der kleine Herr weiß es schon. Hält sich wohl für besonders schlau.

Henry unterdrückte den Impuls, etwas Schlechtes über Happy zu denken – auch wenn dessen Laune mal wieder übel war.

Einen Moment später verdunkelte sich der Himmel, und der alte Teufelsgrind landete gemeinsam mit Phönix auf der Anhöhe – links und rechts von Fafnir, dem versteinerten Blattfinger.

Bevor hier wieder was Schlimmes passiert, sollte ich die Aktion besser direkt leiten, erklärte Happy. *Obwohl ich nach dem langen Flug, auf dem ich mal wieder als Packesel missbraucht wurde, ziemlich müde bin.*

Daher kommt also die schlechte Laune, dachte Henry.

Du sollst nicht denken, blaffte Happy ihn an. *Klettere lieber auf den Rücken deines Drachen, damit Fafnir zumindest erkennt, dass du ein Drachenreiter bist, wenn er erwacht, und nicht irgendein dahergelaufener Tölpel. Nun ja, eigentlich bist du beides in einer Person, aber das spielt gerade keine Rolle. Und sag den anderen Zwergen, dass sie sich im Unterholz verstecken sollen. Ich bin mir nicht sicher, wie Fafnir reagiert, wenn er erwacht.*

Henry tat, wie ihm aufgetragen worden war, und einer nach dem anderen verschwand zwischen den Bäumen. Nur Tippy blieb bei ihnen stehen, und Henry spürte, wie sie das Band zu Happy knüpfte. Er hatte es schon einmal gespürt. Als er verborgen unter Happys Flügel im Innenhof des *King's Arms* gesessen hatte. Das Band fühlte sich an wie Pergamentpapier. Fadenscheinig, fast durchsichtig. Und wieder war es ein besonderes, ein magisches Gefühl, als er spürte, wie sie sich mit Happy verband. Und anders als beim letzten Mal ließen Tippy und Happy ihn an ihren Gedanken teilhaben.

Henry hielt die Luft an.

„Schön, dass du uns zur Seite stehst, Feuerbringer", ließ Tippy den alten Teufelsgrind wissen.

Du weißt, dass meine Treue zu dir ungebrochen ist, antwortete Happy respektvoll.

„Ungebrochen, bis das letzte Feuer in mir erloschen ist", sagte Tippy.

Und darüber hinaus. Denn wenn die Dunkelheit unendlich wird, fuhr Happy fort, *dann werde ich das Licht sein, das dir den Weg durch sie leuchtet.*

Henry war baff und konnte nicht mehr an sich halten. „Zu mir hast du noch nie so was Nettes gesagt!"

„So was Nettes", hörte er Tippy in seinem Geist kichern, und es kitzelte.

Weil du der fürchterlichste Drachenreiter bist, den ich je kennengelernt habe, erwiderte Happy ungnädig.

„Streitet euch nicht", ging Tippy dazwischen. „Fafnir hat lange genug gewartet", sagte sie und wandte sich nun direkt an Henry. „Klettere bis hinter Phönix' Haupt. Von da aus kannst du Fafnirs Hörner erreichen, um ihn zu erwecken. Sobald seine Verwandlung einsetzt, duckst du dich hinter das Haupt deines Drachen. Ich werde auf Happys Rücken sitzen und versuchen, das Band zu Fafnir zu knüpfen. Nur für den Fall, dass es mir nicht gelingen wird, bitte ich dich, zu übernehmen und zu ihm zu sprechen. Hast du mich verstanden?"

Henry löste das Band und sah der alten Frau in ihr faltiges Gesicht. Ihre Augen waren die eines jungen Mädchens und leuchteten wie zwei Glühwürmchen.

„Wir schaffen das", sagte sie zuversichtlich, und Henry glaubte ihr. Mit Tippy, Happy und Phönix an seiner Seite würde ihm alles gelingen.

Henry griff nach den verzweigten Hörnern des versteinerten Blattfingers. Sie waren glatt und kühl wie Marmor. Doch anders als bei normalem Stein spürte er, dass es unter der harten Oberfläche brodelte. Dass etwas Mächtiges erwachte und sich erhob, um aus seinem steinernen Gefängnis auszubrechen. Henry griff nach dem zweiten Horn und zuckte sofort zurück. So, als ob er eine heiße Herdplatte berührt hätte.

Was ist los?, fragte Happy alarmiert, und auch Tippy und Phönix hatten das Band zu ihm geknüpft.

„Es beginnt", murmelte Henry, und die feinen Risse, die auf einmal in der steinernen Kruste erschienen, gaben ihm recht.

Im nächsten Moment war ein hässliches Krachen zu hören, und Henry duckte sich hinter Phönix' Haupt. Es folgte ein ohrenbetäubendes Brüllen, und dann erhellte eine Feuersbrunst den Nachthimmel. Die angestaute Wut der Jahrhunderte entlud sich und färbte den Himmel glutrot.

Henry spähte vorsichtig zwischen Phönix' Hörnern hervor und sah zu seinem Erstaunen, dass Fafnir meerblaue Augen hatte. Das hatte er bei einem Blattfinger noch nie gesehen. Und dann spürte er das Band des Drachen. Es peitschte umher wie eine Efeuranke im Sturm und suchte nach Halt. Fast hätte es sich mit Henrys Band verbunden. Doch da schob Tippy, die von Happys Rücken geklettert war, es sanft beiseite und umschlang es mit ihrem Band. Und so zerbrechlich es zunächst auf Henry gewirkt hatte – in diesem Moment war es so stark wie ein Drahtseil.

Ineinandergewunden verharrten die Bänder der beiden eine Zeitlang bewegungslos. Dann tat Tippy vorsichtig einen Schritt in Fafnirs Richtung. Und Fafnir beugte langsam sein Haupt.

„Geht zurück zum Lagerfeuer!“, rief Tippy, ohne ihren Blick von Fafnir abzuwenden. „Wartet nicht auf mich. Fafnir und ich werden die Nacht am Himmel verbringen. Nach so langer Zeit in der Versteinerung würde er am liebsten einmal um die ganze Welt fliegen.“

Sie schritt auf Fafnir zu, und Henry war erstaunt, wie flink Tippy trotz ihres Alters auf den Rücken des Blattfingers kletterte.

Fafnir breitete sein zweites Paar Flügel aus, sodass er ein wenig an eine riesige Libelle erinnerte. Dann schlug er kräftig mit dem hinteren Flügelpaar und erhob sich mit Tippy in den Nachthimmel.

Die anderen starrten Tippy und Fafnir hinterher, bis sie nur noch ein kleiner Punkt waren und schließlich komplett mit der Dunkelheit verschmolzen. Dann kehrten sie zum Lagerfeuer zurück, und Mistress Dora regte sich fürchterlich darüber auf, dass ihr Fisch kalt geworden war und eine Ameisenkolonie darauf herumkrabbelte.

Master Duncan trat an die Tafel, korrigierte den letzten Punkt und schrieb in seiner krakeligen Handschrift Fafnirs und Tippys Namen auf die Tafel.

„Ein verschollener Drache weniger“, kommentierte er.

„100% positiv“, stimmte Arthur zu. „Meiner Meinung nach gibt es also genau drei Aufgaben, um die sich die Verborgenen kümmern müssen: Erstens, jemand muss nach Balnanock Manor, um den vorletzten versteinerten Blattfinger zu befreien. Zweitens, wir müssen den letzten verschollenen Blattfinger vor Lady Blackstone finden. Und drittens, wir müssen Lady Blackstone das Handwerk legen.“

„Und schon kehrten die Verborgenen nach Sieben Feuer zurück, wurden wieder Teil des Bündnisses und lebten glücklich bis an ihr Lebensende“, seufzte Timothy und klaubte sich eine Kartoffel aus dem Feuer.

„Ich habe nicht behauptet, dass es leicht wird“, verteidigte sich Arthur.

„Außerdem haben wir *viertens* vergessen“, mischte sich Henry ein und deutete auf Master Duncan. „Geben Sie es zu, das Gift des Pfeils macht Ihnen ganz schön zu schaffen.“

Master Duncan warf ihm einen genervten Blick zu. „Macht euch um mich mal keine Sorgen. Mit dem traurigen Elixier von Mistress Leonella halte ich die Vergiftung ganz gut in Schach.“

„Wissen Sie, ob Casper deswegen auch bei Mistress Leonella war?“, fragte Chloé.

„Wieso?“ Master Duncan und die anderen Lehrer machten ein erschrockenes Gesicht.

„Er hat bei dem Angriff am Hafen auch einen Streifschuss abbekommen“, sagte Henry. „Als er mich zur Seite gestoßen hat. Ich dachte, Sie wüssten davon. Kurz bevor ich gefangen genommen wurde, hatten wir abgemacht, dass er damit zu Mistress Leonella geht.“

Eine bedrückte Stille folgte.

„Ist er etwa nicht bei ihr gewesen?“, fragte Henry in die Runde, doch seine Freunde starrten schuldbewusst in die Flammen.

„Die Wahrscheinlichkeit liegt bei höchstens 50%“, sagte Arthur zerknirscht.

„Nach deiner Gefangennahme waren wir so aufgeregt, dass wir wohl vergessen haben, uns darum zu kümmern“, ergänzte Edward. „Keine Ahnung, ob Casper wirklich zu Mistress Leonella gegangen ist, um sich helfen zu lassen. Du kennst ihn ja."

„Dieser verdammte Bengel", knurrte Master Duncan und schüttelte den Kopf. „Wir müssen Mistress Leonella informieren, dass sie sich um ihn kümmert. Und zwar so schnell wie möglich."

„Das Pfeilgift scheint also doch nicht so harmlos zu sein, wie er die ganze Zeit tut", raunte Timothy Henry zu, der das Gleiche gedacht hatte.

„Ach, du meine Güte!", rief Master Finley, sprang auf und warf vor Schreck seinen Stockfisch in die Flammen. „Ich habe tatsächlich Mortimer vergessen!" Er raffte seine weite Robe und eilte davon.

„Ganz schön flink, der gute Finley", stellte Mistress Dora erstaunt fest.

„Nilpferde sollen an Land angeblich auch bis zu 50 km/h schnell werden", erklärte Arthur.

„Das habe ich sehr wohl gehört, Sir Arthur", kam es aus der Dunkelheit zurück, und Arthur schlug sich erschrocken eine Hand vor den Mund.

Wenig später kündigte ein ärgerliches Krächzen Master Finleys Rückkehr an. Er trat zurück in den Schein des Lagerfeuers und schwenkte dabei einen Vogelkäfig, in dem Mortimer saß und sich bemühte, nicht von der Stange zu fallen. Master Finley blickte stolz in die Runde.

„Ich dachte mir, dass es eine gute Idee wäre, ihn mitzunehmen, um mit unseren Verbündeten auf Sieben Feuer in Kontakt zu bleiben. Immer noch sicherer als mit diesen Handys."

„Recht so", bestätigte Master Duncan.

„Das bedeutet, dass Mortimer jetzt nicht mehr nur Doppelagent, sondern sogar Dreifachagent ist", sagte Arthur.

Mortimer plusterte sich stolz auf.

„Wollen wir mal hoffen, dass das Federvieh nicht durcheinanderkommt", unkte Timothy. Seit Mortimer ihm in den Finger gebissen hatte, war er nicht mehr gut auf ihn zu sprechen.

Henry knüpfte das Band zu der Krähe. Es fühlte sich so anders an als das Band zu den Drachen. Doch es gelang ihm, dem Vogel zu erklären, dass er zu Violet fliegen sollte. Chloé schrieb in der Zwischenzeit eine Nachricht. Um ihn abzulenken, fütterten sie Mortimer mit den Resten ihres Fisches und banden ihm die Nachricht um seine Kralle. Dann ließen sie ihn in die Nacht entschwinden.

„Mehr können wir heute nicht tun." Master Duncan gähnte herzhaft und reckte sich. „Für einen Tag haben wir, glaube ich, genug erlebt. Lasst uns schlafen gehen."

Wenig später lagen Henry und Lucy in dem Hängemattennetz, das vor ihrem Baumhaus gespannt war. Das Gewicht ihrer Körper hatte sie beide in die Mitte rutschen lassen. Erst als Henry sich traute, seinen Arm um Lucy zu legen, rutschten sie wie zwei Puzzleteile zusammen.

Lucy legte ihren Kopf auf seine Brust und lauschte seinem Herzschlag, während Henry versuchte, das Kitzeln ihrer Locken auf seinem Gesicht zu ignorieren.

„Schlaf schön, Henry", murmelte sie nach einer Weile, und schon bald ging ihr Atem in langen, regelmäßigen Zügen.

Henry blickte in den Himmel und fragte sich, wie man gleichzeitig so glücklich und so mutlos sein konnte. Eine Sternschnuppe flackerte kurz am Himmel auf, und Phönix knüpfte aufgeregt das Band zu ihm.

Hast du das Licht am Himmel gesehen? Waren das etwa Tippy und Fafnir?

„Das war eine Sternschnuppe", ließ Henry seinen Drachen wissen und erklärte ihm, was es damit auf sich hatte. „Wir Menschen sagen, dass man sich etwas wünschen darf, wenn man eine sieht."

Wirklich?, fragte Phönix. *Gilt das auch für Drachen?*

„Keine Ahnung", gestand Henry. „Aber es heißt, dass man seinen Wunsch geheim halten muss. Sonst geht er nicht in Erfüllung."

Aber wir haben doch keine Geheimnisse voreinander, gab Phönix zurück.

„Stimmt", bestätigte Henry. „Also, ich wünsche mir, dass jemand die Zeit anhält. Etwas Schöneres, als diese Nacht gemeinsam mit dir und Lucy zu verbringen, kann ich mir nicht vorstellen."

Gemeinsam, gluckste Phönix.

„Für immer“, flüsterte Henry zurück.

Zufrieden kuschelten sich die beiden im Geiste aneinander und schliefen schließlich ein.

Als die Morgensonne ihn im Gesicht kitzelte, wusste Henry, dass sein Wunsch nicht in Erfüllung gegangen war. Tau hatte sich auf ihrer Decke gebildet, und seine Glieder waren vom langen Ritt und der Feuchtigkeit ganz steif. Er reckte sich und öffnete die Augen.

Lucy saß auf der Veranda vor dem Baumhaus und ließ ihre nackten Füße baumeln.

„Guten Morgen, du Langschläfer."

Henry gähnte herzhaft und kämmte sich mit den Fingern durch seine wild vom Kopf abstehenden Haare.

„Was meinst du? Ein kleines Bad im See gefällig? Um wach zu werden?", fragte Lucy.

„Warum nicht?"

Henry kletterte aus dem Netz zu seiner Freundin auf die Veranda und wollte sich an den Abstieg machen.

Da streckte Lucy einen Fuß vor und versperrte ihm den Weg. „Wir nehmen natürlich die Lianen!"

„Echt jetzt?", fragte Henry müde.

Doch Lucy hatte kein Erbarmen. „Und diesmal ohne Netz

und doppelten Boden. Kein Phönix, der dir den Hintern rettet, falls du es nicht schaffst." Sie wackelte drohend mit ihrem Zeigefinger vor seinem Gesicht herum.

„Meinetwegen", murrte Henry, der heimlich das Band zu Phönix knüpfte und ihn darüber informierte, dass der ihn vielleicht wieder vor dem Moor retten musste. Sicher war sicher. Auf keinen Fall würde er den Tag damit beginnen, ein stinkiges Moorbad zu nehmen. „Ladies first", sagte Henry, als sie auf der kleinen Plattform standen, von der aus sie sich losschwingen würden.

„Na, dann viel Spaß", grinste Lucy und drückte ihm die Liane in die Hand.

„Sehr witzig", entgegnete Henry. Dann trat er einen Schritt zurück und atmete tief ein. Er konzentrierte sich und gab Phönix Bescheid, sich bereitzuhalten.

Aus dem Baumhaus hinter ihnen, in dem Charles und Edward schliefen, drangen rhythmische Schnarchgeräusche, zu denen Henry vor- und zurückpendelte. Beim dritten Schnarcher drückte er sich ab und stürzte sich in die Tiefe. Er rauschte zwischen den Ästen und Blättern des Waldes hindurch, und im Nu war seine Müdigkeit verschwunden. Sein Magen sackte ihm in die Knie, als er den tiefsten Punkt erreichte. Die Liane wurde langsamer, er gewann wieder an Höhe, und schließlich gab das Blattwerk den Blick auf das Moor frei. Er spürte, wie er immer langsamer wurde, und ließ die Liane los. Er flog durch die Luft, streckte die Arme so weit nach vorne, wie er konnte, und tatsächlich bekam er die zweite Liane zu fassen. Ein Ruck ging durch seinen Körper, und fast wäre er abgerutscht, doch er krallte sich fest und schwang weiter dem See entgegen.

Ohne dass er es kontrollieren konnte, entwich ihm ein Freudenschrei. Dann ließ er los, schlang die Arme um die Knie und landete mit einem riesigen Platscher im See. Er hatte es geschafft! Prustend und jubelnd tauchte er wieder auf, und für einen Moment fühlte es sich einfach nur gut an. Er drehte sich im Wasser um und blickte Richtung Wald.

Und da kam Lucy auch schon angeflogen. Sie ließ die erste Liane los, drehte sich übermütig einmal um die eigene Achse und griff nach der zweiten Liane, als ob sie ihr Leben lang nichts anderes getan hätte. Dann ließ sie auch die zweite Liane los, breitete die Arme aus wie ein Vogel die Flügel und brachte sie erst kurz vor der Wasseroberfläche über ihrem Kopf zusammen, um mit einem eleganten Kopfsprung neben Henry einzutauchen.

Henry wollte seiner Freundin zu dem gelungenen Sprung gratulieren, doch Lucy tauchte nicht auf. Er wartete einige Augenblicke, doch nichts geschah. Er redete sich ein, dass es albern war, sich Sorgen zu machen. Außer vielleicht Fischen und Muscheln gab es niemanden, der sich im Wasser wohler fühlte als seine Freundin. Doch es wäre besser gewesen, er *hätte* sich Sorgen gemacht.

Denn nur einen Moment später tauchte Lucy so leise wie ein Krokodil auf der Jagd hinter ihm auf, schraubte sich dann explosionsartig aus dem Wasser in die Höhe und drückte seine Schultern mit aller Macht nach unten. Henry hatte keine Chance und wurde untergetaucht.

„Wofür war das denn?“, beschwerte er sich, als er prustend wieder an die Wasseroberfläche kam.

„Du Schummler! Ich habe Phönix am Himmel entdeckt“, rief sie und versuchte, ihn erneut unterzutauchen.

Doch dieses Mal war Henry vorbereitet und tauchte seine Freundin unter. Sie balgten noch eine Weile im See miteinander, bis der Lärm Wellentänzerin anlockte. Lucys Drachendame lud Henry ein, mit auf ihren Rücken zu klettern. Er nahm hinter Lucy im Rückenkamm Platz, und gemeinsam pflügten sie durch den See.

„Luft anhalten!“, rief Lucy, als Wellentänzerin abtauchte und der wilde Ritt unter Wasser weiterging. Schließlich setzte die Drachendame sie am Ufer ab und blies sie trocken.

Erfrischt und gut gelaunt verabschiedeten sich die beiden von der Drachendame und machten sich auf den Weg zum Lager.

Arthur, Chloé, Mistress Dora und Master Finley erwarteten sie bereits. Dort, wo am Abend zuvor noch das Lagerfeuer gebrannt hatte, stand nun ein langer gedeckter Tisch.

„Es gibt nur Tee, Kaffee und Porridge“, informierte Arthur sie mit vollem Mund. „Tippy und der erwachte Blattfinger sind immer noch nicht zurück, und es weiß wohl nur Tippy, wie man hier ein ordentliches Frühstück macht.“ Er warf den beiden Mastern einen vorwurfsvollen Blick zu.

„Porridge ist doch fein", sagte Lucy lächelnd, nahm auf einem Baumstumpf Platz und griff nach einer Schüssel mit Haferschleim. Henry tat das Gleiche. Als er sich gesetzt hatte, deutete er auf das schwarze Heft, das neben Arthur lag.

„Das Tagebuch von Lady Blackstone?", fragte er.

„Positiv", bestätigte Arthur.

Lucy sah die beiden fragend an.

„Hab ich in einem der Bücher gefunden. An dem Abend, als sie mich gefangenen genommen haben", erklärte Henry.

„So was erzählst du uns nicht?", fragte Lucy empört.

„Hab ich doch", verteidigte sich Henry. „Also, ich habe es Arthur erzählt."

Lucy funkelte ihn an. „Und wir anderen sind zu ..."

„Entzückend. Einfach zauberhaft, die beiden", unterbrach Master Finley sie und klatschte in seine riesigen Hände. „Schon jetzt wie ein altes Ehepaar."

„So ein Quatsch!", sagte Henry.

„Blödsinn!", meinte Lucy.

Doch beiden war eine verräterische Röte in die Wangen geschossen.

Arthur klopfte auf das Heftchen neben sich. „Ich habe es letzte Nacht durchgelesen. Damit ich nicht alles dreimal erzählen muss, warte ich, bis alle zum Frühstück eingetroffen sind." Er wandte sich an Henry. „Du kennst es ja. Da sind einige sehr spannende Passagen drin. Vor allem die, in der wir erfahren, wie Lady B. zu so einem Scheusal geworden ist."

Henry nickte.

„Und es sind Aussagen drin, die spannende Erkenntnisse liefern, wenn man sie in Beziehung zu den Werken von William Mayweed, Honest Stodgy und Eleanor Ponderous setzt."

Henry zog die Augenbrauen hoch und nickte erneut. Doch diesmal weniger zustimmend, denn er hatte keine Ahnung, von wem Arthur da sprach. Den Namen William Mayweed hatte er schon mal irgendwo gehört, aber er konnte sich nicht daran erinnern, was der Mann geschrieben hatte.

Arthur schien das nicht zu kümmern. Im Gegenteil, er rieb sich die Hände. „Ich bin gespannt, ob ihr meine Schlüsse teilt."

Nach und nach trudelten die anderen ein: Charles, Edward, Timothy und Stewi, die gemeinsam an den Tisch getrottet kamen und noch ziemlich verschlafen aussahen. Dann tauchte auch Master Duncan zwischen den Bäumen auf. Bis auf Mistress Dora und Master Finley blieb allen der Mund offen stehen und sie machten große Augen. Master Duncan war fast nackt!

Timothy fand als Erster die Sprache wieder. „Schicke Farbe", sagte er und deutete auf die kleine quietschgelbe Badehose, die Master Duncan trug.

„Danke", brummte ihr Lehrer und wrang sich seine langen grauen Haare aus.

„Wusstet ihr das etwa nicht?", fragte Mistress Dora. „Er springt jeden Morgen ins Meer und schwimmt. Wie lange noch mal?"

„Im Sommer 'ne Stunde, im Winter nur 'ne halbe", sagte Master Duncan und reckte sich.

Henry musterte seinen Lehrer, und sein Blick blieb an dessen Oberschenkel hängen. Dort, wo der vergiftete Pfeil ihn getroffen hatte, war eine graue Stelle, so groß wie ein Apfel. Am Rand war sie ganz hell, sodass sie kaum sichtbar war. Doch rund um die Einstichstelle wurde die Haut immer dunkler. Außerdem wirkte sie dort viel glatter. Keine Runzeln, keine Falten, keine Haare und keine Adern, die sich unter der Haut hervorwölbten oder hindurchschienen. Wenn Henry es nicht besser gewusst hätte, hätte er vermutet, dass sein Master sich langsam zu Stein verwandelte.

„Ich werfe mir schnell was über", sagte Master Duncan.

Master Finley machte eine ausladende Handbewegung. „Das wäre fürs Frühstück, auch wenn es recht spartanisch ist, durchaus angebracht."

Tippy war die Letzte, die zu ihnen stieß. Auch wenn ihre Augen blitzten wie eh und je, sah man ihr die Müdigkeit an.

„Wir haben wirklich die ganze Nacht am Himmel verbracht", informierte sie die Gruppe. „Fafnir wollte unbedingt bis Sonnenaufgang fliegen." Sie gähnte. „Und das haben wir dann auch gemacht. So hatte ich Zeit, ihm zu berichten, was in den letzten dreihundert Jahren so passiert ist."

„Und wo ist er jetzt?", wollte Chloé wissen.

Tippy schmunzelte, griff sich einen Kaffeebecher und schenkte sich ein.

„Bei den anderen. Unsere Drachen haben ihr Lager an der windabgewandten Seite der Insel in der Nähe des Strandes. Dort liegt er jetzt und wird mit Argusaugen von Happy bewacht."

Tippy sah über ihren Becherrand hinweg Henry an.

„Fafnir und Phönix haben sich auf Anhieb wunderbar verstanden. Es freut Fafnir sehr, dass in der Zeit, in der er versteinert gewesen ist, neue Drachen geschlüpft sind. Er kann es auch kaum erwarten, Pan kennenzulernen."

Sie trank einen Schluck und verzog das Gesicht.

„Wer hat den denn gemacht? Der Kaffee schmeckt ja wie flüssiger Teer."

„Also genau so, wie er sein sollte", knurrte Mistress Dora beleidigt.

„Wie er sein sollte", beschwichtigte Tippy. „Hilft in der Tat gegen die Müdigkeit. Trotzdem sollte ich mich ein wenig aufs Ohr legen." Sie gähnte, erhob sich und wandte sich dann noch mal an Henry. „Ich glaube, Happy ist ziemlich eifersüchtig auf Fafnir und Phönix. Vielleicht kümmerst du dich ein bisschen um ihn. Er würde es ja nie zugeben, aber ich glaube, er kann deine Gesellschaft gerade gut gebrauchen."

Henry musste lächeln. Er konnte sich gut vorstellen, wie pikiert Happy war. Das Auftauchen von Arundula war ihm schon ein Dorn im Auge gewesen. Jetzt Fafnir, der sich auch noch gut mit Phönix verstand. Das war für den griesgrämigen Teufelsgrind wahrscheinlich zu viel. Henry nahm sich vor, nach dem Frühstück das Band zu ihm zu knüpfen.

„Tippy, hast du noch einen Moment? Ich habe eine Entdeckung gemacht“, sagte Arthur gewichtig.

„Eine Entdeckung gemacht?“, seufzte Tippy und ließ sich wieder auf ihren Baumstumpf fallen. „Na dann ...“ Sie griff erneut nach der Kaffeekanne und schenkte sich nach.

„Zwei Dinge“, sagte Arthur.

Timothy stöhnte. „Er hat wieder in den Professorenmodus geschaltet. Das kann dauern.“

Arthur ließ sich nicht beirren. „Als Erstes möchte ich von einer Entdeckung berichten, die ich bereits während der Sommerferien gemacht habe. Wie ihr wisst, habe ich meine Zeit größtenteils in der Nationalbibliothek verbracht. Die Drachenaugen von Sieben Feuer haben dort ganze Arbeit geleistet. Ich habe zumindest kein Buch gefunden, das direkt auf Sieben Feuer, die Wolkenburg oder unsere Drachen verweisen würde. Was ich aber gefunden habe, ist ein Buch mit dem Titel *Geiz & Raffgier – Der Aufstieg der großen Fünf*.“

„Die großen Fünf?“, fragte Edward und begann aufzuzählen. „Sind das nicht Löwe, Büffel, Nashorn ...“

Timothy grinste. „Genau. Raffgeier und Pfennigfuchs fehlen noch.“ Er schüttelte den Kopf. „Ich schätze eher, dass mit den großen Fünf die größten Bankhäuser des Königreichs gemeint sind, oder? Die Royal Bank of Scotland, Barclays Bank, Lloyds Banking Group, HSBC und die Blackstone Bank.“

„Timothy hat ausnahmsweise mal recht“, bestätigte Arthur. „In dem Buch habe ich etwas Interessantes über den Aufstieg der Blackstone Bank gefunden, die zufälligerweise gegründet wurde, kurz nachdem der Aufstand der Blattfinger niedergeschlagen wurde."

„Klar. Von Lady Blackstone. Aber das wussten wir doch schon", brummte Master Duncan.

Arthur nahm seine Brille ab und deutete mit einem der Bügel auf Master Duncan. Er sah dabei aus wie ein besserwisserischer kleiner Maulwurf.

„Positiv. Aber was ich zumindest nicht wusste", er unterbrach sich, „und ich weiß wirklich viel ... ist, worauf das finanzielle Fundament der Bank beruht."

„Und? Verrätst du es uns?", fragte Master Duncan genervt.

„Jade!", rief Arthur.

„Jade?", fragten die anderen verwirrt.

„Kaiserjade oder auch Imperial genannt", bestätigte Arthur.

Master Duncan knallte seinen Becher auf den Tisch. „Jetzt spann uns doch nicht so auf die Folter, Arthur!"

„Kaiserjade ist die wertvollste Jadevariante der Welt", fuhr Arthur fort und ließ sich nicht aus der Ruhe bringen. „Sie kostet ungefähr 5.000 Pfund pro Karat. Ein Karat sind 200 Milligramm, ein Gramm kostet demnach knapp 25.000 Pfund. Und ein Kilo 25 Millionen Pfund. Und ratet mal, auf wie viel Kilogramm der Besitz der Blackstones damals geschätzt wurde?"

„Geschätzt wurde er wahrscheinlich auf ungefähr dreißig Tonnen", vermutete Tippy.

„100% richtig“, stammelte Arthur, den Tippy mit ihrem Wissen kurzzeitig aus dem Konzept gebracht hatte.

„Das Gewicht eines Blattfingers“, ergänzte Tippy leichthin und blies in ihren Kaffeebecher.

„Positiv“, bestätigte Arthur.

„Teufelsgrinds verwandeln sich nach ihrem Tod in feurigen Granat. Aquamarine in bläulich weiß schimmernden Mondstein, Kaukasische Vierhörner in tiefschwarzen Obsidian, Maskaras in durchscheinenden Rauchquarz, Mönchshauben in teils braunen, teils orangen Karneol und Blattfinger eben in Kaiserjade“, zählte Tippy auf. „Der Reichtum von Lady Blackstone fußt also auf dem toten Körper ihrer Blattfingerdame!“

Arthur ballte seine Fäuste. „Das wollte *ich* erzählen!“, beschwerte er sich.

„Entschuldige. Du erzählst, und ich bin still“, sagte Tippy und tat so, als würde sie sich den Mund abschließen.

„Was passiert noch, wenn ein Drache stirbt?“, fragte Arthur in die Runde.

„Wir wären unendlich traurig“, mutmaßte Lucy, und Chloé presste die Lippen zusammen.

Arthur rollte mit den Augen. „Positiv. Also negativ. Egal. Das meine ich nicht. Ich meine, aus einer rein unemotionalen, wissenschaftlichen Sicht?“

„Ganz unemotional würde ich sagen: Du verrätst es uns gleich“, sagte Timothy.

„Angeblich verwandeln sich die Drachenherzen nach ihrem letzten Schlag in Gold, und zugleich zerfallen die Hörner der Drachen zu Staub."

„Und ergeben so das Pulver, das unsterblich macht", ergänzte Edward.

„Negativ", entgegnete Arthur. „Genau das ist der Grund, warum es als Märchen abgetan wird, dass Drachenhorn unsterblich macht. Sobald der Drache gestorben ist, verliert sein Horn nämlich die Wirkung. Genau das war es, was Lady Blackstones Drachendame ihr verraten hat. Und womit sie sie gelockt hat."

Er klopfte auf das Buch neben sich.

„Sie wollte die Macht über Sieben Feuer und bot ihrer Reiterin dafür Unsterblichkeit an. Wenn sie erst einmal die Macht über Sieben Feuer übernommen hätten, würde sich schon ein unglückseliger Drache finden, dem man seine Hörner nehmen könnte."

„Es kam alles anders, aber Happys Horn hat sie am Ende doch bekommen", sinnierte Henry. „Und weil Happy quicklebendig ist, lebt Lady Blackstone auch noch."

Eine betroffene Stille breitete sich aus, die schließlich von Master Duncan durchbrochen wurde.

„Ihre Drachendame hat also den Aufstand geplant? Und nicht sie selbst?"

„Positiv. Steht alles hier drin. Und wer würde schon sein Tagebuch anlügen?"

„Und ihre Drachendame hätte akzeptiert, dass einem der Ihren bei lebendigem Leib die Hörner genommen werden?" Master Duncan schüttelte fassungslos den Kopf.

Arthur blätterte in dem schwarzen Büchlein, und Henry wusste, welche Stelle er suchte. Schließlich schlug Arthur die Seite auf und begann vorzulesen.

Am heutigen Tage, Sonntag, 21. November, hat Boudica mir ein Angebot gemacht, das ich nicht ablehnen konnte. Sie bot mir an, unsterblich zu werden. Unsterblichkeit! Was für ein reizvoller Gedanke.

Seit meiner frühesten Kindheit ist er mein ständiger Begleiter: der Tod. Ich wuchs in Armut und Hunger auf. Und früh nahm er mir und meinen Eltern meine Geschwister, bis nur noch ich übrig war.

In einer bitterkalten Winternacht entschieden sich meine Eltern dazu, mich vor der Tür eines Waisenhauses abzulegen. Sie glaubten wohl, mir damit ein besseres Leben zu ermöglichen. Da lag ich nun in der Eiseskälte, und als ich immer schwächer wurde, öffnete sich endlich die Tür des Waisenhauses. Eine barmherzige Schwester hob mich von der Türschwelle auf und trug mich ins Innere des warmen Heims.

Einige Jahre später wüteten die Pocken durch unser Waisenhaus, und der Tod nahm ausnahmslos alle. Nur mich übersah er. Von da an lebte ich auf den Straßen Londons. Und immer wieder kam ich dem Tod bedrohlich nahe.

Eines Tages wurde ich erwischt – nicht vom Tod, sondern von zwei Wachmännern. Ich hatte mich auf einen Falschmünzer eingelassen und versucht, seine Münzen unter das Volk zu bringen. Das Schwurgericht sprach mich schuldig, und ich sollte durch den Feueratem eines Drachen gerichtet werden. Doch der Drache verweigerte seinen Dienst! Damals glaubte ich noch an ein Wunder, als der Richter daraufhin entschied, mich nach Sieben Feuer zu schicken, wo ich zur Drachenreiterin ausgebildet werden sollte. Ich war dem Tod also wieder von der Schippe gesprungen.

Und nun bot mir meine Drachendame Boudica an, dass es sich dabei nicht nur um einen kleinen Aufschub handeln sollte. Nein, es sollte für immer sein. Natürlich ging ich auf den Handel ein. Koste es, was es wolle. Zumal nicht ich, sondern einer der Drachen den Preis dafür bezahlen sollte.

Arthur klappte das Büchlein zu und blickte in die Runde. „Es sollte anders kommen, als Lady Blackstone und vor allem ihre Drachendame es sich vorgestellt hatten."

„Na ja, Lady B. ist immerhin unsterblich geworden, oder etwa nicht?", fragte Timothy.

Arthur gab ihm recht. „Das schon, aber ihr Plan ist alles andere als aufgegangen. Ich habe mir die Ereignisse wie folgt zusammengereimt: Lady Blackstone und Boudica haben es irgendwie geschafft, die Blattfinger hinter sich zu einen. Sie sind kurz davor, Sieben Feuer zu stürzen, doch ein Teufelsgrind und sein Reiter kämpfen verzweifelt dagegen an."

„Happy", murmelte Henry.

„Ganz genau", bestätigte Arthur. „Happy rammt also in seiner Verzweiflung Boudica sein Horn ins Herz. Boudica stürzt samt Lady Blackstone ins Meer, und dabei bricht Happys Horn. Das muss sich alles über dem Atlantik nicht weit von der Insel, auf der heute Dark Donan Castle steht, ereignet haben. Lady Blackstone und Happys Horn müssen angespült worden sein. Und da Happy den Kampf überlebt hat ..."

„... besitzt das abgebrochene Horn weiterhin die Kraft, unsterblich zu machen", ergänzte Henry.

„Aber nur so lange Happy selbst auch lebt. Sobald er mal nicht mehr ist, würde das Horn zu Staub zerfallen."

Henry erhob sich und tigerte um die Frühstückstafel. „Wir haben das Horn gesehen, als wir damals Pan befreit haben."

„Es stand unter der Glasvitrine in ihrem Schlafzimmer", stimmte Timothy ihm zu. „Mist! Wir hätten es stehlen sollen."

Henry kniff die Augen zusammen, während er angestrengt in seinen Erinnerungen kramte. „Ich meine, es war damals nur noch fünf Zentimeter lang, nicht mehr."

„Langsam, aber sicher läuft der guten Lady B. also die Zeit davon", sagte Timothy hoffnungsvoll.

Arthur wiegte den Kopf hin und her. „Eigentlich nicht. Wenn es wirklich stimmt, was ich in *Drachenhorn – Eine unendliche Geschichte* von Nick Nickleby Unlikely gelesen habe, braucht es täglich nicht mehr als drei Gramm geriebenes Drachenhorn, um den Verfall des menschlichen Körpers aufzuhalten."

„Das bedeutet, wenn das Horn noch fünf Zentimeter lang ist, dann hätte die alte Hexe sicher noch mal dreihundert Jahre Zeit, bevor es aufgebraucht ist", überlegte Master Duncan laut.

„Es sei denn ..." Arthur reckte den Zeigefinger in die Luft und wackelte damit nacheinander allen vor dem Gesicht herum.

„Es sei denn, das Horn ist mit schwarzem Herzblut in Berührung gekommen", murmelte Tippy.

„Manno, das wollte ich sagen", empörte sich Arthur und schlug mit seiner Faust so doll auf den Tisch, dass die Becher anfingen zu tanzen und hier und da Kaffee über die Ränder schwappte.

Tippy sah Arthur entsetzt an. Sie war plötzlich kreidebleich geworden.

„Entschuldigung", sagte Arthur zerknirscht und machte sich daran, mit seinem Stofftaschentuch den Tisch abzuwischen.

„Verstehst du nicht, Arthur?", flüsterte Tippy. „Schwarzes Herzblut. Absolut tödlich, und bis zum heutigen Tage wurde kein Gegengift gefunden."

„Stimmt. 100% positiv." Er klopfte wieder auf das Tagebuch von Lady Blackstone. „Es steht hier drin beschrieben. Die erste Goldzunge, Eric Crawford, quasi der Begründer des Crawford-Clans, hatte einen Drachen namens Furor ..."

„Dank seines verdorbenen und vergifteten Herzens war es ihm möglich, eine Träne aus purem Hass zu weinen. Er tauchte die

Spitze eines seiner Geweihe in die schwarze Flüssigkeit und stieß sie der schlafenden Alba mitten ins Herz", zitierte Henry die Stelle aus dem Buch.

„Ich geb auf", sagte Arthur, der schon wieder unterbrochen worden war.

„*Als Eric am nächsten Morgen erwachte, war die Frau, die er liebte, zu Stein erstarrt* ...", fuhr Henry fort und schwieg dann bestürzt.

Da niemand etwas sagte, holte Arthur tief Luft und begann erneut zu sprechen. „100% positiv. Und ich habe die Vermutung, dass die Spitze von Happys Horn, als sie in Boudicas Herz eindrang, ebenfalls durch das vergiftete Herzblut infiziert wurde und sich nun das gesamte Horn langsam in Stein verwandelt. Lady Blackstone läuft also die Zeit davon."

„In Stein verwandelt", wiederholte Tippy atemlos.

„Verstehst du denn nicht, Arthur?", rief Henry, der das erste Mal, seit er Arthur kannte, schneller im Denken war als er. „Die Schwarze Flamme! Der Angriff! Die Pfeile!"

Und endlich fiel bei Arthur der Groschen. „Vergiftet mit schwarzem Herzblut", flüsterte er bestürzt und starrte seinen Lehrer an. „100% negativ. Master Duncan! Sie verwandeln sich langsam in Stein!"

Master Duncan wäre nicht Master Duncan gewesen, wenn ihn die Tatsache, dass er langsam zu Stein wurde, groß gekümmert hätte.

Über den Rest der Frühstückstafel hatte sich jedoch eine bedrückende Stille gelegt, die nur von Master Finleys lauten Schluchzern unterbrochen wurde.

„Jetzt beruhigt euch doch alle erst mal“, schnauzte Master Duncan sie schließlich an. „So schnell versteinert man doch nicht! Also hört auf, so lange Gesichter zu machen. Und reiß dich gefälligst zusammen, Knox!“

Master Finley gelang es zwar, sein Schluchzen zu unterdrücken, dafür bekam er aber einen Schluckauf.

„Ist es denn zu fassen!“, grollte Master Duncan. „Solange ich noch auf zwei Beinen stehen kann ...“, er warf Finley, der kurz davor war, erneut in Tränen auszubrechen, einen warnenden Blick zu, „... und das wird noch ’ne ganze Weile der Fall sein, werde ich alles dafür tun, um Sieben Feuer vor dieser Hexe, Lady Blackstone, zu beschützen.“ Er klatschte in die Hände. „Also lasst uns keine Zeit verlieren, und hört endlich auf, Trübsal zu blasen. Lasst uns stattdessen lieber einen Plan schmieden."

Er schaute auffordernd in die Runde, und erstaunlicherweise war es Arthur, der sich als Erster aus seiner Starre löste. „Positiv. Master Duncan hat recht. Charles, kannst du die Tafel von gestern besorgen? Wir brauchen einen Plan."

Bis mittags saßen sie gemeinsam am Frühstückstisch und besprachen, wie sie weiter vorgehen wollten. Sie diskutierten, stritten, einigten sich auf Pläne und warfen sie wieder über den Haufen.

Schließlich war es erneut Master Duncan, der irgendwann genug hatte. „Man kann sich auch zu Tode planen", rief er genervt aus.

„Zu Tode planen", wiederholte Tippy, und Master Finley, der zwar seinen Schluckauf in den Griff bekommen hatte, schluchzte erneut auf.

„So war das doch nicht gemeint", beeilte sich Master Duncan, ihn zu beruhigen. „Knox, es ist über einen Monat her, dass mich der vergiftete Pfeil getroffen hat. Das traurige Elixier scheint die Wirkung des Gifts zu verlangsamen. Jetzt legen wir der alten Hexe erst mal das Handwerk, und dann wird immer noch genug Zeit sein, ein Gegengift zu finden."

Ächzend erhob er sich von seinem Stuhl. Master Finley wollte zu ihm eilen und ihm helfen. Doch als er Master Duncans Blick sah, hielt er inne.

„Untersteh dich!“, grollte Master Duncan. Dann ging er zu Henry, legte ihm den Arm um die Schulter und wies mit seinem kantigen Kinn zur Tafel. „Das Schicksal denkt sich anscheinend nur Abenteuer aus, die wir gemeinsam bestehen müssen.“ Er beugte sich hinab zu Henrys Ohr. „Ist das das gute Ohr?“

Henry nickte.

„Wüsste keinen besseren Partner für ein Abenteuer als dich.“

Und während Henry die struppigen Haare von Master Duncans Schnurrbart am Ohr kitzelten, breitete sich ein warmes Gefühl in seinem Bauch aus.

„Drachenreiter!“, rief Master Duncan plötzlich, nahm den Arm von Henrys Schulter und warf Lucy, Arthur, Chloé, Edward und Timothy mit seinem sehenden Auge einen entschlossenen Blick zu. „Informiert eure Drachen über unsere Pläne. Es gibt einiges zu tun.“

Er wird zu Stein? Ich dachte, das kann nur uns Drachen passieren!, rief Happy besorgt, als Henry ihm und Phönix berichtete, was mit Master Duncan geschah.

Henry war auf Phönix’ Rücken und mit Happy an seiner Seite aufs Meer hinausgeflogen.

„Sobald Mortimer von Sieben Feuer zurückgekehrt ist, werden wir ihn wieder mit einer Nachricht nach Sieben Feuer schicken, damit Mistress Leonella und Master Nicolas die Suche nach einem Gegengift vorantreiben. Ein Teil von uns bricht außerdem nach London auf. Mistress Dora, Lucy und Chloé sollen im Naturkundemuseum von London alles über Gifte, Gegengifte und Heilpflanzen herausfinden. Master Finley und Arthur werden in der Nationalbibliothek nach weiteren Informationen über den Verbleib des letzten Blattfingers suchen. Charles, Timothy und Edward werden Balnanock Manor ausspionieren, um herauszufinden, wie sie die Soldaten der goldenen Kompanie, die den dortigen Blattfinger bewachen, ausschalten können."

Und wir? Was ist unsere Aufgabe?, wollte Phönix aufgeregt wissen.

„Sobald uns Charles Bericht erstattet hat, werden Stewi, du, Happy und ich gemeinsam mit Master Duncan nach Balnanock Manor fliegen, den Blattfinger erwecken und ihn hierherbringen", sagte Henry.

Oh, sagte Phönix nur, während sich der alte Teufelsgrind in Schweigen hüllte.

„Hallo?", fragte Henry nach einer Weile vorsichtig.

Erstens sollst du mich nicht Happy nennen, raunzte der Drache ihn an. *Wie oft soll ich dir das denn noch sagen? Zweitens ist das wieder einer dieser typischen von Menschen gemachten Pläne. Ein Himmelfahrtskommando.*

Was sagt Happy?, funkte Phönix aufgeregt dazwischen.

„Er sagt, dass wir ihn nicht Happy nennen sollen. Und er hält unseren Plan für ein Himmelfahrtskommando."

Hört sich doch gut an, oder? Himmelfahrt klingt so, als würde ihm euer Plan gefallen.

Henry seufzte. „Nicht ganz. Eher im Gegenteil. Ich lass dich gleich wissen, was genau er damit meint." Henry kappte das Band zu Phönix, um zu hören, was der alte Teufelsgrind noch zu sagen hatte.

Das einzig Gute an dem Plan ist, dass ich dabei bin, seufzte Happy. *Ansonsten kann dabei wieder so einiges schiefgehen. Ihr müsst den Blattfinger vor Ort wecken. Und glaubt mir, mit Fafnir war es vielleicht ein Kinderspiel, aber so leicht wird es nicht immer klappen. Ich für meinen Teil wäre mächtig wütend, wenn man mich erst nach so langer Zeit aus meinem steinernen Gefängnis befreien würde. Ich würde so laut brüllen, dass ihr Menschen taub werden würdet. Und dann würde ich alles um mich herum in Schutt und Asche legen.*

„Glaub ich dir sofort", rutschte es Henry raus, bevor er sich verbieten konnte, den Gedanken zu denken.

Was soll das schon wieder heißen, Zwerg?

Der alte Teufelsgrind wartete keine Antwort ab, denn er kam gerade erst in Fahrt.

Die zweite Schwachstelle in eurem Plan ist dieser Stewart Todd junior. Wieso kommt der mit uns? Ich traue dem Kerl nicht.

Unwillkürlich presste Henry seine Beine fester an Phönix, und sein Drache verstand es als Zeichen, schneller zu fliegen.

„Erstens", erwiderte Henry, der versuchte, sich zu entspannen, „hat mich Stewi aus dem Verlies auf Sieben Feuer gerettet. Im Hof der Wolkenburg hat er Stewart Todd senior die Stirn geboten. Daraufhin hat sein Onkel ihn verstoßen. Stewi hat definitiv den Preis für die Fehler gezahlt, die er in der Vergangenheit gemacht hat. Ich würde meine Hand für ihn ins Feuer legen."

Der alte Teufelsgrind hatte wieder zu ihnen aufgeschlossen, drehte ihnen im Flug sein mächtiges Haupt zu und schnaubte. Ein kleiner Feuerball traf die dreizehnte Schuppe in Phönix' Drachenkamm. Reflexartig zog Henry seine Hände weg.

„Sehr witzig. Wirklich. Sehr, sehr witzig."

Warum bespuckt er uns mit Feuer?, fragte Phönix neugierig, dem die Flammen nichts ausmachten, außer dass sie ihn ein bisschen unter den Schuppen kitzelten.

„Und zweitens", sagte Henry, der weiterhin das Band zu Happy geknüpft hielt und Phönix' Frage ignorierte, „ist Stewi der Einzige, der weiß, wo im Knochenwald der versteinerte Blattfinger steht."

Happy war nicht überzeugt. *Na und? Dann sucht ihr halt eine Weile nach ihm. Ein Blattfinger ist ja nun nicht gerade eine Nadel im Heuhaufen.*

„Es ist entschieden", sagte Henry bestimmt. „Stewi kommt mit uns."

Mit des Menschen Dummheit kämpfen Drachen vergebens, entgegnete Happy beleidigt, kappte das Band und ließ sie mit einigen kräftigen Flügelschlägen hinter sich.

Henry und Phönix flogen noch lange weiter. Bis an die neue goldene Grenze. Im großen Bogen umrundeten sie Nimmerland und kehrten erst gegen Abend zurück. Es war Henry nicht gelungen, seine Sorgen hinter sich zu lassen, doch es hatte gutgetan, sie mit Phönix zu teilen.

Die folgenden Tage verbrachten Henry und die Verborgenen mit Vorbereitungen für ihre jeweiligen Missionen. Wenn es die Zeit zuließ, erkundeten sie Nimmerland – auf den Rücken ihrer Drachen, die es genossen, mal etwas anderes zu sehen als Sieben Feuer. Oder sie schwangen sich an den Lianen durch den Wald und trainierten das Überqueren des Moores, was bald allen Drachenreitern gelang, mit Ausnahme von Arthur und Master Finley, die sich weigerten, den Erdboden zu verlassen.

„Wenn wir uns schon in die Lüfte begeben müssen, dann nur auf dem Rücken eines Drachen oder, wenn es gar nicht anders geht, in Master Duncans Wasserflugzeug", beharrten sie.

An einem wolkenverhangenen Tag, als sie gerade zu Mittag aßen, kehrte Mortimer zurück. Die schwarze Krähe landete auf Master Finleys Schulter, der vor Schreck fast seine Schale mit Irish Stew fallen ließ.

Mortimer plusterte sein Gefieder auf, um die Nässe abzuschütteln, und hüpfte auf ein altes Whiskeyfass, das sie auf die Lichtung gerollt hatten, um es als Tisch zu benutzen.

Lucy deutete auf Mortimers Krallen. „Keine Nachricht", sagte sie verwundert, während sich Master Duncan sorgenvoll über sein schlecht rasiertes Kinn strich.

Er hatte sein Rasiermesser auf Sieben Feuer vergessen, und neben seinem mächtigen Schnauzer wucherte nun auch ein wilder Bart in seinem Gesicht. „Irgendetwas stimmt da nicht."

Henry streckte auffordernd seinen Arm vor. Mortimer breitete seine Flügel aus und hüpfte mit einem großen Satz zu ihm. Henry strich dem Vogel, der aufgeregt vor sich hin krächzte, einige Male beruhigend über den Kopf, um dann eine Verbindung zu ihm zu knüpfen. Als er das zarte Band gepackt bekommen hatte, überflutete ein unsortierter Strom an Bildern seinen Geist. Es dauerte einige Momente, bis Henry sie in die richtige Reihenfolge gebracht hatte. Er keuchte auf. Als er sah, was sich auf Sieben Feuer zugetragen hatte, war es, als ob sich eine eiserne Manschette um sein Herz legte, die sich immer enger zog. Henry wollte sich zusammenreißen, wollte tapfer sein, doch er konnte die Tränen nicht zurückhalten.

Charles sprang auf und legte tröstend einen Arm um ihn, während ihn die anderen umringten und aufgeregt mit Fragen bombardierten.

„Jetzt gebt ihm doch einen Moment", sagte Lucy.

Henry atmete einige Male tief ein und aus und begann die schrecklichen Bilder, die Mortimer ihm gezeigt hatte, in Worte zu fassen.

„Violet und Casper haben sich in die Schmiede geschlichen", begann er mit rauer Stimme und warf Mistress Dora einen Blick zu. „Dort haben sie eine fürchterliche Entdeckung gemacht: Im hinteren Teil Ihrer Schmiede, an den Haken, die Sie in den Holzbalken unter der Decke geschraubt haben und an denen eigentlich Ihre Werkzeuge hängen, da hingen", er schluckte, „da hingen jetzt eine ganze Reihe von den Dingern, von denen eins im *King's Arms* versteigert werden sollte. Dieses Joch, das sich Lady Blackstone und Graham Green unter den Nagel gerissen haben."

„Das Joch des Teufels oder für die, die es besser wissen, das Drachenjoch", sagte Arthur.

Mistress Dora sprang erneut auf. „Damit habe ich nichts zu tun! Das müsst ihr mir glauben!", rief sie.

Henry winkte ab. „Ich weiß. Jemand anders hat sie geschmiedet."

„Aber wer würde so etwas tun?", polterte Master Duncan.

„Sicher dieser Stewart Todd senior", vermutete Timothy.

„Nein, das glaube ich nicht", mischte sich Master Finley ein. „Er mag seine Fehler haben, aber das würde er nicht tun."

Henry hob die Hand. „Lasst mich ausreden", sagte er. Die anderen schwiegen und sahen ihn erwartungsvoll an. Er räusperte sich. „Nachdem Violet und Casper die Dinger entdeckt hatten, tauchte noch jemand in der Schmiede auf. Er muss ihnen nachspioniert haben."

„Wer hat ihnen nachspioniert?", fragte Tippy atemlos.

Henry schaute nacheinander die Master an. Mistress Dora, Master Finley und schließlich Master Duncan. „Rudge Bleaker", antwortete er schließlich tonlos. „Mortimer kann über sein Band keine Sprache übermitteln, aber die Bilder zeigen, dass Violet, Casper und Bleaker gestritten haben. Als Casper auf Bleaker zuging, holte der plötzlich ein Blasrohr hervor. Genau so eins wie das, mit dem der Bund der Schwarzen Flammen am Hafen auf uns geschossen hat. Er hat Violet und Casper damit gedroht. Dann hat er die beiden gefesselt und geknebelt und im hinteren Teil der Schmiede versteckt."

Henry strich der Krähe erneut über den Kopf, und sie krächzte leise.

„Wie es scheint, ist Mortimer als Nächstes zu Mistress Leonella und Master Nicolas geflogen, um Hilfe zu holen. Doch die beiden haben nicht verstanden, was er wollte. Irgendwann hat er aufgegeben und ist in die Schmiede zurückgekehrt. Mittlerweile war es später Abend, und alle auf Sieben Feuer schliefen.

Es dauerte noch eine Weile, dann kehrte Rudge Bleaker ebenfalls zurück. Und im Schutz der Dunkelheit hat er Violet und Casper samt der Teufelsjoche auf den Planwagen von Master Duncan verfrachtet und zum Haupt des Riesen gebracht.

Dort muss er sie gezwungen haben, ihre Drachen zu rufen. Jedenfalls landeten kurz darauf Arundula und Pan bei ihnen. Und als die beiden erkannten, dass Bleaker das Leben ihrer Reiter bedrohte, haben sie sich die Teufelsjoche anlegen lassen."

„Bleaker! Diese Ratte!", polterte Master Duncan, der nicht mehr an sich halten konnte.

„Er war doch ein Reiter, genau wie wir!", rief Mistress Dora.

„Wie konnte er nur, wie konnte er nur?!", stammelte Master Finley, und Tippy wiederholte es traurig. „Wie konnte er nur?"

„Das ist noch nicht alles“, sagte Henry und biss die Zähne so fest aufeinander, dass die Muskeln an seinen Kiefern hervortraten.

„Er ist mit den Drachen abgehauen, zu Lady Blackstone. 100% wahrscheinlich“, mutmaßte Arthur.

„Aber es kommt noch schlimmer“, stieß Henry hervor. „Nachdem er auf Arundulas Rücken geklettert war und sich mit Pan im Schlepptau in die Luft erhoben hatte, hat er sich noch mal umgewandt, sein Blasrohr gezückt und zwei vergiftete Pfeile auf Casper und Violet abgefeuert. Die beiden waren immer noch gefesselt und hatten keine Chance auszuweichen.“ Henry schluckte. „Erst ist Casper und kurz darauf auch Violet versteinert.“

„Sind ...“, stotterte Timothy. „Sind sie etwa ...“

„Sag es nicht“, fuhr Master Duncan aufgebracht dazwischen. „Sprich es nicht aus.“

Timothy verstummte.

„Sind sie etwa ...“, wiederholte Tippy, griff nach Master Duncans Hand und drückte sie fest. Sie schaute in die Runde. „Wenn es nicht ausgesprochen, wenn es nicht niedergeschrieben wurde, dann sind die beiden gar nichts. Dann liegt es an uns, den Verlauf ihrer Geschichte so zu ändern, dass sie es nicht sind. Nur was gesagt oder geschrieben wurde, ist passiert und nicht mehr zu ändern.“ Nacheinander blickte sie jeden Einzelnen von ihnen warnend an. „Deshalb hüten wir uns davor, es auszusprechen.“

„100% negativ", murmelte Arthur. Allerdings so leise, dass Tippy ihn nicht hören konnte. „Dinge passieren sehr wohl, auch wenn sie weder gesagt noch aufgeschrieben werden."

Lucy funkelte ihn böse an, und Arthur verstummte.

„Morgen brechen wir auf", sagte Henry bestimmt. „Von morgen an beginnen die Verborgenen zurückzuschlagen."

Henry und sein kleines Team verbrachten noch ein paar Tage länger auf Nimmerland. Sie mussten warten, bis sie Nachricht von Charles, Timothy und Edward erhielten, die Balnanock Manor ausspioniert hatten. Am vierten Tag war es endlich so weit.

Sie saßen gerade mit Tippy, die gemeinsam mit Fafnir und den anderen Drachen auf Nimmerland die Stellung halten würde, auf der Veranda eines der Baumhäuser, als das Handy klingelte, das Charles ihnen dagelassen hatte. Master Duncan fischte es aus seiner Manteltasche und drückte hektisch auf den Tasten herum. Der Klingelton verstummte.

„Hallo?", rief er in das Gerät, doch es blieb stumm. Er hatte den Anruf aus Versehen abgelehnt. „Verdammt noch mal!", polterte er. „Ich hasse diese Dinger!"

Stewi streckte ihm wortlos die Hand entgegen, und Master Duncan reichte ihm das Telefon, das erneut angefangen hatte zu piepen.

Stewi nahm das Gespräch an und stellte das Handy auf laut.

„Ich bin's, Charles", quäkte es verzerrt aus dem Lautsprecher. Auf Nimmerland war der Empfang schlecht, und Stewi reckte das Gerät höher in die Luft.

„Hallo? Tippy? Duncan? Hört ihr mich?"

„Ja, doch!", rief Master Duncan so laut, dass man ihn wahrscheinlich auch ohne Telefon auf Balnanock Manor hätte hören können.

Henry und Stewi grinsten sich heimlich an.

„Wir haben eine Höhle am Rande des Knochenwaldes gefunden, in der sich Happy und Phönix verstecken können", sagte Charles. „Wenn ihr bei Einbruch der Dunkelheit von Nimmerland aus losfliegt, solltet ihr vor Mitternacht bei uns sein. Die Patrouille der goldenen Kompanie haben wir bis dahin sicherlich schon ins Reich der Träume befördert."

Tippy hatte Charles ein Fläschchen mit einem überaus wirksamen Schlafmittel mitgegeben. „Feenträume", hatte sie gesagt und erklärt, dass es sich dabei um ein Extrakt aus Baldrian, Melisse und Jasminblütenöl handelte. „Einige wenige Tropfen reichen, um einen erwachsenen Mann für Stunden in Tiefschlaf zu versetzen. Ansonsten ist das Gebräu aber völlig harmlos."

„Stunden? Wirklich?", hatte Master Duncan gefragt und das kleine Fläschchen skeptisch auf seiner Handfläche hin und her rollen lassen.

„Ihr kennt doch den *Old Man of Storr*, den knapp fünfzig Meter hohen, schmalen Felsen, der über Portree wacht, oder?", hatte Tippy gefragt. „Angeblich ist das ein schlafender Riese.

Einst soll er den Feen einen ganzen Kessel voll mit Feenträumen geraubt haben. Der gierige Riese scherte sich nicht darum, was in dem Kessel war, und stürzte den Inhalt trotz der warnenden Rufe der Feen in einem großen Schluck hinunter. Und seither schläft er. Die Wirkung ist so stark, dass man davon ausgeht, dass er erst in tausend Jahren wieder aufwachen wird." Und warnend hatte sie hinzugefügt: „Geht also sparsam mit der Flüssigkeit um ..."

„Also, wie lautet euer Plan, Charles?", rief Master Duncan skeptisch in Richtung Handy. „Sicher, dass ihr die Wachen so einfach ausschalten könnt?"

„Hab mal ein bisschen Vertrauen", quäkte Charles' Stimme aus dem Lautsprecher. „Die Wachmänner trinken jeden Abend, bevor ihre Nachtwache beginnt, im Pub einen Becher schwarzen Tee. Um sich wach zu halten. Und ratet mal, wer gestern als Aushilfe im Pub eingestellt wurde?"

„Edward?", tippte Henry, doch Charles verneinte.

„Ob ihr es glaubt oder nicht, Timothy hat den Job übernommen."

Henry und Stewi unterdrückten ein Lachen. Die Vorstellung, dass Timothy als Kellner arbeitete, war einfach zu lustig.

„Er tut's für Violet. Und für Casper, hat er gesagt."

„Für Violet also. Soso!" Henry bekam das Grinsen kaum aus dem Gesicht, aber er war stolz auf seinen Freund, dass er so selbstlos war.

„Edward und ich gehen heute Abend im Pub essen", fuhr Charles fort. „Sollten die Wachen schon im Pub einschlafen, kümmern wir uns darum, dass niemand auf Balnanock informiert wird. Wir hoffen aber, dass die Wirkung der Feenträume erst einsetzt, wenn sie den Pub verlassen haben. Jedenfalls halten wir die beiden so lange fest, bis ihr den Blattfinger aus seiner Versteinerung befreit habt und wieder auf dem Weg nach Nimmerland seid."

„… wieder auf dem Weg nach Nimmerland seid", wiederholte Tippy. „Das klingt nach einem guten Plan."

Dass Happy das ganz anders sah, behielt Henry lieber für sich. Sie verabschiedeten sich von Charles, um Happy und Phönix über die bevorstehende Abreise zu informieren.

Als die Nacht hereinbrach, trafen sie sich auf der Lichtung der Drachen. Es hatte so stark zu regnen begonnen, dass das Wasser bereits aus der Krempe von Master Duncans Hut schwappte. Er hatte den Kragen seines alten Mantels hochgestellt und die Hände in den Taschen vergraben.

„Gutes Wetter", sagte er knapp. „In den Wolken können wir uns vor den neugierigen Blicken der Menschen verstecken. Und Balnanock liegt so abgeschieden, dass es ein verdammter Zufall wäre, wenn dort mitten in der Nacht eine verlorene Seele in den Himmel starren und uns entdecken würde."

„Für Notfälle hast du aber das Elixier des Vergessens dabei, oder?", vergewisserte sich Tippy. Master Duncan klopfte sich auf die Manteltasche. Tippy stellte sich auf die Zehenspitzen und küsste ihn auf die Wange. „Pass auf die beiden auf. Und auf dich natürlich auch", sagte sie. Dann lächelte sie Henry zu. „Mein Joker", murmelte sie vergnügt. „Wer dich auf der Hand hat, dessen Blatt wird automatisch besser. Aber geh behutsam vor, wenn du den Drachen erweckst, hörst du?", ermahnte sie ihn.

„Mach ich", versicherte ihr Henry.

Dann wandte sich Tippy an Stewi. „Handy?", fragte sie, und Stewi zeigte ihr das kleine Gerät.

„Ich hasse die Dinger", brummte Master Duncan. „Meinetwegen können wir es jetzt mitnehmen. Aber sollte ich jemals wieder zurück nach Sieben Feuer kommen, werde ich sie sofort wieder verbieten. Krähen funktionieren doch viel besser. Oder habt ihr jemals mitbekommen, dass Mortimer in ein Funkloch gefallen wäre? Oder dass sein Akku alle war?"

Er glotzte Stewi vorwurfsvoll aus seinem sehenden Auge an, bis Tippy ihn beiseiteschob und Stewi in den Arm nahm. Der überrumpelte Stewi versteifte seinen Körper. „Mein guter Junge. Du wirst erstaunt sein, was für eine Kraft du entfalten kannst, wenn du die richtigen Freunde an deiner Seite hast."

Hinter Tippy knackte es plötzlich laut, und die Baumkronen begannen sich zu bewegen. Fafnir kam durch das Unterholz auf die Lichtung getrampelt. Nach so vielen Jahren der Versteinerung wollte er auf keinen Fall etwas verpassen. Tippy begrüßte ihn liebevoll, und Fafnir stupste sie auffordernd mit der Schnauze an.

„Na, immer noch nicht müde?“, sagte sie und lachte.

Und während sich die anderen Drachen bis auf Happy und Phönix schlafen legten, erkundete Fafnir weiter neugierig Nimmerland.

„Was meinte Tippy eben mit *Joker* und *richtige Freunde*?“, raunte Henry Stewi zu, als sie sich auf den Weg zu Happy und Phönix machten.

Doch Stewi zuckte nur mit den Schultern. „Keinen blassen Schimmer“, raunte er zurück.

Aber Henry war sich nicht sicher, ob Stewi nicht doch ein kleines bisschen mehr Ahnung hatte als er selbst.

Bevor er nachbohren konnte, klatschte Master Duncan in die Hände. „Hast du Happy und Phönix den Grenzenlossaft verabreicht?“

Henry nickte. „Die goldene Grenze dürfte kein Problem mehr sein.“

Master Duncan griff nach der Kette, an der er seine Träne der Erinnerung trug, rieb sie mit geschlossenen Augen zwischen Zeigefinger und Daumen und seufzte. Dann reckte er Arme und Beine und kletterte stöhnend auf den Rücken des alten Teufelsgrinds. Happy hatte sich flach auf den Boden gelegt, um es Master Duncan so einfach wie möglich zu machen.

Henry und Stewi bestiegen Phönix, und die Drachen schwangen sich in die Lüfte.

Es dauerte nicht lange, bis sie in der dicken Wolkendecke verschwunden waren. Der nasse Nebel durchdrang im Nu Henrys Wams und sein Hemd, und er stellte sich auf eine ziemlich ungemütliche Reise ein.

Da knüpfte Happy das Band zu ihm. *Ich könnte euch beiden Giftzwergen davonfliegen. Phönix hat keine Ahnung, wo Balnanock liegt,* sinnierte der alte Teufelsgrind vor sich hin. *Duncan und ich könnten uns allein um den versteinerten Blattfinger kümmern ...*, überlegte er weiter.

Doch Henry unterbrach ihn. „Erstens: Ihr wisst nicht, wo er steht. Zweitens: Selbst wenn ihr ihn findet, braucht ihr mich, um ihn zu erwecken. Oder meinst du, du schaffst es, einen versteinerten Drachen bis nach Nimmerland zurückzuschleppen?"

Nie um eine Antwort verlegen und immer das letzte Wort haben wollen! Extrem unsympathische Eigenschaften, Zwerg. Ich frage mich wirklich, ob ich je einen garstigeren Menschling kennengelernt habe als dich. Er kappte das Band.

Was wollte er?, fragte Phönix, der ebenfalls das Band zu Henry geknüpft hatte.

„Was glaubst du wohl? Mich beschimpfen natürlich", regte Henry sich auf. „Wenn es um andere geht, könnt ihr Drachen ziemlich unsensibel sein. Nur wenn's um euch selbst geht, seid ihr ganz schöne Mimosen."

Unsensible Mimosen?, gluckste Phönix. *Ist das was Gutes? Es hört sich ziemlich lustig an.*

„Es bedeutet, dass ihr Drachen sehr gut austeilen, aber selbst nicht so gut einstecken könnt."

Geben ist seliger denn Nehmen, zitierte Phönix stolz einen Satz, den Henry ihm vor einiger Zeit beigebracht hatte.

„In diesem Fall nicht", gab Henry genervt zurück. „Es bedeutet, dass ihr gut darin seid, an anderen rumzunörgeln, aber sobald man euch mal kritisiert, seid ihr sofort beleidigt."

Oh!, entgegnete Phönix einsilbig. *Da hast du tatsächlich recht. Ich bin beleidigt. Lass deine schlechte Laune gefälligst an jemand anderem aus!* Eingeschnappt kappte er das Band.

Und so wurde es wirklich eine ungemütliche und noch dazu schweigsame Reise nach Balnanock. Henry versuchte, sich bei Phönix zu entschuldigen, doch der sträubte sich beharrlich dagegen, dass Henry das Band mit ihm knüpfte. Schließlich ließ Henry es bleiben. Selbst die Versuche, mit Stewi zu reden, scheiterten. Der Wind wehte ihnen so stark und so laut um die Ohren, dass sie nicht einmal ihr eigenes Wort verstehen konnten. Irgendwann gab Henry es auf, wickelte das Wams so eng um seinen Körper wie nur möglich und wartete darauf, dass sie endlich ankamen.

Sie flogen schnell, und noch vor Mitternacht begab sich erst Happy und dann Phönix in den Sinkflug.

Henry knüpfte das Band zu Happy. „Das Versteck soll am westlichen Rand des Waldes liegen", sagte er knapp. „Charles meinte, wir sollen uns an zwei Felsbuckeln orientieren, die aus den Wipfeln des Waldes herausragen und ein bisschen so aussehen wie eine riesige Schildkröte, die durch ein Blättermeer schwimmt. Am Fuße des kleineren Felsbuckels soll es eine Höhle geben, in der ihr euch verstecken könnt."

Wann hat sich jemals ein Drache unter dem Panzer eines so schwachen und niederen Wesens wie einer Schildkröte verstecken müssen?, ereiferte sich Happy. *Das edelste Geschöpf der Erde soll sich verkriechen, wie es sonst nur Kellerasseln unter Steinen tun ...?*

„Ja, ja ..." Henry kappte genervt das Band. Ihm war kalt, er war angespannt und müde. Auf Happys Launen hatte er jetzt echt keine Lust!

Doch das kümmerte den alten Teufelsgrind wenig. Er knüpfte das Band erneut, und er klang wütend. *Wage es nicht, das Band zu mir zu kappen, Zwerg, während ich meine Gedanken mit dir teile. Selbst wenn ich mit dir schimpfe, kannst du noch von mir lernen.*

Henry wollte etwas erwidern, doch diesmal war es der Drache, der das Band kappte.

Du meine Güte, heute ist der alte Griesgram aber besonders schlecht drauf!, dachte Henry und drehte sich zu Stewi um, um einen weiteren Versuch zu starten, ihm sein Leid zu klagen. Doch Stewi blickte erschrocken auf. Mit der einen Hand hielt er sich an einer von Phönix' Schuppen fest, während er mit der anderen in das Handy tippte.

Henry stutzte. „Was tust du da?", rief er über den Wind hinweg.

Stewi deutete auf sein Ohr, um Henry zu signalisieren, dass er ihn nicht hören konnte.

Henry wies mit dem Kinn auf das Handy und hob dann fragend die Schultern.

„Charles!“, schrie Stewi. „Er hat geschrieben, dass die Wachen ausgeschaltet sind.“

Henry nickte und reckte einen Daumen in die Höhe zum Zeichen, dass er verstanden hatte. Dann wandte er sich wieder nach vorne, um sich festzuhalten, denn Phönix setzte zur Landung an.

Happy war vor ihnen gelandet und Master Duncan bereits von seinem Rücken geglitten. Er rieb wieder an seiner Träne der Erinnerung, und Henry fragte ihn, was das zu bedeuten hätte.

„Vielleicht bilde ich es mir nur ein“, räusperte sich Master Duncan. „Aber ich habe das Gefühl, dass es gegen die Versteinerung hilft. Jedenfalls verschwindet für eine Zeit die Steifheit aus meinen Gliedern, wenn ich an der Träne reibe.“

Sie schauten sich einen Moment lang schweigend in die Augen. Und ohne dass einer von ihnen etwas sagen musste, wussten sie, dass sie jeweils an Violet und Casper dachten. Keiner von beiden hatte eine Träne der Erinnerung besessen, die sie hätte schützen können.

Henry griff unter sein Hemd. Er war wohl der einzige Drachenreiter, der schon vor dem großen Abschied nach sieben Jahren beschenkt worden war. Von Happy. Bei dem Gedanken daran bekam er ein schlechtes Gewissen und wollte sich am liebsten sofort mit dem alten Griesgram vertragen. Doch der wischte Henrys vorsichtig nach ihm tastendes Band einfach zur Seite.

Master Duncan blickte sich um. „Ist das unheimlich hier", knurrte er.

Der Knochenwald lag still vor ihnen. Nebel und Dunkelheit waberten zwischen den knochigen alten Bäumen umher. An den vielen krummen Ästen hingen Flechten, die aussahen wie verfilztes Fell. Der Waldboden war bedeckt mit meterhohen Farnen, und über die Felsbrocken, die daraus hervorragten, war über die Jahrzehnte Moos gekrochen.

Henry schnupperte. „Riecht ein bisschen wie in einer alten Kirche", stellte er fest.

Master Duncan deutete auf einen Strauch, dessen hellgrüne Blätter weiß umrandet waren. „Feengold, auch Mottenkönig genannt. Riecht wie Weihrauch."

Henry beugte sich hinab, um einige Blätter abzuzupfen, und hielt inne. Hinter dem Strauch entdeckte er einen Gedenkstein, der aus der Erde ragte wie ein fauliger Zahn aus dem Kiefer eines uralten Riesen. *„In Gedenken an Lord Balnanock und seine fünf Söhne"*, las Henry die verwitterte Inschrift des Steins vor. „Der Knochenwald ist echt kein Ort, an dem ich nachts gerne allein wäre", sagte er schaudernd.

Er tastete erneut nach Phönix' Band, und dieses Mal ließ sein Drache es zu.

„Es tut mir leid“, sagte Henry kleinlaut, und Phönix, der anders als der alte Teufelsgrind nicht nachtragend war, schmiegte sich in Gedanken an ihn.

Vergeben und vergessen, ließ er Henry großzügig wissen. *Und falls euch irgendetwas komisch erscheint und ihr unsere Hilfe braucht, knüpfst du sofort das Band zu mir. Ist das klar?,* ermahnte er ihn.

„Du bist der Beste“, sagte Henry erleichtert. Ermutigt schnappte er sich das Band zu Happy.

Mir gefällt weder der Wald noch die Höhle noch euer Plan, sagte der alte Teufelsgrind ungnädig. *Seht zu, dass ihr den Blattfinger so schnell wie möglich erweckt, damit wir wieder von hier verschwinden können.*

Ohne ein versöhnliches Wort und ohne sich noch einmal umzudrehen, kappte Happy das Band und stiefelte in die Höhle. Phönix folgte ihm.

„Bereit?“, fragte Master Duncan.

Henry nickte, und Stewi deutete in die Dunkelheit des Waldes. „Da lang.“

Stewi ging voraus, und Master Duncan und Henry folgten ihm einen verschlungenen Pfad entlang immer tiefer hinein in den düsteren Knochenwald. Master Duncan hatte aus seiner Tasche drei Gläser mit kaltem Feuer geholt, sie entzündet und jedem von ihnen eins gereicht. So konnten sie zumindest den Weg vor sich erkennen und riskierten nicht ständig, über irgendwelche Wurzeln oder Steine zu stolpern.

Immer wieder zuckte Henry erschrocken zusammen, weil er eine Eule, einen Fuchs oder das Ächzen eines Baumes gehört hatte. Dann streckte er jedes Mal das Glas mit dem kalten Feuer in die Richtung, aus der das Geräusch gekommen war. Doch die Dunkelheit verschluckte den Schein der Flammen, und so konnte er außer seltsam gewundenen Ästen und dunklen Schemen knorriger Baumstämme nie etwas erkennen. Nur einmal meinte er, eine Bewegung wahrgenommen zu haben. Als ob jemand hinter den Stamm eines Baumes gehuscht war. Doch es war sicher nur das Schaukeln eines Astes gewesen oder einfach seine Fantasie, die ihm einen Streich gespielt hatte, beruhigte sich Henry selbst. Und so gingen sie einfach weiter.

„Stewi? Sicher, dass wir auf dem richtigen Weg sind?", fragte Master Duncan, nachdem sie eine halbe Stunde schweigend hintereinander hergelaufen waren. „Du weißt, dass wir den Blattfinger erwecken und noch im Schutz der Dunkelheit zurück nach Nimmerland fliegen müssen."

„Es ist nicht mehr weit", gab Stewi zurück. „In zehn Minuten sollten wir da sein."

„Wir hätten uns direkt bei dem Blattfinger absetzen lassen sollen", moserte Master Duncan, und Henry gab ihm im Stillen recht.

„Ich habe doch schon gesagt, dass der Wald viel zu dicht ist, um dort mit einem Drachen landen zu können", erwiderte Stewi.

„Dann wären halt ein paar Äste abgebrochen und vielleicht der ein oder andere Baum entwurzelt", sagte Master Duncan.

Stewi hob die Schultern. „Mir wär's egal gewesen. Aber du hast Tippy gehört. Wir sollen den Wald möglichst in Ruhe lassen, um die Wut der Feen nicht auf uns zu ziehen."

„Feen, Feen", brummte Master Duncan. „Siehst du hier etwa irgendwo eine einzige Fee? Ich nicht!"

Schweigend stapften sie weiter durch das Unterholz. Stewi hielt Wort. Nach etwa zehn Minuten erreichten sie eine kleine Lichtung. Versteckt zwischen tief hängenden Ästen und von Efeu und Moos überwuchert, lag zusammengerollt der massige Körper eines Blattfingers. Seine beiden Flügelpaare waren auf dem Rücken gefaltet und sein Haupt zwischen die riesigen Vorderpranken mit den Saugnäpfen gebettet. Stumm umringten die drei Drachenreiter den Blattfinger. Keiner von ihnen konnte sich daran gewöhnen, eines dieser edlen Tiere in seinem steinernen Gefängnis zu sehen.

„Immer wieder wunderschön und gleichzeitig so traurig", brummte Master Duncan, und Henry wusste genau, was sein Lehrer meinte. Master Duncan betrachtete den Drachen noch einen Moment länger, bevor er seine Schultern kreisen ließ und es hörbar knackte. „Die Kälte und die Nässe tun meinen Gliedern definitiv nicht gut", seufzte er.

Henry schritt um den Drachen herum. „Dann lassen Sie ihn mich erwecken, damit wir schnell zurück nach Nimmerland fliegen können."

„Sachte, Henry. Du weißt, was wir besprochen haben. Du erweckst ihn, knüpfst das Band und versuchst, ihn zu beruhigen. Sollte er zu aufgebracht sein, rufst du Happy und Phönix herbei, damit sie uns helfen können, ihn zu bändigen. Knochenwald und wütende Feen hin oder her. Verstanden?"

„Verstanden", sagte Henry. Er hatte das Haupt des Drachen erreicht, holte tief Luft und streckte seine Hände vor, um die astdicken Spitzen des Blattfingergeweihs zu berühren.

In dem Moment klingelte das Handy in Stewis Tasche.

„Charles hat wirklich ein furchtbares Timing", murrte Master Duncan kopfschüttelnd und forderte Stewi auf, ihm das Telefon zu geben. Stewi zögerte. „Komm schon, gib's her!", sagte Master Duncan. Stewi reichte ihm widerstrebend das kleine Gerät, und Master Duncan schaffte es trotz der Dunkelheit, den richtigen Knopf zu drücken, um das Gespräch anzunehmen.

Genau in dem Moment, als Henry beherzt nach den Spitzen des Geweihs griff. Henry schloss die Augen und spürte, wie der uralte Geist des Drachen erwachte.

„Was willst du, Charles?", hörte er Master Duncan sagen.

Das Band des Drachen regte sich wie eine müde Schlange, die gerade erwachte.

„Die Wachen sind jetzt ausgeschaltet?" Master Duncans Stimme entfernte sich immer weiter von Henrys Geist, der versuchte, sich völlig auf den Blattfinger zu konzentrieren. „Das hast du Stewi doch längst geschrieben", antwortete Master Duncan verständnislos.

Henry hörte, wie es knackte und das steinerne Gefängnis des Blattfingers aufbrach.

Wie viel Zeit ist vergangen?, hallte es durch Henrys Geist. *Es fühlt sich so an, als ob ich so viele Jahre geschlafen hätte, wie es Sterne am Himmel gibt.*

„Ganz so viele Jahre waren es nicht“, stammelte Henry.

Wer bist du, junger Reiter, der meinen Fluch gebrochen hat?

„Henry. Henry McGregor“, druckste Henry herum.

Henry McGregor. Meine letzte Reiterin nannte mich Sahila, Anführerin der Sterne. Bist du gekommen, um mir einen neuen Namen zu geben?, fragte die Drachendame erstaunlich gefasst. Henry erinnerte sich an sein erstes Treffen mit der wütenden Arundula.

„Du hast Stewi nicht geschrieben?“, rief Master Duncan alarmierter in das Handy.

Genau in diesem Moment brach etwas aus dem Unterholz.

„Stewi, was hast du ...?!“, schrie Master Duncan, doch seine Stimme brach mitten im Satz ab. Und genauso abrupt versank die Welt um Henry in völliger Dunkelheit.

Sorg dafür, dass der Junge nicht aufwacht! Er darf seine Drachen auf keinen Fall warnen“, hörte Henry eine Frauenstimme, als er langsam wieder zu sich kam.

Dann vernahm er eine junge Männerstimme, die darauf antwortete: „Verlassen Sie sich auf mich. Gegen mich hat dieser Möchtegern-Drachenreiter keine Chance!“

In Henrys Kopf dröhnte es wie in einem Bienenstock. Was war passiert? Er hatte die Blattfingerdame erweckt, und gleichzeitig hatte sich Charles bei ihnen gemeldet. Aber was war danach passiert? Und wo war er jetzt? Es schaukelte. Und er spürte den Wind, der an seinem Wams zerrte.

Vorsichtig versuchte er, den Untergrund zu ertasten, auf dem er lag, und bemerkte, dass seine Hände auf dem Rücken gefesselt waren. Er sog die Luft ein und roch den altbekannten Geruch nach Rost, Schwefel und Pfeffer. Kein Zweifel, er befand sich auf dem Rücken eines Drachen, der durch die Luft flog!

Er blinzelte und sah die smaragdgrünen Schuppen eines Blattfingers. Schnell schloss er die Augen wieder, denn er merkte, dass ihm übel wurde.

Sahila, Anführerin der Sterne, echote es durch seinen Kopf. So hatte sich die Blattfingerdame vorgestellt. Ein schöner Name. Doch das war jetzt nicht wichtig. Er versuchte, sich daran zu erinnern, was die Frauenstimme gerade gesagt hatte. Denn er hatte das Gefühl, dass das viel wichtiger war.

Die Frauenstimme hatte gesagt, dass er irgendetwas auf keinen Fall tun sollte. Aber was? Es wollte ihm nicht einfallen.

Doch wem die Stimme gehörte, sickerte langsam und kalt in sein Herz. Es war eine Frauenstimme gewesen, deren Klang er unter Tausenden erkannt hätte: Lady Blackstone.

Und auch die andere Stimme kannte er irgendwoher. Es dauerte ein wenig länger, bis er darauf kam, wem sie gehörte. Es war eine Männerstimme gewesen, die jedoch noch jung geklungen hatte. Und ziemlich gemein. Die Erkenntnis überkam ihn, als er sich noch mal ins Gedächtnis rief, was die Stimme gesagt hatte.

Gegen mich hat dieser Möchtegern-Drachenreiter keine Chance ...

Henry erinnerte sich, woher er die Stimme kannte. Es war in seinem ersten Jahr auf Sieben Feuer gewesen. Bei einem Drachenballspiel. Jemand hatte ihn mit einem unsichtbaren Defender an der Schläfe getroffen. Weil dieser Jemand unbedingt gewinnen wollte und ihm dafür jedes Mittel recht war. Und als Henry sich daran erinnerte, wusste er auch wieder, wem die gemeine Stimme gehörte: Dex Dunstanville. Ein ehemaliger Drachenreiter, Spieler der Wolkenbrecher und einst bester Freund von Steward Todd junior.

Henry durchfuhr es eiskalt. Hatte Stewi sie etwa von Anfang an belogen, um gemeinsame Sache mit Lady Blackstone zu machen?

Henry erinnerte sich an Happys Worte: *Ich trau dem Jungen nicht weiter, als ich Feuer spucken kann.* Hatte der alte Teufelsgrind etwa mal wieder recht gehabt? Henry kämpfte gegen eine erneute Welle der Übelkeit an.

Was hatte Lady Blackstone eben gesagt? In Henrys Kopf summte es, und einen klaren Gedanken zu fassen war schwieriger, als eine wild gewordene Biene mit der bloßen Hand zu fangen.

Sorg dafür, dass der Junge nicht aufwacht, hatte sie gesagt.

Aber warum? Was war so schlimm daran? Schließlich war er doch gefesselt. Henry spürte, wie sie in den Sinkflug gingen. Gleich würden sie landen. Wohin würde man ihn wohl bringen? Und was hatte Lady Blackstone noch gesagt? Endlich, in dem Moment, als sie landeten, fiel es Henry wieder ein. *Sorg dafür, dass der Junge nicht aufwacht. Er darf seine Drachen auf keinen Fall warnen.*

19

Henrys Band schoss vor wie eine Schlange, die zubeißen wollte. „Verrat! Stewi hat uns verraten! Lady Blackstone hat uns in ihrer Gewalt!"

Phönix war als Erster auf den Beinen. *Ich komme dich retten!* Blindlings stürzte der junge Teufelsgrind aus der Höhle. Und zu spät bemerkte Henry, dass er ihn durch seinen Hilferuf geradewegs in die Falle gelockt hatte, die Lady Blackstone für seine Drachen vorbereitet hatte.

Zwei silberne Schlingen schlossen sich um Phönix' Hals. Die Enden der Schlingen waren jeweils um eine Schuppe des Rückenkamms von zwei Blattfingern gewickelt, die sich rechts und links vom Höhleneingang platziert hatten. Trotz seiner Übelkeit hatte Henry die Augen geöffnet und sah mit Schrecken, wie die großen grünen Drachen langsam rückwärtsgingen und die Schlingen um Phönix' Hals enger zogen.

Panisch versuchte Phönix, sich zu wehren. Er warf seinen Hals hin und her und stemmte sich gegen die silbernen Lassos, die ihn Schritt für Schritt aus der Höhle zogen. Die silbernen Hörner, die auf den Geweihspitzen der beiden Blattfinger saßen, waren mit schwarzen Lederriemen verbunden, die wie die Fäden einer Marionette in den Händen ihrer Reiter endeten. Diese saßen im Rückenkamm der Blattfinger und dirigierten die riesigen Wesen mühelos mithilfe ihrer Teufelsjoche. Die Gesichter der Reiter waren hinter roten Masken verborgen, auf denen eine schwarze Flamme prangte!

Henry versuchte, Phönix zu Hilfe zu eilen, und ließ sich vom Rücken des Drachen gleiten, auf dem er lag. Zu spät bemerkte er, dass neben seinen Händen auch seine Füße gefesselt waren. Unsanft landete er auf dem Waldboden und schrammte sich die Wange an einer Wurzel auf.

„Da ist wohl doch jemand aufgewacht“, hörte er Dex' gehässige Stimme. Es folgte ein höhnisches Lachen. „Windet sich wie ein Wurm im Dreck.“

Henry hatte sich auf den Bauch gedreht, um zwischen zwei Farnbüscheln hindurch erkennen zu können, was passierte. Durch die silbernen Lassos war Phönix gezwungen worden, seinen Hals zu beugen. Sein Haupt schwebte nur knapp über dem Waldboden und war auf einer Höhe mit Henrys Gesicht. Die beiden schauten sich an und knüpften das Band miteinander.

Mein Reiter, flüsterte Phönix ängstlich, und Henry schnürte es das Herz zusammen. Er sah, wie Lady Blackstone sich ohne Eile seinem Drachen näherte. In den Armen trug sie zwei riesige hohle Hörner. Die daran befestigten Lederriemen schleiften über den Waldboden.

„Phönix!“, stieß Henry hervor, das Band zu seinem Drachen so fest geknüpft wie noch nie zuvor in seinem Leben.

„Haltet ihn ruhig!“, befahl Lady Blackstone kalt.

Die Reiter der beiden Blattfinger, die sich neben dem Höhleneingang platziert hatten, zerrten an ihren schwarzen Zügeln, und ihre Drachen traten noch einen Schritt weiter zurück, sodass Phönix seinen Kopf kaum noch bewegen konnte.

Hinter Phönix, der mit seinem mächtigen Leib den Eingang zur Höhle versperrte, tobte es. Happy raste vor Wut und spie Feuer durch den schmalen Felsspalt zwischen Phönix und dem Höhleneingang. Doch die Flammen verpufften im Nachthimmel, ohne dass sie irgendjemandem gefährlich geworden wären.

„Um dich kümmern wir uns gleich, einhörniger Verräter!“, rief Lady Blackstone in Richtung Höhleneingang. Ohne Hast legte sie eines der hohlen silbernen Hörner auf dem Waldboden ab. Das zweite nahm sie in beide Hände und näherte sich damit Phönix, der panisch schnaubte. „Keine Angst, mein junger Teufelsgrind“, säuselte sie, und wäre Henry nicht schon speiübel gewesen, hätte der falsche Klang in ihrer Stimme ihn würgen lassen.

„Nicht!“, schrie er außer sich, doch Lady Blackstone beachtete ihn nicht und stülpte das silberne Horn über eines der gewundenen Hörner des jungen Teufelsgrinds. Instinktiv versuchte Phönix zurückzuzucken, doch die silbernen Schlingen ließen sich nicht zerreißen. Lady Blackstone rammte die silberne Hülle so fest über das Horn, wie sie konnte. Ein

Schauer ließ Phönix' Körper zucken, und Henry spürte, wie das Band zu seinem Drachen dünner wurde. Sie klammerten sich noch fester aneinander.

Ich habe Angst, mein Reiter, ließ Phönix ihn wissen, als sich Lady Blackstone mit dem zweiten silbernen Horn näherte.

„Es ist okay, Phönix", wiederholte Henry immer wieder. „Glaub an uns. Ich werde dich retten."

Lady Blackstone rammte ohne Mitleid auch das zweite silberne Horn über die empfindsamste Stelle des jungen Drachen.

Henry sah, wie der Funke in den Augen seines Freundes erlosch. Das Band, das er so eng mit ihm geknüpfte hatte, löste sich auf. Es war, als ob es sich in Rauch verwandeln würde. Panisch versuchte Henry, es festzuhalten, doch vergeblich.

„Todd! Du hast ihm den Drachen genommen. Du sollst ihn nach Dark Donan Castle reiten. Und wer weiß, vielleicht wirst du dich dort als würdig erweisen, einer meiner Reiter zu werden. Eine meiner schwarzen Flammen."

Henry verdrehte den Hals, um Stewi sehen zu können, der schräg hinter ihm stand. Er starrte ihn fassungslos an, doch Stewi tauchte unter seinem Blick hindurch, nicht mutig genug, um ihm in die Augen zu schauen.

„Wie konntest du nur?", flüsterte Henry.

„Der Feind deines Feindes ist nicht unbedingt dein Freund", sagte Lady Blackstone vergnügt. „Nur weil Todd seinen Onkel verachtet, bedeutet das noch lange nicht, dass er auf deiner

Seite steht, du dummer Junge." Sie zückte den Milchschuppendolch, der in Henrys Gürtel steckte, hervor und presste ihn an seinen Hals. „Dein einhörniger Freund soll direkt sehen, dass ich es ernst meine. Nicht, dass er auf dumme Ideen kommt", hauchte sie ihm ins Ohr.

Dann befahl sie einem ihrer Männer, Phönix beiseitezuschaffen. Einer der Maskenträger sprang vom Rücken seines Blattfingers und löste die beiden silbernen Schlingen, die um Phönix' Hals gelegen hatten. Sie waren nun nicht mehr nötig. Das Teufelsjoch sorgte dafür, dass der Drache gehorchte. Der Mann schnappte sich die Enden der Lederriemen und zerrte Phönix zur Seite. Ohne Gegenwehr stolperte der junge Teufelsgrind dem Mann hinterher.

Henry trieb es die Tränen in die Augen, und ein Feuerschwall schoss aus der Höhle. Gefolgt von einem Brüllen, das jeden einzelnen Baum im Knochenwald erzittern ließ.

„Da ist aber jemand mächtig sauer", sagte Lady Blackstone unbeeindruckt und verschanzte sich hinter dem Stamm einer knorrigen Eiche. „Sag ihm, dass ich dir ganz schön wehtun werde, sollte er etwas Dummes tun."

Doch Henry war sich nicht sicher, ob der alte Teufelsgrind das so schlimm finden würde ...

Trotz seiner Wut stürzte Happy nicht überhastet aus der Höhle. Dafür hatte er in zu vielen Schlachten gekämpft und war zu erfahren, um in eine plumpe Falle zu tappen. Ganz langsam schob er sein mächtiges Haupt vor, sodass zuerst nur seine grünlich schimmernden Augen im Dunkel der Nacht zu erkennen waren. Sie wanderten von links nach rechts und erfassten die Situation.

Insgesamt fünf Blattfinger standen vor der Höhle. Lady Blackstone musste also mit vieren gekommen sein, um Duncan, Henry und Stewi aufzulauern, nachdem sie den fünften Blattfinger erweckt hatten.

Trotz der Teufelsjoche erkannte der alte Teufelsgrind Pan und Arundula, auf deren Rücken aber nicht ihre Reiter Casper und Violet saßen, sondern vermummte Gestalten, die die Masken der Schwarzen Flamme trugen. Er kannte das Zeichen nur zu gut.

Etwas weiter weg am Rand der Lichtung stand die Drachendame, die gerade erst erweckt worden sein musste. Genau wie allen anderen Drachen hatte man auch ihr ein Teufelsjoch übergestülpt. Happy musterte sie und kramte in seinen Erinnerungen, wie ihr letzter Name gelautet hatte. Nach einer kleinen Weile fiel es ihm ein, und er lobte sich für sein gutes Gedächtnis. Sahila. Anführerin der Sterne. Ein guter Name!

Die Zügel ihres Jochs hielt dieser unglückselige Junge in der Hand, vor dem er die ganze Zeit gewarnt hatte. Stewi! Ein schlechter Name.

Der alte Teufelsgrind schnaubte. Er wandte den Blick ab und beäugte zwei weitere alte Bekannte. Es waren die Blattfinger, die diese Hexe Blackstone und der seltsame Forscher

Pebblebuttom gefunden haben mussten und die mithilfe des Zwergenblutes zum Leben erweckt worden waren. Auch ihnen hatte man Teufelsjoche übergestülpt. Genauso wie gerade seinem jungen Freund Phönix, dessen ungestümes Verhalten ihm zum Verhängnis geworden war.

Happy wusste aus der Vergangenheit, dass die Joche seine Artgenossen zu willenlosen Dienern derjenigen machten, die die Zügel führten. Er zählte noch einmal durch. Wenn er sich auf einen Kampf einließ, musste er also nicht nur gegen fünf Blattfinger kämpfen, sondern auch gegen einen jungen Teufelsgrind. Zudem hatte er sich nach dem Kampf, den er vor Jahrhunderten mit Boudica ausgetragen hatte, geschworen, nie wieder einem anderen Drachen Leid anzutun. Er seufzte. Keine leichte Aufgabe. Aber nicht umsonst hatten ihn seine ehemaligen Reiter mit Namen wie Donnerherz, Feuerbringer, Himmelsherrscher oder Weltenzerstörer geehrt.

Und während er sich für das anstehende Spektakel wappnete, fragte er sich, wo der Zwerg abgeblieben war, der ihn mit seinem jetzigen Namen gestraft hatte. Was für eine unsägliche Beleidigung!

Zuerst entdeckte Happy Master Duncan, der gefesselt an einem Baum lehnte. Doch dann trat hinter dem Baum die Hexe Blackstone hervor. Vor sich wie einen Schutzschild den Zwerg. An seinen Hals den Milchschuppendolch gepresst, den der junge Teufelsgrind Phönix ihm kurz nach seiner Geburt zum Geschenk gemacht hatte.

Happy erkannte, dass die Hexe Blackstone es ernst meinte und nicht zögern würde, dem Zwerg etwas anzutun.

Der Zwerg wiederum versuchte, das Band zu ihm zu knüpfen. Und erstaunlicherweise, wie schon einmal vor langer Zeit auf dem Drachenacker, als sie sich das erste Mal begegnet waren, gelang es dem Gnom. Obwohl er, der vielleicht ehrwürdigste und mit Sicherheit stärkste Drache, der je gelebt hatte, sich dagegen wehrte.

„Es tut mir so leid“, stieß der Zwerg hervor. „Du hattest wieder einmal recht. Kümmere dich nicht um mich. Wenn's sein muss, verwandle mich einfach in ein Häufchen Asche. Hauptsache, du besiegst die Hexe und befreist Phönix.“

Genervt kappte der alte Teufelsgrind das Band. Gerade noch rechtzeitig, bevor der Junge in seine Gedanken und Gefühle eindrang. Er wollte unter keinen Umständen, dass er sie lesen konnte. Denn sonst hätte der Zwerg erfahren, was er in Wahrheit für ihn empfand. Denn der Zwerg erinnerte ihn an seinen allersten Reiter. Einen Jungen namens Jeremias, der vor Jahrhunderten das erste Mal das Band zu ihm geknüpft hatte.

Ein Menschenkind, das genauso dickköpfig, ungestüm und lästig gewesen war wie Henry ...

... und das er genauso sehr geliebt hatte.

Er würde alles tun, um den Zwerg zu beschützen. Und so trat er seufzend aus der Höhle, beugte sein Haupt und ließ sich kampflos das Teufelsjoch anlegen.

Alles an diesem Ort fühlte sich falsch an. Der Nebel, der sich auf Sieben Feuer wie ein schützender Mantel über die Insel legte, hatte auf Dark Donan etwas Heimtückisches an sich. Als ob er etwas sehr Bösartiges in seinem Innern verbarg.

Der Wind pfiff zwar ähnlich stark über die Insel, wie er es auf auch Sieben Feuer tat, doch auf Dark Donan klang das Pfeifen eher wie ein angstvolles Jaulen. Man hörte dem Wind an, dass er einfach nur wegwollte.

Und während die Wolkenburg auf Sieben Feuer einen einlud, um hinter ihren dicken Mauern Schutz zu suchen, war die schwarze Burg auf Dark Donan ein Gefängnis, aus dem man so schnell wie möglich flüchten wollte.

Die Drachen, die auf Sieben Feuer ausgelassen über den Himmel jagten, standen auf Dark Donan dicht gedrängt, aneinandergekettet und mit gesenkten Häuptern im Innenhof neben dem Friedhof der Burg. Henry erinnerte sich, was auf den Grabsteinen gestanden hatte, die schief und grau wie faulige Zähne eines Ungeheuers aus dem Boden ragten. Jeder einzelne trug den Namen eines verstorbenen Mannes von Lady Blackstone. Und während ihr der Tod all die Jahre nichts anhaben konnte, waren ihre Männer erstaunlich früh verstorben. Henry erinnerte sich schaudernd an die Inschriften auf den Steinen. Sie verrieten, dass alle sieben Jahre einer der Blackstone-Männer das Zeitliche gesegnet hatte, und er war sich sicher, dass die Hexe hier ihre giftigen Hände im Spiel gehabt hatte.

Man hatte ihn und Master Duncan in dasselbe Kellerverlies gebracht, in dem er vor einigen Jahren bereits mit Timothy gesessen hatte. Damals war ihnen gemeinsam mit Pan die Flucht gelungen. Henry bezweifelte, dass sie das noch einmal schaffen würden. Denn Pan gehorchte genauso wie Arundula, Happy und Phönix nun der fiesen Lady.

Lady Blackstone hatte sich erhoben. Mit Macht. Fünf Blattfinger waren bereits in ihrer Gewalt, und vor den Toren von Dark Donan Castle hatte Henry mindestens hundert Anhänger gezählt, deren Gesichter hinter den Masken der Schwarzen Flamme verborgen waren.

Ein Stöhnen riss ihn aus seinen trüben Gedanken. Er sprang auf und ging zu Master Duncan, der an der gegenüberliegenden Felswand ihres Verlieses lehnte.

„Teufel noch eins", ächzte er und rieb sich über den Kopf. „Fühlt sich an, als ob ich eins von Tippys Whiskeyfässern allein ausgetrunken hätte."

Er kniff seine Augen zusammen und blinzelte einige Male, um die Benommenheit abzuschütteln.

Henry gab ihm einen Moment, bevor er ihm erzählte, was passiert war.

„Stewi, diese Mistkröte!“, rief Master Duncan außer sich. „Wer hätte denn ahnen können, dass er uns verraten würde? Nachdem er uns auf Sieben Feuer so geholfen hat.“

Happy, dachte Henry mit schlechtem Gewissen, behielt den Gedanken aber für sich.

Master Duncan versuchte, sich aufzurappeln. Doch er brauchte einige Anläufe, bis er auf die Beine kam. „Verdammt noch eins! Ich fühle mich so alt wie unsere Drachen.“ Er griff in seine Manteltasche, tastete umher, doch zog seine Hand wieder leer hervor. „Das traurige Elixier ist weg.“

Henry nickte. „Meinen Milchschuppendolch haben sie mir auch abgenommen.“

Master Duncan rieb sich stöhnend die Narbe unter seiner Augenklappe und machte dann einige Kniebeugen, die von einem hässlichen Knirschen begleitet wurden. Instinktiv griff er nach seiner Träne der Erinnerung und rieb sie. „Immerhin, die haben sie mir gelassen.“

„Sieht trotzdem nicht gut für uns aus, oder?“, fragte Henry.

Master Duncan wiegte den Kopf hin und her. „Wir hatten schon bessere Tage.“ Er atmete tief durch. „Aber erinnere dich an unser Clan-Motto: *Die McBains geben niemals auf. Solange wir leben, kämpfen wir.*“

„Schon klar“, pflichtete Henry ihm bei. „Ich frage mich nur, warum uns die Hexe überhaupt noch am Leben gelassen hat.“

Sie wurden von Schritten unterbrochen, die sich ihnen näherten. Ein Schlüssel wurde in das Schloss der Verliestür gesteckt, und der eiserne Riegel schob sich quietschend zurück.

„Schätze, das werden wir gleich erfahren", sagte Master Duncan, als sich die Tür öffnete.

„Mitkommen!", fuhr ein Mann sie an, dessen Gesicht hinter einer Maske verborgen war. Er hatte zwei Hunde dabei, die Henry bereits kannte. Mars und Jupiter, die beiden Dobermänner von Lady Blackstone. „Und keine Mätzchen, sonst ergeht's euch schlecht", schickte der Maskenträger hinterher.

Die Stimme mit dem harten Akzent verriet den Mann. Henry war sich sicher, dass es sich um Franz Heinrich Ringeisen handelte, den Diener von Lady Blackstone.

Er führte sie aus den Gewölben von Dark Donan Castle hinauf in eine große Halle. Henry erinnerte sich daran, wie er schon einmal, gemeinsam mit Timothy, durch die Halle geschlichen war – unsichtbar, nachdem sich die beiden mit Drachenspucke eingerieben hatten.

Damals war ein Großteil der Möbel mit weißen Tüchern verhängt gewesen. Henry hatte vermutet, dass ihm dieser Ort deshalb so gespenstisch vorgekommen war. Die Tücher waren mittlerweile verschwunden, doch die unheimliche Aura war geblieben. Zwar brannte in dem mannshohen Kamin nun ein Feuer, aber es konnte die Kälte und die Düsternis dieses Ortes nicht vertreiben.

Henry blickte zur steinernen Treppe, die an der Stirnseite des Raums hinauf ins obere Stockwerk führte. Er sah ein paar Tierköpfe, die ihm schon bei seinem ersten Besuch einen Schauer über den Rücken gejagt hatten. Hirsche, Wildschweine, Bären, aber auch exotischere Geschöpfe wie Zebras, Antilopen und Löwen und sogar der riesige Kopf eines Nashorns hingen dort und blickten vorwurfsvoll auf ihn herab.

„Wer weiß, vielleicht hängt dort bald der Kopf eines alten Teufelsgrinds", sinnierte eine Frau, die sich aus einem schweren ledernen Sessel erhoben hatte, um sie zu begrüßen. Ihr Gesicht hatte sie ebenfalls hinter einer Maske verborgen, die allerdings golden war. Trotz der Maske wusste Henry sofort, dass es sich um Lady Blackstone handelte.

„Schließ die Tür und zieh die Vorhänge zu!", befahl sie ihrem Diener. Der Mann deutete eine Verbeugung an und gehorchte.

Erst da bemerkte Henry die anderen Gestalten, die sich in die hohen Lehnstühle und Sessel vor dem Kamin gefläzt hatten. Auch ihre Gesichter waren hinter Masken verborgen, auf denen eine schwarze Flamme prangte. Allerdings waren ihre Masken silbern.

Nachdem Ringeisen die Vorhänge zugezogen hatte, nahm einer der Männer seine Maske ab.

Es war Graham Green. „Dieses ständige Masketragen geht mir ganz schön auf die Nerven", ließ er die anderen wissen, die nun ebenfalls ihre Masken absetzten.

Die Gesichter von Leander Pebblebuttom, Rudge Bleaker, Franz Heinrich Ringeisen, Dex Dunstanville und Stewi kamen zum Vorschein.

Als Letztes legte Lady Blackstone ohne Eile ihre Maske ab und kämmte sich mit den Fingern durch ihre seidigen schwarzen Haare. „Wir sind ein Geheimbund, mein lieber Graham", erinnerte sie ihn. „Die Rotmasken, unser Fußvolk, sollen nicht erfahren, wer wir sind. Es ist leichter, ihnen Respekt beizubringen, wenn sie nicht wissen, wer sich hinter den silbernen und der goldenen Maske verbirgt. Außerdem weißt du nie, ob nicht ein Verräter unter ihnen ist."

Bei dem Wort *Verräter* wanderten Henrys Augen automatisch zu Stewi. Einen Moment lang starrten sie sich an. Dann hielt Stewi es nicht mehr aus und senkte den Blick.

Lady Blackstone hatte das Blickduell amüsiert verfolgt. Sie griff nach Stewis Kinn und zwang ihn dazu, den Kopf zu heben.

„Du hast keinen Grund, dich zu schämen, Stewart. Es gibt immer zwei Seiten einer Medaille. Wer auf der einen Seite ein Verräter ist, ist auf der anderen ein Held. Dank dir sind wir unserem Ziel ein großes Stück näher gekommen. Und deshalb darfst du um den Platz als siebter und letzter Reiter in unserem Kreis kämpfen."

Stewi begann verunsichert seine Hände zu kneten. „Ich ... ich ...", stammelte er und warf Dex einen Hilfe suchenden Blick zu, doch der grinste nur gemein zurück. „Ich dachte eigentlich, nach der Sache im Knochenwald wäre ich jetzt bereits einer

Ihrer Reiter ..." Er räusperte sich. „Also, ich dachte, dass ich mir den Platz nicht mehr erkämpfen müsste."

„Überlass das Denken lieber anderen", kam es schneidend von Ringeisen. So unterwürfig er sich Lady Blackstone gegenüber benahm, so verächtlich schaute er auf Stewi herab.

„Wir haben ohnehin erst fünf Blattfinger in unserem Besitz", sagte Bleaker.

„Sieben Reiter, fünf Drachen. Das passt nicht", stimmte Graham ihm zu und musterte Stewi dabei abschätzig aus seinen verschiedenfarbigen Augen.

Stewi rutschte unbehaglich auf seinem Stuhl hin und her. Fast hätte er Henry leidgetan.

Er überlegte. Das Fußvolk, wie Lady Blackstone es genannt hatte, waren also die Träger der roten Masken. Sie selbst, die Anführerin der Rebellion, trug eine goldene Maske. Und ihr enger Zirkel, ihre Reiter, trugen silberne Masken.

Pebblebuttom hatte es wahrscheinlich in den engen Zirkel geschafft, weil er so etwas wie die böse Version von Arthur war. Intelligent und belesen zog er die richtigen Schlüsse und konnte so dazu beitragen, die noch verschollenen Blattfinger zu finden. Ringeisen war ihr loyaler Diener, Graham und Bleaker die Männer fürs Grobe. Dex war genau wie Graham ein ehemaliger Reiter und kein schlechter Drachenballspieler gewesen. Und auch wenn Henry nicht glaubte, dass Dex' Kampfkunst an die von Graham und Bleaker heranreichte, war er sich ziemlich sicher, dass er es durch Heimtücke und Arglist wettmachte. Aber Stewi?

Lady Blackstone lächelte ihre Reiter kalt an, und als sie nach einem unangenehm langen Moment der Stille endlich sprach, war ihre Stimme schärfer als Henrys Milchschuppendolch. „Beherrscht euch! Ich habe Jahrhunderte auf die Rückkehr der Blattfinger gewartet. Da werdet ihr euch wohl gedulden können, bis wir die letzten beiden gefunden haben."

Henry warf Stewi erneut einen Blick zu. Das wäre eigentlich der Moment gewesen, in dem er Lady Blackstone und die anderen darüber informieren sollte, dass sie auf Nimmerland bereits den sechsten Blattfinger zum Leben erweckt hatten. Doch Stewi schwieg. Und Henry fragte sich, was das zu bedeuten hatte.

Master Duncan schien den gleichen Gedanken zu haben wie er, denn auch er musterte Stewi erstaunt.

Lady Blackstone schritt auf sie zu. „Wie unhöflich von uns. Wir reden und reden und kümmern uns gar nicht um unsere Gäste. Ihr fragt euch sicher, warum ihr noch am Leben seid." Sie deutete auf Henry. „Vielleicht denkst du ja, dein Blut wäre wieder interessant für uns, weil du deine Goldzungenfähigkeiten zurückerlangt hast."

Henry antwortete nicht. Ehrlich gesagt, hatte er sich darüber noch gar keine Gedanken gemacht.

Lady Blackstone schüttelte den Kopf, und Pebblebuttom deutete auf ein Aquarium, das auf einem hölzernen Podest neben einer der Ritterrüstungen stand. Das Wasser darin war undurchsichtig schwarz. Doch an der Scheibe des Aquariums hatten sich die Mäuler zweier Kreaturen festgesaugt, die sich langsam aus dem Wasser die Glaswand hinaufschoben. Henry erkannte die Saugnupfen, mit denen er bereits unliebsame Bekanntschaft in den Stollen unter dem Arundelwald gemacht hatte.

„Unsere kleinen Helfer hier haben noch genug von deinem goldenen Blut, um auch die letzten beiden Blattfinger zu erwecken."

Pebblebuttom strahlte. Er ging zu dem Glaskasten und schob eine fette, schwarz glitzernde Saugnupfe, die zu nah an den Rand des Aquariums geglitten war, liebevoll zurück in das tintenschwarze Wasser.

„Und dank der Teufelsjoche brauchen wir nicht noch mehr, um die Drachen zu beherrschen", sagte er. „Ich selbst bin nie in den Genuss gekommen, das sogenannte Band zu einem Drachen zu knüpfen. Ich kann aber sagen, dass die Teufelsjoche eine wirklich erstaunliche Erfindung sind! Sie bändigen den Geist der Drachen. Wie in einem eng gewebten Spinnennetz verfangen sich dort alle Gedanken und Gefühle der Gehörnten und machen so Platz dafür, ihnen den eigenen Willen aufzuzwingen." Er nickte anerkennend. „Wirklich eine erstaunliche Erfindung! Und mit ein wenig Talent gelingt es sogar, sie zu reiten."

Er hatte die Arme auf dem Rücken verschränkt, schritt nun vor ihnen auf und ab und begann zu dozieren. Und wieder erinnerte er Henry unangenehm an Arthur.

„Man kennt das Prinzip ja von Pferden“, erklärte Pebblebuttom. „Der Trensenknebel im Maul der Tiere entspricht den silbernen Hörnern, die wir den Drachen übergestülpt haben. Jedoch ...“ Er machte eine dramatische Pause und hob den Zeigefinger, um seinen Worten mehr Nachdruck zu verleihen. „... anders als der Trensenknebel brechen die Hörner den Willen der Drachen völlig.“

Seine Glubschaugen traten freudig erregt hervor, und Henry kochte innerlich vor Wut.

„Statt einem Zügel wie bei Pferden haben wir beim Drachenjoch auf jeder Seite vier. Das macht die Handhabung etwas komplizierter. Beherrscht man sie allerdings, ist eine wesentlich bessere Steuerung der Drachen möglich als bei Pferden.“

Er stemmte die Arme in die Hüften und grinste.

„Erlauben Sie mir, mich kurz selbst zu loben. Inspiriert durch die Kunst des Marionettenspiels habe ich ein hölzernes Kreuz entwickelt, an dem die Enden der Zügel befestigt werden. Es erleichtert die Handhabung ungemein. Es ist ...“

Master Duncan hatte genug gehört. „Halt den Mund! Deine teuflischen Erfindungen interessieren mich nicht!“, grollte er.

Pebblebuttoms Glubschaugen zuckten zurück in ihre Höhlen wie die Fühler einer Schnecke. Er kniff beleidigt die Lippen zusammen.

„Also, Blackstone. Warum? Machen Sie es nicht so spannend. Warum haben Sie nicht längst kurzen Prozess mit uns gemacht?“

„Master Duncan. Genauso ungeduldig wie einer meiner Männer. Vielleicht eignen Sie sich gar, der siebte und letzte Reiter in meinem Geheimbund zu werden?“

Master Duncan spuckte ihr vor die Füße. Mitten auf den sehr teuer aussehenden Teppich, auf dem sie standen.

„Nanu! Wo sind nur Ihre Manieren?“, fragte Lady Blackstone belustigt. „Heißt das etwa Nein?“

Sie trat vor Henry, und er bemerkte, dass sie mittlerweile gleich groß waren. Sie kam ihm so nah, dass sich ihre Nasenspitzen fast berührten. „Was ist mit dir? Spuckst du auch auf meinen Teppich? Wäre das alles, was du mir entgegenzusetzen hast, nachdem ich deine ach so geliebten Drachen in willenlose Diener verwandelt habe?“ Sie deutete mit dem Kinn auf Master Duncan. „Armselig, nicht wahr?“

Henry erwiderte nichts.

„Wer weiß?“ Sie blinzelte ihm zu. „So jung, wie du bist ... vielleicht gelingt es mir ja noch, dich auf meinen Pfad zu locken.“

„Auf die Gewinnerstraße“, schmeichelte ihr Dex.

„Niemals“, entgegnete Henry so ruhig, als ob er sich über das Wetter unterhalten würde. „Sie sind die letzte Person auf dieser Erde, der ich irgendwohin folgen würde.“

Alle Anwesenden bis auf Master Duncan, der leise lachte, hielten die Luft an. Niemand von ihnen hätte es gewagt, so mit Lady Blackstone zu sprechen.

Doch sie blieb gelassen und lächelte einfach weiter. „Ich mag würdige Gegner, Henry McGregor. Würde die Welt nur aus Schmeichlern und Feiglingen bestehen, wäre das Leben doch langweilig."

Sie setzte sich wieder ihre Maske auf, ging zu einem der hohen Fenster und schob den schweren Brokatvorhang zur Seite. Das Fenster war durch Bleiruten in mehrere Quadrate unterteilt, und das Glas war so dick und unregelmäßig, dass die Welt dahinter nur verzerrt zu erkennen war. Trotzdem sah Henry eine Holztribüne, die ihm bei ihrer Ankunft nicht aufgefallen war. Auf dem Rasen davor ragte ein eiserner Ring aus dem Boden. Groß wie ein Wagenrad und dick wie der Oberschenkel eines Mannes. Am Ring befestigt waren lange Ketten, die aussahen wie riesige schlafende Würgeschlangen.

Lady Blackstone wies mit ihrer schmalen Hand nach draußen. „Ihr wollt wissen, warum ich noch nicht kurzen Prozess mit euch gemacht habe? Brot und Spiele! Ich muss meinen Anhängern doch was bieten."

Henry und Master Duncan sahen sie verständnislos an.

„Ihr zwei werdet mir helfen, meinen siebten Reiter zu finden. Das wird vergnüglich. Ich habe eine kleine Arena vorbereiten lassen, in der ihr euer Geschick und eure Kräfte messen werdet."

Sie lächelte Henry und Master Duncan böse an.

„Brot und Spiele", wiederholte sie. „So hielten die Kaiser schon im alten Rom ihr Volk bei Laune."

Henry verschränkte die Arme vor der Brust. „Als ob wir uns darauf einlassen würden!"

„Was das angeht, mache ich mir keine großen Sorgen."

Sie hatte den Vorhang wieder zurückgezogen und war an das Aquarium getreten. Eine Saugnupfe war erneut die Scheibe bis fast zum Rand hinaufgekrochen. Lady Blackstone pikte ihr mit dem Zeigefinger in den Rücken. Das Tier zuckte zusammen und fiel von der Scheibe zurück ins Wasser.

„Ich kann recht überzeugend sein, wenn ich möchte. Sobald wir den siebten Reiter gefunden haben und die letzten beiden Blattfinger in unserer Gewalt sind, werden wir Sieben Feuer dem Erdboden gleichmachen."

Ihre Stimme war nun nicht mehr ruhig und beherrscht. Sie wurde mit jedem Wort lauter.

„In Schutt und Asche werden wir die Wolkenburg legen!" Ihre Stimme überschlug sich. „Und eure Drachen. Allesamt. Teufelsgrinde, Maskaras, Mönchshauben, Vierhörner und Aquamarine werden wir unterjochen! Und ihre Hörner werden jedem, der an meiner Seite kämpft, Unsterblichkeit verleihen. Und mit deinem Freund, dem alten Teufelsgrind, den du Happy nennst, werde ich beginnen. Genau wie sein erstes, werde ich ihm auch sein zweites Horn nehmen. Wir werden sehen, wie stolz und überheblich er dann noch sein wird."

Henry und Master Duncan saßen wieder in ihrer Zelle. Wäre ihnen nicht zweimal täglich Essen gebracht worden, hätten sie fast vermutet, von Lady Blackstone vergessen worden zu sein. Die Tage krochen langsamer dahin als Schnecken durch die Highlands.

Henry fiel es leichter, sich in Geduld zu üben. Master Duncan hingegen tigerte Runde um Runde durch ihr steinernes Gefängnis. Weit über ihnen befand sich das Loch, durch das Henry vor einigen Jahren entkommen war. Pan hatte die steilen Wände dank seiner Saugnäpfe leicht bezwingen können. Und Henry war damals noch im Besitz seines Milchschuppendolchs gewesen und hatte die Gitter, mit denen das Loch versperrt gewesen war, zersägen können. Jetzt stand ihnen weder ein Blattfinger zur Seite, noch waren sie im Besitz eines alles zerschneidenden Dolchs. Ihre Situation war im wahrsten Sinne des Wortes ausweglos. Sie mussten abwarten, bis ihre Entführer sie holen kamen.

„Wenn sie nicht bald auftauchen, werde ich zu nichts mehr in der Lage sein. Egal, wie überzeugend die alte Hexe auch sein mag“, stöhnte Master Duncan. Er machte einige Kniebeugen, und dabei krachten seine Gelenke so laut, dass Henry zusammenzuckte.

„Reiben Sie an Ihrer Träne der Erinnerung“, sagte er aufgeschreckt. Es durfte nicht sein, dass auch noch Master Duncan ihn allein ließ. Er vermisste seine Drachen so sehr. Jetzt noch einen Freund zu verlieren würde er nicht ertragen.

Master Duncan tat ihm den Gefallen. Henry beäugte ihn kritisch. „Es funktioniert nicht mehr, oder?“

Master Duncan hob die Schultern, und es krachte erneut.

„Ich will ehrlich sein, Henry. Das kalte feuchte Loch, in dem wir hier sitzen, macht's nicht besser. Ich könnte definitiv ein Schlückchen vom traurigen Elixier vertragen.“

Hinter ihnen ertönte ein Geräusch. Es machte sich jemand am Türriegel zu schaffen. Master Duncans Augenbrauen schossen in die Höhe, und Henry glaubte, selbst bei dieser kleinen Bewegung ein Knirschen gehört zu haben.

„Ist keine Essenszeit“, knurrte Master Duncan. „Endlich. Es scheint loszugehen.“

Er hatte recht. Eine Wache führte sie hinauf, durch die große Halle und hinaus in den riesigen Innenhof von Dark Donan Castle. Als die Wache die Tür nach draußen öffnete, mussten Master Duncan und Henry die Hände schützend über die Augen legen. Nach Tagen im dämmrigen Verlies hatten sie sich an die Dunkelheit gewöhnt, und sie mussten blinzeln, um überhaupt etwas erkennen zu können. Aus zusammengekniffenen Augen sahen sie eine dunkle Silhouette, die ohne Eile auf sie zukam.

„Die Hexe“, brummte Master Duncan.

Lady Blackstone nahm sie in Empfang und winkte die Wache fort.

Henrys Augen hatten sich mittlerweile an die Helligkeit gewöhnt. Er blickte zu der Tribüne, die ihnen Lady Blackstone vor einigen Tagen durch das Fenster der großen Halle gezeigt hatte. Da war sie noch leer gewesen. Heute war sie bis auf den letzten Platz besetzt. In der ersten Reihe hatten Lady Blackstones Reiter Platz genommen. Anders als beim Fußvolk waren ihre Masken silbern. Lady Blackstone selbst trug eine goldene Maske, über die die schwarze Flamme zuckte.

Auf eine unheimliche Art erinnerte Henry die Szenerie an die Verabschiedung der Drachenreiter auf Sieben Feuer. Links und rechts neben der Tribüne ragten Fahnenmasten in den wolkenverhangenen Himmel. Die blutroten Banner mit den schwarzen Flammen knatterten unheilvoll im Wind. Neben dem eisernen Ring, der bis zur Hälfte in den Rasen eingelassen worden war, kauerten zwei Drachen. Um ihre Hälse waren silberne Manschetten gelegt worden, die wiederum mit langen Ketten verbunden waren, deren letzte Glieder um den Ring in der Erde geschmiedet worden waren.

Bei dem einen Drachen handelte es sich um einen Blattfinger, den Henry nicht kannte. Es musste eines der beiden Tiere sein, die Lady Blackstone oder Leander Pebblebuttom gefunden hatten. Auf der anderen Seite des Rings hockte Happy. Beim Anblick des alten Teufelsgrinds zog sich Henrys Herz schmerzhaft zusammen. Happys Horn steckte weiterhin in einer silbernen Hülle des Teufelsjochs. Henry versuchte trotzdem, das Band zu ihm zu knüpfen, doch vergebens. Da war nur Leere. Genau wie im Blick des alten Drachen, der ins Nichts starrte.

Master Duncan war stehen geblieben. „Was soll das?“, knurrte er.

„Es erstaunt mich immer wieder, wie unwissend ihr doch seid“, entgegnete Lady Blackstone. „Habt ihr wirklich noch nie etwas von den Drachenduellen gehört? Vor langer Zeit war das eine gängige Methode, um Streitigkeiten unter den Clans zu schlichten. Zwei Drachen, die in einem Radius von maximal einhundert Metern umeinander kreisen, auf ihren Rücken jeweils ein bewaffneter Reiter. Ziel ist es, den gegnerischen Reiter vom Rücken seines Drachen zu stoßen. Ob durch einen gut gezielten Schlag mit der Schwanzspitze des eigenen Drachen, durch dessen Feueratem oder durch Einsatz der eigenen Waffen, spielt dabei keine Rolle. Wer vom Rücken seines Drachen fällt und sich dabei nicht das Genick bricht, hat die Möglichkeit, sich zu ergeben, indem er das Zeichen der Schande macht.“

„Das Zeichen der Schande?“, fragte Henry.

„Du kniest dich hin, legst den rechten Arm auf den Rücken und bedeckst mit der linken Hand deine Augen“, sagte Master Duncan.

„Dass Sie sich damit auskennen, war mir klar“, stellte Lady Blackstone hämisch fest.

„Ich habe es oft genug bei meinen Gegnern gesehen“, knurrte Master Duncan.

„Touché“, kicherte Lady Blackstone. Sie trommelte die Spitzen ihrer bleichen dürren Finger aneinander, und ihre Hände erinnerten Henry dabei an eine Spinne, die erwartungsvoll auf ein Opfer in ihrem Netz zukrabbelt.

Lady Blackstone deutete mit dem Kinn auf ein Holzpult, das am Rand der Tribüne stand. Akkurat nebeneinander lagen dort die unterschiedlichsten Waffen: Lanzen, Lang- und Kurzschwerter, Feuerketten, Schleudern, Armbrüste und Schilde.

„Wählt eure Waffen klug. Die Regeln sind denkbar einfach. Wer einer meiner Reiter werden will, muss einen von euch im Kampf besiegen. Solltet ihr euch weigern zu kämpfen, werden sie ...“, sie deutete auf einige mit Blasrohren bewaffnete Rotmasken, die verteilt auf der Burgmauer standen, „... nicht zögern, von ihren Waffen Gebrauch zu machen. Vielleicht habt ihr davon gehört. Das Gift, in das die Pfeile getunkt wurden, lässt einen versteinern. So ist es deinen Freunden Violet und Casper ergangen. Für alle Ewigkeit zur Salzsäule erstarrt.“

Sie musterte Henry, der die Fäuste ballte und Mühe hatte, sich zu beherrschen.

Bevor Henry etwas erwidern konnte, ergriff Master Duncan das Wort. „Und was ist das für ein teuflisches Gift, das Sie verwenden?“

Lady Blackstone betrachtete sie nachdenklich. „Euch kann ich es ja sagen. Es ist das Herzblut meiner verstorbenen Drachendame Boudica. Auch wenn sie nicht mehr lebt“, sie deutete anklagend auf Happy, „weil er sie hinterrücks ermordet hat, schlägt ihr Herz noch weiter. Angetrieben vom Hass auf Sieben Feuer und die Clans pocht es. Und mit jedem Schlag quillt ein Tropfen reinen Hasses aus dem Loch im Herzen, das einst das Horn dieses Teufelsgrinds hineingebohrt hat.“

Sie strich Master Duncan sachte mit dem Handrücken über seine stoppelige Wange.

„Ihr fragt euch sicher, ob es ein Gegenmittel gibt, um eure versteinerten Schützlinge zu erwecken?“

Sie schüttelte kichernd den Kopf.

„Sollte es je ein Gegenmittel gegeben haben, das stärker wirkt als der Hass eines Drachen, so hat Eric Crawford, die erste Goldzunge, das Wissen darüber mit ins Grab genommen. Glaubt mir, ich habe über 300 Jahre danach gesucht und erfreulicherweise keins gefunden. Wer einmal in das versteinerte Gefängnis seines Körpers gesteckt wird, der versauert dort bis in alle Ewigkeit.“

Und während Lady Blackstone aus den Taschen ihres schwarzen Kleides ein schmales Röhrchen und ein silbernes Etui hervorkramte, tauschten Master Duncan und Henry einen langen Blick. Lady Blackstone öffnete das Etui, nahm vorsichtig einen der zahnstochergroßen Pfeile heraus und ließ ihn in das Röhrchen gleiten. Nachdem sie das Etui wieder verstaut hatte, hob sie das Röhrchen an die Lippen und zielte in den Himmel.

Henry folgte ihrem Blick. Schwarze und weiße Vögel kreisten über ihnen und kreischten sich an. Es waren Möwen, die sich mit Krähen zankten. Nicht wissend, dass eine viel größere Gefahr drohte als der hackende Schnabel eines Artgenossen. Henry entdeckte eine Krähe, die sich nicht am Streit beteiligte. Sie flog zwar ebenfalls in Kreisen und Achten über ihnen, hielt sich aber aus dem Gezanke heraus. Ihre schwarzen Knopfaugen waren unablässig auf Henry gerichtet.

Mortimer!, durchfuhr es Henry. Und seit Tagen war es das erste Mal, dass sein Band erwachte. Kurz bekam er das Band der Krähe zu packen, und sie übermittelten sich einige Bilder.

Dann ertönte ein Zischen. Das Geschrei der Vögel verstummte genauso abrupt, wie das Band zu Mortimer getrennt wurde. Lady Blackstone trat lässig einen Schritt zur Seite, und einen Moment später knallte ein steinerner Vogel neben ihr auf die Erde. Henry wagte kaum hinzuschauen. Doch dann erkannte er, dass es sich bei dem armen Tier um eine Möwe und nicht um eine Krähe handelte.

„Wie ihr seht, sind die Pfeile wirksamer als der Biss einer schwarzen Mamba. Und mittlerweile sind meine Männer auch geübter, was das Zielen angeht. Oder sagen wir so, sie strengen sich mehr an. So ein Reinfall wie am Hafen, als ihr euch auf den Weg nach Sieben Feuer gemacht habt, wird es nicht mehr geben."

Sie ließ ihren Blick drohend über die Anwesenden schweifen. „Die Blasrohre werden übrigens immer auf euch beide gerichtet sein. Sollte also einer von euch keine Lust mehr haben zu kämpfen, leidet auch der andere darunter." Sie strich sich eine schwarze Haarsträhne aus dem Gesicht. „Wie sagt man so schön: mitgefangen, mitgehangen. Oder besser: mitversteinert."

Lady Blackstone wandte sich der Tribüne zu.

„Der erste Herausforderer möge zu uns treten!"

Auf der Tribüne machte sich Unruhe breit, als sich jemand von einer der Bänke erhob und sich rücksichtslos seinen Weg zu ihnen bahnte. Begleitet wurde er von monotonen Trommelschlägen.

Der Mann, der sich zu ihnen gesellte, war gigantisch groß. Er überragte Master Duncan, der in Henrys Augen bereits ein Riese war, um einen ganzen Kopf. Sein Oberkörper glich einem von Tippys Whiskeyfässern, und ein struppiger Bart und lange schmutzige Haarsträhnen wucherten unter seiner Maske hervor. Henry schluckte, schritt dann aber forsch auf den Holztisch zu und wählte seine erste Waffe. Er griff nach der Schleuder.

„Nicht so schnell, mein junger Freund", ermahnte ihn Lady Blackstone. „Alter vor Jugend. Dein Master wird das erste Duell bestreiten. Aber keine Angst, du kommst noch früh genug dran."

„Ich ...", versuchte Henry, etwas zu erwidern, doch die schwere Hand von Master Duncan legte sich auf seine Schulter.

„Ausnahmsweise sind die Hexe und ich einer Meinung. Lass mich den Typen übernehmen. Ist eher meine Kragenweite."

Der Mann grunzte aggressiv in ihre Richtung und schlug sich mehrmals vor die Brust.

Master Duncan schüttelte ungläubig den Kopf und wandte sich an Lady Blackstone. „Ihre Gefolgschaft steht Ihnen in Schönheit, Anmut und Klugheit in nichts nach."

Lady Blackstones Lächeln verrutschte um einige Millimeter, und ihre Finger erstarrten kurzzeitig in der Bewegung. Doch dann begannen sie umso schneller gegeneinanderzuklopfen.

„Hochmut kommt vor dem Fall. Und dass Sie fallen werden, ist nur eine Frage der Zeit. Spätestens Ihren letzten Gegner werden Sie nicht besiegen können. Da bin ich sehr zuversichtlich."

„Sein erster Gegner wird sein letzter sein", schnaufte Lady Blackstones Riese und griff nach der Armbrust. Es war alles gesagt, und sie wählten nacheinander ihre Waffen. Master Duncan eine Lanze, die Feuerketten, einen Dolch und einen Schild. Der Herausforderer die Armbrust, ein Langschwert und ebenfalls einen Dolch und einen Schild.

Lady Blackstone befahl Henry, sich nicht von der Stelle zu rühren, und führte die beiden Duellanten zu den Drachen. Sie reichte jedem von ihnen ein hölzernes Kreuz, an dessen Enden die vier Zügel des Teufelsjochs befestigt waren.

„Damit sind die Drachen ganz einfach zu lenken. Hebt den rechten Arm des Kreuzes, und der Drache fliegt nach rechts.

Hebt den linken Arm, und er fliegt nach links. Zieht den oberen Arm des Kreuzes zu euch, und der Drache gewinnt an Höhe. Zieht den unteren Arm zu euch, und er lässt sich sinken. Gebt ihr ihm insgesamt mehr Spiel in den Zügeln, fliegt er schneller, haltet ihr die Zügel streng angezogen, fliegt er langsamer. Verstanden?"

Der Hüne grunzte zum Zeichen, dass er kapiert hatte, während Master Duncan angewidert auf das Kreuz in seinen Händen starrte. Um sich die Befehle besser einprägen zu können, waren in die hölzernen Stege des Kreuzes kleine Zeichen eingebrannt worden. „Folterinstrumente sind das. Nichts weiter", knurrte er.

Lady Blackstone überhörte seinen Einwand.

„Wenn ihr wollt, dass eure Drachen Feuer speien, müsst ihr das Kreuz um 180 Grad nach links drehen. Wenn ihr wollt, dass sie mit ihren Hörnern zustoßen, 180 Grad nach rechts. Diese Drehungen sind in der Tat recht schmerzhaft für die Tiere. Anders kann man sie zu den Aktionen aber nicht bewegen. Doch genug geredet."

Sie ging einige Schritte auf die Tribüne zu und formte mit ihren Händen einen Trichter um die Mundöffnung ihrer Maske.

„Wollt ihr einen Kampf sehen?!", rief sie, und die Zuschauer auf der Tribüne explodierten förmlich.

„Kämpfen! Kämpfen! Kämpfen!", johlten sie.

Die Trommeln hatten wieder zu schlagen begonnen, sodass die Rufe in einen gleichmäßigen Takt übergingen.

Lady Blackstone hatte sich zu Henry gesellt. „Brot und Spiele", raunte sie ihm zu. „Für Menschen braucht man nicht mal ein Teufelsjoch. Brot und Spiele reichen, und sie fressen einem aus der Hand. Es ist fast zu einfach." Ihre Hand legte sich um seinen Nacken und krallte sich unangenehm darin fest. „Für dich habe ich den Ehrenplatz an meiner rechten Seite reserviert. So kannst du dir das Spektakel aus der ersten Reihe ansehen."

„Dann hoffe ich für Sie, dass Ihre Schützen mit den Giftpfeilen mittlerweile wirklich besser zielen können", konnte sich Henry nicht verkneifen zu sagen, und Lady Blackstones Hand krallte sich noch ein bisschen fester.

Henry sah, wie Master Duncan sich vor Happy stellte und ihm seine schwielige Pranke zwischen die Nüstern legte. Doch Happy zeigte keine Reaktion. Er lag einfach da, den Blick stumpf in die Ferne gerichtet. Henrys Herz krampfte sich zusammen. Den alten Teufelsgrind so teilnahmslos zu sehen schmerzte so ungeheuerlich, dass er kaum Luft bekam.

Master Duncan ging um den Drachen herum und kletterte auf seinen Rücken. Die letzten Male, als Master Duncan ihn bestiegen hatte, hatte der alte Teufelsgrind es dem Master leicht gemacht und sich flach auf den Boden gepresst. Heute nicht.

„Ganz schön alt geworden, dein Master Duncan“, stellte Lady Blackstone fest. „Er sollte mehr tun, um fit zu bleiben.“

Henry erwiderte nichts. Immerhin schien die Hexe nicht zu ahnen, dass Master Duncan bereits mit ihrem Gift infiziert war. Ob das ein Vorteil für sie sein konnte? Henry wusste es nicht. Aber er würde das Geheimnis für sich behalten und schwieg.

Lady Blackstone zupfte ein seidenes Taschentuch hervor und ließ es zwischen Zeigefinger und Daumen im Wind flattern. Die Trommeln und die Schlachtrufe verstummten augenblicklich.

Und in dem Moment, als sie das Taschentuch losließ und der Wind es davontrug, erhob sich der Blattfinger mit dem Hünen auf dem Rücken in die Höhe. Master Duncan auf Happy brauchte einen Moment länger, um zu verstehen, dass das Taschentuch das Startzeichen gewesen war.

Der Blattfinger war bereits einige Meter über ihnen, als sie sich in die Luft erheben wollten. Und in dem Moment, als Happy seine Schwingen ausbreitete, stieß er auf sie hinab, und der Hüne befahl seinem Drachen, Feuer zu speien. Eine riesige Feuerwalze fegte über die Stelle zwischen der dreizehnten und vierzehnten Schuppe hinweg. Dort, wo normalerweise der Reiter eines Teufelsgrinds seinen Platz hatte.

Henry hielt den Atem an. Doch Master Duncan war es im letzten Moment gelungen, sich an der linken Seite des Drachenrückens hinabgleiten zu lassen. Er hatte sich lediglich mit der linken Hand an die dreizehnte Schuppe geklammert. Den rechten Arm mit dem Schild hatte er über den Kopf gehoben. So hatte er den Feuerangriff nahezu unversehrt überstanden. Allerdings hatte er sowohl seine Feuerketten als auch seinen Dolch verloren. Beide Waffen lagen im plattgelegenen Gras, wo eben noch Happy gekauert hatte.

Der Teufelsgrind flog eine scharfe Rechtskurve, und Master Duncan nutzte den Schwung, um sich wieder hinter die dreizehnte Schuppe gleiten zu lassen. Die Drachen umkreisten sich jetzt bei voller Kettenlänge in einem Radius von ungefähr einhundert Metern.

Der Hüne flog seinen Blattfinger wesentlich weniger geschickt, als Master Duncan es mit Happy tat. Der Blattfinger flog immer wieder so weit fort, dass die Kette spannte und er ruckartig zurückgerissen wurde. Der Drache brüllte dann schmerzhaft auf und bockte, was den Hünen dazu veranlasste, nur noch wilder an dem hölzernen Kreuz zu zerren. Bei Master Duncan hingegen lag das Kreuz locker in der linken Hand. Er achtete gar nicht darauf, und Henry vermutete, dass er Happy hauptsächlich durch Gewichtsverlagerung und den Druck seiner Oberschenkel lenkte.

Als der Hüne den Blattfinger ein weiteres Mal zu weit nach außen steuerte, die Kette spannte und der Drache anfing zu bocken, befahl Master Duncan dem alten Teufelsgrind anzugreifen. Happy legte die Flügel an und schoss wie ein roter Blitz auf den Blattfinger zu. Master Duncan senkte die Lanze.

„Höher!“ Henry konnte nicht an sich halten. Die Idee seines Masters war gut, aber er zielte mit der Lanze viel zu tief. Henry fragte sich, ob er sie vielleicht nicht mehr halten konnte. Vielleicht raubte ihm die Versteinerung zu viel Kraft. Doch dann begriff er, was sein Lehrer vorhatte.

Master Duncan passte den Moment ab, in dem der Blattfinger wieder bockte und seinen Reiter ein Stück aus dem Rückenkamm hob. Die Lanze schoss vor und schob sich unter dem Hintern des Hünen hindurch. Der Riese wusste nicht, wie ihm geschah. Er warf noch einen ungläubigen Blick unter sich und wurde im nächsten Moment ausgehebelt! Der hölzerne Schaft der Lanze knarzte und knackte bedenklich, doch er erfüllte seine Aufgabe, bevor er zerbrach. Der Riese wurde vom Rücken des Blattfingers katapultiert und segelte Richtung Boden.

Die Zuschauer stöhnten enttäuscht auf.

Master Duncan befahl Happy, seinem Gegner hinterherzufliegen. Der alte Teufelsgrind sauste Richtung Erde, Master Duncan beugte sich an der Seite hinab und bekam den Kragen des Riesen zu packen, bevor der auf der Erde aufschlug. Das Knacken, das Master Duncan durch die Glieder fuhr, war bis auf die Tribüne zu hören. Doch den mehr als zwei Zentner schweren Hünen aus der Luft zu fischen hätte jedem die Knochen knacken lassen.

Als der Teufelsgrind sich der Erde näherte, ließ Master Duncan den Mann los, und er stürzte aus knapp zwei Metern auf die Knie. Henry war davon ausgegangen, dass der Hüne auf den Knien bleiben und das Zeichen der Schande machen würde, doch weit gefehlt! Er rappelte sich auf, schlug sich wütend vor die Brust und machte abwechselnd beleidigende und herausfordernde Gesten in Master Duncans Richtung.

Master Duncan hätte nur einmal das hölzerne Kreuz um 180 Grad nach links drehen müssen, um den tobenden Mann in ein Häufchen Asche zu verwandeln. Doch Henry wusste, dass sein Lehrer das nicht tun würde. Stattdessen befahl er dem alten Teufelsgrind zu landen und rutschte etwas steifbeinig von dessen Rücken. Als er auf dem Rasen zum Stehen kam, rannte der Hüne bereits wie ein wild gewordener Stier auf ihn zu. Master Duncan hatte gerade noch genug Zeit, um seine Schultern zweimal kreisen zu lassen, den Kopf von links nach rechts zu pendeln und die Fäuste hochzunehmen. Henry wusste, dass in einem Zweikampf kaum jemand seinem Lehrer das Wasser reichen konnte. Selbst dann nicht, wenn der Gegner so viel größer und schwerer war als er. Doch die fortschreitende Versteinerung hatte Master Duncan langsamer und behäbiger gemacht.

Henry knetete vor Aufregung seine Hände.

Der Hüne erreichte Master Duncan. Er holte aus. Seine Faust schnellte auf das Gesicht von Master Duncan zu. Das Einzige, was Duncan McBain tat, war, die geballten Fäuste schützend vor sein Gesicht zu heben. Die Faust des Hünen prallte auf Master Duncans Handrücken. Ein Knacken ertönte. Als ob jemand vor Beton geboxt hätte. Der Riese heulte vor Schmerz auf.

Doch sein Schrei verstummte abrupt, als ihn eine Faust von Master Duncan in den Magen traf. Ein Geräusch ertönte, wie wenn Luft aus einem Luftballon entweicht, und der Riese klappte wie eine ängstliche Muschel zusammen. Er ging auf die Knie.

Ein paar Sekunden lang geschah gar nichts. Dann legte er stumm den rechten Arm auf den Rücken und bedeckte mit dem linken die Augen.

„Warum nicht gleich so?", brummte Master Duncan, wandte sich ab und stiefelte auf Lady Blackstone zu. Die Schützen mit den Blasrohren verfolgten jede seiner Bewegungen. „Schätze, der Mann wird nicht euer siebter Reiter werden", sagte er und rieb sich die Finger seiner linken Hand.

Lady Blackstone lächelte kalt. „Bin ich auch nicht von ausgegangen." Sie wandte sich von Master Duncan und Henry ab und winkte jemandem zu, der einige Reihen hinter ihr saß.

Henry nutzte die Gelegenheit, um Master Duncan am Ärmel zu ziehen und ihm zuzuflüstern, dass er Mortimer entdeckt hatte und die Krähe ihm einige Bilder von Tippy, Charles und den anderen übermittelt hatte.

Master Duncan nickte erfreut und bedeutete ihm, ruhig zu sein.

Sie sahen, wie sich eine gertenschlanke Frau erhob und auf sie zusteuerte. Die braunen Haare hatte sie zu einem dicken Zopf geflochten, der ihr bis auf die Hüfte fiel.

„Deine Gegnerin, Henry McGregor. Statt roher Gewalt wollen wir es nun mit Schnelligkeit und Präzision versuchen."

Unter dem Protest von Master Duncan, der auch den nächsten Kampf übernehmen wollte, trat Henry vor.

„Ich soll gegen ein Kind kämpfen?", kam es überheblich von der Frau hinter der Maske.

„Der eine will nicht, dass du kämpfst, und deine Gegnerin will zwar kämpfen, aber nicht gegen dich. Du scheinst nicht gerade einen Heldenruf zu genießen", machte sich Lady Blackstone über Henry lustig. Als er nichts erwiderte, befahl Lady Blackstone ihren Wachen, Happy wegzubringen. „Holt den kleineren der beiden Teufelsgrinde her. Ich will ihn auf seinem Drachen kämpfen sehen."

Phönix wurde an den Zügeln des Teufelsjochs zu dem eisernen Ring gezerrt und angekettet. Henry stiegen Tränen in die Augen, als er seinen Drachen so sah. Verstohlen wischte er sich übers Gesicht und atmete tief durch. Er musste sich zusammenreißen!

Einen echten Plan hatten sie nicht. Sollte es Mortimer gelingen, die Bilder von Dark Donan Castle an ihre Freunde zu übermitteln, wer weiß, vielleicht konnten ihnen ihre Freunde ja helfen. Aus eigener Kraft würden sie sich jedenfalls nicht retten können. Bis dahin blieb ihnen also nichts anderes übrig, als Lady Blackstones Spiel mitzuspielen und so lange wie möglich am Leben zu bleiben.

Henry straffte die Schultern. Er würde es der Schwarzflamme mit dem braunen Zopf zeigen! Und er wusste auch schon, wie er sie besiegen wollte. Als sie an den Waffentisch traten, griff Henry sich lediglich die Schleuder und einige Kugeln als Munition. Er wog sie in der Hand. Die Kugeln waren kleiner als die Defender, die er vom Drachenballspiel kannte, jedoch schwerer. Er tippte auf Eichenholz. Sie waren glatt poliert und glänzten in der Sonne. Als er sie mit den Fingern kreisen ließ, klackerten sie aneinander.

„Wird's bald? Jetzt such dir schon deine anderen Waffen aus! Ich habe noch was vor, nachdem ich dich von deinem Drachen geworfen habe."

Die Frau mit dem Zopf hatte die Arme in die Seite gestemmt, und Henry versuchte, ihre Augen hinter der Maske zu erkennen. Doch da war nur Dunkelheit hinter den schmalen Schlitzen.

„Ich bin längst fertig", erwiderte er ruhig.

„Das wird ja immer besser", höhnte die Frau. „Das Kind will lediglich mit der Spielzeugschleuder gegen mich antreten."

Von der Tribüne ertönten einige Lacher.

„Nimm wenigstens noch den Schild", raunte Master Duncan Henry besorgt zu, doch Henry schüttelte den Kopf.

„Der behindert mich nur. Und keine Sorge. Ich schätze, dass ich sie noch schneller besiege als Sie den Hünen."

Master Duncan kratzte sich mit dem kleinen Finger unter der Augenklappe und verzog skeptisch den Mund. „Ich wäre fixer gewesen, wenn ich das mit dem Taschentuch als Startzeichen mitbekommen hätte."

Wenig später saß Henry hinter der dreizehnten Schuppe im Rückenkamm seines Drachen. Wenn er seine Beine ganz fest an Phönix' Schuppen presste, konnte er den Herzschlag seines Seelenverwandten spüren. Doch ein Band mit ihm zu knüpfen war unmöglich. Sein Freund war ihm so nah und gleichzeitig doch so unendlich weit weg. Henry schwor sich, alles dafür zu tun, um Phönix und Happy von den Teufelsjochen zu befreien! Selbst wenn das bedeutete, dass er gegen eine von Lady Blackstones Handlangerinnen antreten musste.

Er hielt das hölzerne Kreuz, an dem die Zügel befestigt waren, locker in der linken Hand. Er würde es wie Master Duncan machen und das schreckliche Teufelsjoch so wenig wie möglich einsetzen. Er würde versuchen, Phönix über den Druck seiner Beine und über die Bewegungen seines Oberkörpers zu steuern. Im ersten Jahr war er Happy lange genug geflogen, ohne das Band zu ihm knüpfen zu können. Und die vielen Stunden Drachenballunterricht hatten ihn zu einem der besten Drachenreiter werden lassen, die es gab. Band hin oder her, er würde seiner Gegnerin, was das Fliegen eines Drachen anging, haushoch überlegen sein. Zumindest dachte er das.

Henry hatte Lady Blackstone fest im Blick. Sie stand von ihrem Platz auf der Tribüne auf. Ihr schwarzes Kleid wehte im Wind genauso wie das schwarze Taschentuch, das sie gezückt hatte. In dem Moment, als sie es losließ, lehnte sich Henry nach hinten, und Phönix schoss in die Höhe. Es war seltsam, seinen Drachen zu fliegen, ohne das Band zu ihm knüpfen zu können. Vertraut und doch so fremd.

Seine Gegnerin war genauso schnell losgeflogen wie er. Henry musste anerkennen, dass sie das Spiel mit dem Teufelsjoch perfekt beherrschte. Sie ließ das Holzkreuz zwischen ihren Fingern tanzen, als ob sie ihr Leben lang nichts anderes getan hätte. Der Blattfinger umkreiste ihn und Phönix wie eine wild gewordene Flipperkugel.

Henry ließ sich nicht aus der Ruhe bringen. So schnell wie er es Master Duncan vorhergesagt hatte, würde er die Zopffrau zwar nicht besiegen, aber er war sich sicher, dass er seine Chance bekam. Sie war zwar geschickt, was das Lenken des Drachen anging, doch ihre Überheblichkeit würde ihr zum Verhängnis werden. Sie unterschätzte ihn. Und das war das Erste, was Master Duncan ihm beim Kampftraining beigebracht hatte. Unterschätze niemals deinen Gegner!

Henry ließ sich nicht von ihren Flugkünsten beeindrucken. Er ließ Phönix Runde um Runde fliegen, achtete aber darauf, dass die Kette, an die sein Drache gefesselt war, immer schön locker blieb und nie unter Spannung geriet. Gleichzeitig ließ er die Hände der Zopffrau nicht aus den Augen. Nachdem sie mehrere Scheinangriffe auf ihn geflogen war, Sturzflüge und Loopings eingebaut hatte – eher um die Zuschauer auf der Tribüne zu beeindrucken, als ihm gefährlich zu werden –, wurde es ernst. Sie griff mit der rechten Hand nach der Armbrust, die auf ihren Rücken geschnallt war. Das hölzerne Kreuz hielt sie nun in der linken Hand. Allerdings musste sie es sich zwischen die Beine klemmen, als sie die Armbrust spannte. Sie griff nach einem Pfeil aus ihrem Köcher und legte ihn in die dafür vorgesehene Rinne.

Henry nutzte den Moment, um eine der Holzkugeln auf das Lederläppchen in seiner Schleuder zu legen. Es war eine schnelle, fließende Bewegung, die er schon hundert Mal beim Drachenball vollführt hatte. Er kniff die Augen zusammen, zielte und schoss. Die Kugel sauste mit einem Zischen auf die Zopffrau zu. Im gleichen Moment schoss die Frau ihre Armbrust ab. Ein Sirren wie von einer wütenden Hornisse wurde schnell lauter.

Doch Henry hatte mit dem Schuss gerechnet. Er schwang sich über Phönix' Rückenkamm, sodass der Drachenkörper zwischen ihm und dem Pfeil war. Der Pfeil prallte von Phönix' Körper ab, ohne auch nur einen Kratzer zu verursachen. Anders die Kugel, die Henry abgefeuert hatte. Versteckt hinter Phönix' Drachenkörper, konnte Henry zwar nicht sehen, ob seine Kugel ihr Ziel getroffen hatte, doch er hörte es. Das krachende Bersten von Holz und der wütende Aufschrei der Zopffrau bestätigten seinen Treffer. Er hatte auf das Holzkreuz gezielt, und wie es schien, war es zerstört worden.

Henry schwang sich wieder hinter die dreizehnte Schuppe und sah, wie sich die Zopffrau an den Hals des Blattfingers klammerte. Der Drache wurde nun nicht mehr von ihr kontrolliert, sondern bockte völlig unberechenbar wie ein Wildpferd durch die Lüfte.

Henry wich dem Blattfinger lässig aus und lenkte Phönix einige Meter unter den grünen Drachen, dessen vier Flügel mal nach links und mal nach rechts flatterten. Henry wartete ab, und es dauerte nicht lange, bis die Zopffrau abgeworfen wurde. Mit einem lauten Schrei segelte sie an ihm vorbei.

Henry reagierte schnell und ließ Phönix in den Sturzflug gehen. Der Drache raste der Zopffrau hinterher, und Henry gelang es, ihre Hand zu packen. Ein schmerzhafter Ruck ging durch seine Schulter, doch es war ihm gelungen, den Sturz der Zopffrau aufzuhalten. Nun baumelte sie wie ein nasser Sack unter Henry und Phönix.

Henry befahl seinem Drachen, Richtung Erde zu fliegen. Genau wie Master Duncan vor ihm ließ Henry seine Gegnerin erst los, als sie knapp über dem Boden flogen. Dann zog er mit Phönix wieder hoch.

Die Zopffrau rappelte sich auf und rieb sich die Schulter. Der Ruck schien auch ihr wehgetan zu haben. Dann griff sie nach ihrem Schwert und stieß es wütend in die Luft, Henry und Phönix entgegen. Er seufzte. Warum konnte sie nicht einfach aufgeben?

Er lenkte Phönix mit dem sanften Druck seiner Beine und einer minimalen Verlagerung seines Körpergewichts wieder in ihre Richtung. Ohne Eile zog er seine Schleuder erneut hervor, legte wieder eine Holzkugel auf das Lederläppchen, spannte das Gummi und schoss.

Sie hatte es nicht anders verdient. Dieses Mal hatte er auf ihre Schwerthand gezielt. Die Kugel traf sie auf der Wurzel des Daumengelenks, und das Schwert segelte im hohen Bogen durch die Luft – begleitet von einem lauten Schrei der Zopffrau. Henry drehte bei und spannte die Schleuder erneut.

„Gib endlich auf!", rief er laut, um den Wind zu übertönen. „Oder die nächste Kugel trifft die Flamme auf der Maske vor deinem Gesicht."

„Und dann pustet dir der Junge die Lichter aus!", bellte Master Duncan.

Die Zopffrau überlegte kurz und beugte dann ihr Knie. Den rechten Arm legte sie auf den Rücken und mit dem linken bedeckte sie die Flamme auf der Maske vor ihrem Gesicht. Die Zuschauermenge stöhnte enttäuscht auf. Niemand wollte die Gefangenen von Lady Blackstone gewinnen sehen.

Nur Lady Blackstone selbst schien weder überrascht noch enttäuscht von Henrys Sieg zu sein.

Als die Wachen Henry zwangen, zwischen ihr und Master Duncan Platz zu nehmen, sah sie ihn lange und außergewöhnlich wohlwollend an. Henry lief es kalt den Rücken hinunter. Es fühlte sich wesentlich schlimmer an, dieser Frau zu gefallen, als sie wütend zu machen.

„Auf das hölzerne Kreuz zu zielen war ziemlich clever. Du hast die empfindlichste Stelle deiner Gegnerin ausgemacht und nicht gezögert, sie dort anzugreifen. Das war kaltblütig und gnadenlos. Gemeinsam könnten wir so viel erreichen, Henry McGregor."

Henry lief ein Schauer über den Rücken. Ihm fielen so viele Antworten darauf ein ... *Eher gefriert die Hölle!*, polterte Master Duncans Stimme durch seinen Kopf. *100% negativ*, hörte er Arthur stammeln. Und vor seinem geistigen Auge sah er auch

Lucy, die barfuß, aber entschlossen auf Lady Blackstone zumarschierte und ihr sehr fest gegen die Schulter boxte.

Und er? Er tat nichts, außer stumm die Schmeicheleien dieser Hexe über sich ergehen zu lassen.

Lady Blackstones bleiche Spinnenhand tätschelte ihn, und es fühlte sich an, als ob eine Tarantel über seinen Rücken huschen würde. Sie beugte sich vor und flüsterte ihm mit ihrem kalten Atem ins Ohr: „Noch ist der Platz des siebten Reiters an meiner Seite frei. Überleg es dir, während dein kleiner Verräterfreund sein Glück versucht."

Master Duncan wischte grob ihre Hand von Henrys Rücken und zog ihn an seine breite Brust. „Lassen Sie den Jungen in Ruhe!", zischte er sie an.

Die Blasrohrschützen hatten ihre silbernen Rohre an die Lippen gehoben und warteten auf Lady Blackstones Zeichen, doch sie winkte ab. Stattdessen legte sie ihre bleiche Hand auf Stewis Rücken, der stocksteif auf ihrer anderen Seite gesessen hatte. „So viele Möglichkeiten", kicherte sie, erhob sich und schob den widerspenstigen Stewi von seinem Platz in die Kampfarena.

Fast, aber nur fast, tat Stewi Henry leid. Schließlich hatte er sie in diese missliche Lage gebracht.

„Was wollte die Hexe?", raunte Master Duncan Henry zu, als die beiden außer Hörweite waren.

Henry schüttelte den Kopf. „Sie hat nur ihr übliches Gift versprüht", wiegelte Henry ab. „Was glauben Sie? Wie wird sich Stewi schlagen?"

Master Duncan fuhr sich über sein stoppeliges Kinn. „Er war zwar nie Mitglied des Drachenballteams, aber er war ein ganz passabler Reiter, und in Waffenkunde hat er sich auch nicht übermäßig dumm angestellt."

Stewis Gegner stand bereits mit Lady Blackstone und Stewi am Waffentisch und begutachtete die Auswahl. Von der Statur her war er Stewi sehr ähnlich. Schlank und mittelgroß. Henry tippte darauf, dass sie auch ungefähr gleich alt waren.

Master Duncan sah sich prüfend um. Links neben den Plätzen, auf denen Lady Blackstone und Stewi gesessen hatten, saßen Leander Pebblebuttom, den man an den vielen Ringen an seinen Fingern erkennen konnte, und Graham Green, der lässig wie eh und je den Kragen seines alten Mantels aufgestellt hatte. Die beiden waren in ein Gespräch vertieft. Die anderen Blackstone-Reiter schenkten ihnen genauso wenig Beachtung. Sie alle verfolgten gebannt, welche Waffen die Duellanten auswählten.

Master Duncan beugte sich zu Henry. „Wenn die Winde günstig stehen, müsste Mortimer es innerhalb eines Tages von hier bis nach Nimmerland schaffen. Ich hoffe, dass Tippy als Goldzunge die Bilder, die Mortimer von hier mitbringt, so gut lesen kann wie du. Und dass unseren Freunden schnell ein Plan einfällt, wie sie uns befreien können", fügte er flüsternd hinzu. „Bis dahin müssen wir alles dafür tun, dass du überlebst, Henry." Er sah ihn eindringlich an.

„Dass *wir* überleben", korrigierte Henry seinen Master. „*Wir* müssen überleben."

Bevor Master Duncan etwas darauf erwidern konnte, beugte sich von der anderen Seite Graham Green feixend zu ihnen herüber.

„*Wer flüstert, der lügt*, pflegte meine Großmutter immer zu sagen.“ Er hob spielerisch drohend den Zeigefinger.

Die Pauken hatten wieder angefangen zu schlagen zum Zeichen, dass der dritte Kampf unmittelbar bevorstand.

Stewi und sein Gegner hatten exakt die gleichen Waffen gewählt: die Lanze, das Kurzschwert und den Schild.

„Die beiden sehen aus wie Zwillinge“, kommentierte Graham Green. „Könnte ein ausgeglichener und spannender Kampf werden.“

Die beiden sahen sich wirklich zum Verwechseln ähnlich. Zumal auch Phönix weggebracht worden war und beide Kämpfer nun einen Blattfinger ritten. Erwartungsvoll saßen sie im Rückenkamm der Tiere und warteten darauf, dass Lady Blackstone ihr schwarzes Taschentuch fallen ließ.

Graham Green sollte nur zum Teil recht behalten. Es wurde zwar ein ausgeglichener Kampf. Nur besonders spannend war er nicht. Als ob Stewi und sein Gegner sich abgesprochen hätten, umkreisten sie sich auf einer Höhe, die ihnen nicht gefährlich werden konnte, sollten sie vom Rücken ihres Drachen Richtung Erde stürzen.

Mit gesenkten Lanzen flogen sie immer wieder aufeinander zu, wobei sie ihre Schilde schützend vor die Brust hielten. Stewi hatte einen Vorteil, da auch er seinen Drachen teilweise durch Schenkeldruck und Gewichtsverlagerung lenken konnte und nicht so sehr auf das Holzkreuz des Teufelsjochs angewiesen war. Sein Gegner hingegen hatte alle Mühe, das Kreuz, die Lanze und den Schild zu koordinieren. Trotzdem gelang es Stewi nicht, ihn vom Rücken des Drachen zu stoßen.

Beim ersten Mal verfehlten sich die beiden, und das Publikum begann sie auszubuhen. Beim zweiten Mal zielte Stewi besser, doch sein Gegner konnte die Lanze mit dem Schild abwehren. Beim dritten Mal, als sie aufeinander zuflogen, zielte Stewi noch besser, aber wieder traf er nur den Schild seines Gegners. Der hatte alle Mühe, sich aufrecht zu halten und im Rückenkamm des Blattfingers sitzen zu bleiben. Doch der Rückstoß sorgte dafür, dass sein Drache es als Zeichen deutete, an Höhe zu gewinnen. Und da die Spitze von Stewis Lanze im Schild seines Gegners feststeckte, riss die überraschende Bewegung des Blattfingers Stewi die Lanze aus der Hand. Sein Widersacher reagierte blitzschnell. Er riss die Lanze aus dem Schild und warf sie zu Boden. Dann drehte er bei und befahl seinem Drachen, sich erneut auf Stewi zu stürzen. Dessen Schwert hatte eine viel zu kurze Reichweite, um ihm gefährlich werden zu können. Doch statt zu fliehen, befahl Stewi seinem Blattfinger, ebenfalls auf den Gegner zuzufliegen.

„Was hat er nur vor?“, brummte Master Duncan.

Im selben Moment brüllte Stewis Drache ohrenbetäubend los und spie einen Feuerschwall auf den anderen Blattfinger und seinen Reiter. Stewi hatte das Holzkreuz um 180 Grad gedreht.

Sein Gegner, der schon dachte, er hätte gewonnen, ließ seine Lanze fallen, rollte sich vom Rücken des Drachen und landete unsanft auf dem Boden. Sein Umhang hatte Feuer gefangen, und er wälzte sich hektisch im feuchten Gras, um ihn zu löschen. Noch qualmend, rappelte er sich auf, als ein weiterer Feuerball neben ihm den Rasen versengte. Über ihm kreiste Stewi, reckte das Holzkreuz in die Höhe und deutete an, dass er nicht zögern würde, es erneut nach links zu drehen. Die Spannung wich aus dem Körper seines Gegners, und er ließ sich auf die Knie fallen, um das Zeichen der Schande zu zeigen.

Die Menge johlte. Der Kampf war doch noch nach ihrem Geschmack gewesen.

Auch Lady Blackstone schien zufrieden zu sein. Mit federnd leichtem Schritt ging sie in ihren blank polierten schwarzen Stiefeln an dem Besiegten vorbei, ohne ihn eines Blickes zu würdigen. Sie trat zu Stewi und reckte seinen Arm in die Luft. Und Stewi ließ sich bereitwillig feiern. Die Zuschauer johlten noch lauter, bis Lady Blackstone Stewis Arm sinken ließ und den Finger auf die Mundöffnung ihrer Maske legte. Augenblicklich schwiegen alle, und nur noch der Wind war zu hören.

Und Master Duncan, der vor sich hin schimpfte. „Ihr lasst euch von der Hexe dressieren wie die Zirkusäffchen!“

Lady Blackstone überhörte seinen Einwand und wandte sich der Menge zu. „Gibt es noch jemanden, der gegen einen der drei Gewinner antreten möchte?" Die Menge blieb stumm. Schweigend schritt Lady Blackstone von einem Ende der Tribüne bis zum anderen. „Keiner?", rief sie und wartete, doch niemand rührte sich. „Dann werden es die drei unter sich ausmachen. Und der Gewinner wird als siebter Reiter an meiner Seite fliegen."

„Einen Teufel werde ich tun!", brummte Master Duncan, und Henry pflichtete ihm bei.

Die Menge jubelte erneut, und wieder sorgte Lady Blackstone für Ruhe. „Bei den letzten Kämpfen gibt es allerdings eine kleine Änderung." Sie breitete die Arme auseinander, und der Wind bauschte die weiten Ärmel ihres Kleides auf, sodass sie wie eine riesige Fledermaus aussah. Alle Blicke waren erwartungsvoll auf sie gerichtet, und Henry konnte förmlich spüren, wie sie die Aufmerksamkeit genoss.

Als sich selbst der Wind gelegt hatte und eine unnatürliche Stille auf Dark Donan Castle einkehrte, begann sie zu sprechen.

„Die letzten beiden Kämpfe finden auf Leben und Tod statt. Den Anfang machen der Schüler und sein Master." Sie deutete in Henrys und Master Duncans Richtung. „Der Gewinner dieses Kampfes wird im Finale gegen unseren jungen Lanzenstecher antreten."

Erneut riss sie Stewis Arm in die Höhe, doch er wirkte nicht mehr wie ein Sieger, sondern eher wie eine riesige teilnahmslose Marionette. Jede Körperspannung war aus ihm gewichen. Denn Stewi wusste, egal, wie der Kampf zwischen Henry und

Master Duncan ausgehen würde, gegen keinen von beiden hätte er im großen Finale auch nur den Hauch einer Chance.

Auch Henry war geschockt. Er wollte aufspringen. Doch Master Duncan drückte ihn sanft, aber bestimmt zurück auf seinen Sitz und deutete mit dem Kopf auf die Blasrohrschützen.

„Ich werde nicht gegen Sie ...“, rief Henry.

„Schhhh“, unterbrach ihn Master Duncan. „Hör mir zu, mein Junge. Es war von Anfang an ein abgekartetes Spiel.“ Er deutete in Lady Blackstones Richtung. „Sie wollte von Anfang an, dass es so kommt, und im Moment hat sie alle Trümpfe in der Hand und beeinflusst die Geschehnisse nach ihrem Willen.“ Er tippte Henry mit dem Zeigefinger auf die linke Brust. „Das Wichtigste ist jetzt, dass sie dein Herz nicht bekommt. Egal, was passieren mag, versprich mir, dass sie dein goldenes Herz nicht vergiftet.“

Henry blickte seinen Lehrer bestürzt an. „Sie haben es die ganze Zeit gewusst?“

„Ich habe so was geahnt“, murmelte er. Er sah müde aus. Doch sein Auge leuchtete wie das eines Drachen. Und für einen kurzen Moment vergaß Henry alles um sich herum: Dark Donan Castle, die tobenden Anhänger von Lady Blackstone, den bevorstehenden Kampf. Alles wurde ausgeblendet, so, als ob Master Duncans Blick eine kleine goldene Grenze um Henry und sich selbst gezogen hätte. „Versprich es mir“, wiederholte sein Lehrer. „Dein Herz bekommt sie nicht.“

Und Henry versprach es ihm.

Henry und Master Duncan umkreisten sich. Henry saß hinter der dreizehnten Schuppe von Phönix' Drachenkamm, und Master Duncan ritt Happy, den alten Teufelsgrind. Der Wind hatte aufgefrischt und wehte nun in stürmischen Böen über Dark Donan Castle hinweg. Henry atmete tief ein und hatte das Gefühl, dass sein Mund sich mit Tränen füllte.

Kurz bevor sie ihre Drachen bestiegen hatten, hatte Master Duncan ihm eingeschärft zu kämpfen. „Die Hexe wird nicht zögern, ihren Leuten zu befehlen, uns mit ihren Giftpfeilen abzuschießen. Wir müssen kämpfen, Henry. Du musst kämpfen. Und du wirst mich besiegen. Die Hexe weiß es nicht. Du aber schon. Mir bleibt keine Zeit mehr. Ich bin bereits so gut wie versteinert. Was glaubst du, warum mir der Feuerschwall, der mich im letzten Duell getroffen hat, nichts ausgemacht hat? Oder warum der tumbe Riese so aufgeheult hat, als er mir auf die Handrücken geboxt hat?"

Ohne dass es jemand mitbekam, zerrte Master Duncan sich mit den Zähnen umständlich einen Lederhandschuh von den

Händen. Mit Schrecken sah Henry, dass seine Hand zu einer schiefergrauen Klaue erstarrt war.

„Ich kann die Finger kaum noch bewegen. Und mit den Gelenken an Armen und Beinen sieht es nicht besser aus. Jede Bewegung tut höllisch weh."

Sogar der warme goldene Ton im Auge seines Masters war dabei, sich in ein kaltes Grau zu verwandeln.

„Bedenke immer, dass Sieben Feuer größer ist als wir, Henry. Um es zu beschützen, müssen wir bereit sein, alles zu opfern. Auch das Leben unserer Freunde."

Wäre es um sein eigenes Leben gegangen, hätte Henry keine Sekunde gezögert, es für Sieben Feuer, für das Bündnis und für die Drachen herzugeben. Aber Master Duncans Leben? Seinen Mentor opfern? Henry konnte kaum glauben, was er da von ihm verlangte! Doch es blieb keine Zeit mehr, länger zu diskutieren. Lady Blackstone hatte ihr schwarzes Taschentuch fallen gelassen, und Master Duncan hatte dem alten Teufelsgrind befohlen, sich in den stahlblauen Himmel zu erheben.

Der Lehrer kämpfte gegen seinen Schüler. Und es war ein Duell, das alle Kämpfe, die bisher am Himmel stattgefunden hatten, in den Schatten stellte. Die Manöver, die Happy und Phönix flogen, entlockten dem Publikum immer wieder ungewollte Ausrufe der Bewunderung. Henry hatte wieder die Schleuder gewählt, sich zudem aber noch mit Schild und Kurzschwert bewaffnet. Wohl wissend, dass Master Duncan ein anderes Kaliber war als seine erste Gegnerin.

Master Duncan kämpfte mit Armbrust und Feuerketten. Und hätte Henry nicht zweimal instinktiv den Schild vor die Brust gerissen, würden nun zwei Pfeile in ihm stecken!

Ungläubig brach er die Schäfte der Pfeile ab, sodass nur noch die Spitzen im Schild steckten, und spannte seine Schleuder. Master Duncan meinte es ernst. Also würde auch Henry keine Rücksicht auf ihn nehmen. Auch wenn es ihm schwerfiel. Aber er wusste, dass er keine Wahl hatte und dass Master Duncan genau das von ihm verlangte.

Im Geiste bat er Happy um Entschuldigung und nahm das abgebrochene Horn, das nicht von einer silbernen Hülle des Teufelsjochs geschützt wurde, ins Visier. Henry war ein sicherer Schütze. Und Master Duncan erkannte Henrys Plan zu spät. Vergebens versuchte er, Happy abtauchen zu lassen. Und so traf die hölzerne Kugel mit Wucht auf die empfindliche Stelle des abgebrochenen Horns.

„Verzeih mir, mein Freund", rief Henry in Gedanken, wohl wissend, dass Happy ihn nicht hören konnte.

Der alte Teufelsgrind brüllte, spie einen Feuerball in den Himmel und schoss auf die Steilklippe zu, die vor den Toren von Dark Donan Castle lag. Doch die eiserne Kette riss ihn zurück. Und als sie sich mit einem Ruck spannte, bäumte sich Happy so sehr auf, dass Master Duncan rückwärts vom Rücken seines Drachen fiel und durch die Luft Richtung Erde segelte. Er schaffte es, sich über die Schulter abzurollen, und blieb nur wenige Meter vor dem Abgrund liegen. Weit, weit unter ihm schlugen die Wellen wütend gegen die Felsen, die aus dem Wasser ragten.

Henry kreiste über dem am Boden liegenden Master Duncan.

„Keine Gnade! Keine Gnade!“, riefen die Zuschauer, die von ihren Sitzen aufgesprungen waren.

Zwar befand sich Master Duncan nun außerhalb der Burgmauern, doch die Klippe lag einige Meter höher, sodass er von den oberen Rängen der Tribüne weiterhin gut zu sehen war. Lady Blackstone und ihre Schützen bahnten sich einen Weg nach oben.

Henry lenkte Phönix Richtung Erde und rutschte von seinem Rücken. Master Duncan hatte sich mittlerweile wieder aufgerichtet und schwang die Feuerketten. Henry erinnerte sich an seine erste Trainingsstunde, die er bei Master Duncan gehabt hatte. Damals hatte ihnen ihr Lehrer gesagt, dass ein guter Feuerkettenkämpfer einem Schwertkämpfer weit überlegen sei, und ihnen einige Angriffstechniken vorgeführt. Jetzt hatte Master Duncan die Enden der Ketten um seine steifen Hände geschlungen. Und als er die Ketten schwerfällig kreisen ließ und zum Angriff überging, vernahm Henry ein Geräusch, das sich anhörte wie Mühlsteine, die gegeneinanderrieben. Mühelos und ohne sein Schwert zu ziehen, wich Henry den Ketten aus.

„Zieh endlich dein Schwert und greif mich an!“, brüllte Master Duncan wütend und zielte erneut mit den Ketten auf ihn.

„Ich will nicht! Ich kann nicht!“, schrie Henry den Tränen nahe.

„Und ob du kannst, Henry. Vertrau mir. Es ist unsere einzige Chance. Wenn ihr den Stein besiegt, vielleicht gelingt es euch dann sogar, mich zu retten."

Henry verstand nicht, worauf Master Duncan hinauswollte.

Und während die Schultern seines Lehrers ein abscheulich schabendes Geräusch machten, schoss eine der Ketten auf Henry zu. Reflexartig zog er sein Schwert und wehrte die brennende Kugel ab.

Master Duncan nestelte die Träne der Erinnerung unter seinem Hemd hervor.

„Noch hält sie mich am Leben", keuchte er, „aber ich spüre schon, wie mein Herz langsamer schlägt."

„Was haben Sie vor?", schrie Henry, als er sah, wie Master Duncan an der Kette um seinen Hals zerrte. Seine steifen Finger machten es ihm schwer.

„Stich zu, Henry!", stöhnte er.

Er riss sich die Kette vom Hals und warf Henry seine Träne der Erinnerung zu.

„Um Himmels willen! Stich zu! Lass nicht zu, dass die Hexe mein Herz in Stein verwandelt", keuchte er.

Henry sah, wie sich der Stein die Brust, den Hals und das Gesicht seines Masters hinauffraß. Es war ein schrecklicher Anblick!

„Bitte", formten die Lippen von Master Duncan, doch sie wurden zu Stein, bevor das Wort seinen Mund verließ.

Und Henry stach zu.

Die Wucht des Schwerthiebs ließ Master Duncan rückwärts taumeln, und Henry wurde sein Schwert aus der Hand gerissen. Als Master Duncan die Steilklippe hinabstürzte, leuchtete noch ein letztes Mal das Feuer in seinem Auge auf. Es lag nichts als Liebe für Henry in seinem Blick. Und Henrys Herz brach. Denn es war nicht aus Stein.

Henry hörte weder die tobenden Anhänger von Lady Blackstone, noch realisierte er, wie Heinrich Ringeisen ihn zurück ins Verlies brachte. Das Letzte, was er mitbekommen hatte, war der klagende Schrei einer Krähe, die über ihm kreiste und aufs offene Meer hinausflog. Kurz nachdem Master Duncan in die tosenden Wellen gestürzt war.

Es war Mortimer gewesen. Und wenn er es nach Nimmerland schaffte, würde er seinen Freunden berichten, dass er, Henry McGregor, ihren Master, ihren Mentor, ihren Freund auf dem Gewissen hatte.

Henry wusste nicht, wie lange er auf dem fauligen Strohsack in seinem Verlies gelegen hatte, als sich die mit Eisen beschlagene Tür schnarrend öffnete. Lady Blackstone betrat den Raum. In der Hand hielt sie einen siebenarmigen Kerzenleuchter.

„Eins muss man dir lassen, Henry McGregor", sagte sie und stellte den Leuchter auf der Erde ab. „Du schaffst es immer wieder, meine Pläne zu durchkreuzen."

Ihre Stimme, die dumpf durch das Verlies echote, klang nicht verärgert, sondern eher bewundernd.

„Ich war fest davon ausgegangen, dass du und dein Master niemals dazu fähig wärt, das Leben des anderen zu opfern, um das eigene zu retten.“ Sie klatschte ein paarmal in ihre bleichen Hände. „Bei deinem Master war es wohl auch so. Aber dich habe ich unterschätzt. Wieder einmal.“

„Was wollen Sie?“, fragte Henry dumpf.

„Komm, wir gehen ein Stück, Henry McGregor. Hier unten lässt es sich so schlecht miteinander reden.“ Schweigend führte sie ihn aus dem Verlies durch den Innenhof von Dark Donan Castle vor die Tore der Burg.

Schweigend gingen sie an der Stelle vorbei, an der Master Duncan in den Abgrund gestürzt war. Ein Weg, der Henry zuvor noch nicht aufgefallen war, schlängelte sich wie eine große glitzernde Kreuzotter weg von der Steilküste ins Innere der Insel. Die Abendsonne schien auf die Pfützen, und die dürren Äste der Krüppeleichen, die am Wegesrand standen, spiegelten sich darin. Henry erinnerten sie an die Klauen, zu denen Master Duncans steinerne Hände geworden waren.

Der Weg wurde schmaler und führte sie in ein Moor. Das Gras auf den Hügeln war vertrocknet und das Heidekraut verblüht. Die Landschaft sah abgestorben aus. So abgestorben, wie Henry sich fühlte.

Zwei Schwarzflammenmasken kamen ihnen entgegen. In den Händen hielten sie lange Messer, und Henry fragte sich, was Lady Blackstone wohl mit ihm vorhatte.

Sie schien seine Gedanken zu lesen. „Keine Angst, die beiden sind Torfstecher." Sie deutete auf einen Karren, auf dem sich die schwarzen Klumpen stapelten. „Damit wir es auf Dark Donan Castle schön warm haben."

Egal, wie viele Torffeuer in den Kaminen der Burg auch brennen, dachte Henry, *an dem Ort wird es nie wirklich warm werden.*

Lady Blackstone schritt einige Minuten länger den Weg hinauf, bevor sie stehen blieb.

„Das ist der höchste Punkt meiner Insel. Von hier aus kann ich alles überblicken. Hier können wir uns ungestört unterhalten. Niemand kann uns belauschen." Sie strich sich eine Strähne aus dem Gesicht. „Eigentlich wollte ich deinen Master und dich versteinern, eure Statuen zur Zierde in meinen Garten stellen und Stewart zu meinem siebten Reiter machen."

Sie trat dicht vor ihn, und wieder kroch der widerlich durchdringende Duft nach Vergissmeinnicht in Henrys Nase.

„Aber wer weiß? Vielleicht finden wir beide ja doch noch zueinander."

Henry schnaubte kurz auf.

Lächelnd ließ sie von ihm ab und trat einen Schritt zurück. „Versteh mich nicht falsch. Ich glaube weder an Freundschaft noch an Liebe." Sie deutete auf den Friedhof ihrer verstorbenen Ehegatten neben ihrer Burg. „Ich habe es wirklich versucht. Nicht mal an Treue oder Loyalität glaube ich. Meine Reiter, der Bund der Schwarzen Flamme, jeder Einzelne von ihnen würde nicht zögern, mir in den Rücken zu fallen, sobald ich auch nur einen Moment der Schwäche zeigen würde. Das Einzige, was zählt, ist Stärke. Und ich bin stark, sogar stärker als der Tod. Und du?“

Der spitze, schwarz lackierte Fingernagel ihres Zeigefingers bohrte sich in Henrys Brust.

„Du bist ebenfalls stark. Sicher nicht so stark, dass du mir gefährlich werden könntest, aber doch stark genug, um mir dabei zu helfen, Sieben Feuer zu Fall zu bringen.“

„Niemals“, flüsterte Henry. „Eher gefriert die Hölle!“ Als er merkte, dass das eigentlich Master Duncans Worte waren, blieb ihm fast die Luft weg.

„Nicht so voreilig, Henry McGregor. Hör mich erst an, bevor du dich entscheidest.“ Lady Blackstone leckte sich über die Lippen, und Henry schauderte beim Anblick ihrer schwarzen Zunge. „Erst werde ich die beiden noch verbliebenen Blattfinger finden, dann die Insel von dieser Tippy Parrot. Ich werde sie mitsamt eurem kleinen Zirkel untreuer Drachenreiter unschädlich machen. Als Letztes kümmere ich mich um Stewart Todd senior und diese lächerliche goldene Kompanie, die versucht, Sieben Feuer zu beschützen. Dass es so kommen wird, steht außer Frage. Mit dir an meiner Seite würde es aber schneller gehen.“

Lady Blackstone schritt vor Henry auf und ab. Er hatte den Blick gesenkt.

„Ich habe sehr lange gewartet, Henry. Und allmählich verliere ich die Geduld. Du weißt genauso gut wie ich, dass ihr, dass *du* dieses Spiel nicht gewinnen kannst. Also warum das qualvolle Ende hinauszögern?"

Henry wollte widersprechen, doch Lady Blackstone hob die Hand, um ihn zum Schweigen zu bringen.

„Hier ist mein Angebot. Ich verschone deinen Jahrgang. Oder besser gesagt, die, die noch am Leben oder nicht versteinert sind. Reiter wie Drachen. Deine Freundin mit dem Lockenkopf, den dicklichen Bücherwurm, den Schönling und seine blonde Freundin und sogar den vorlauten Rotschopf, der einst gemeinsam mit dir in meinem Verlies gesessen hat. Wenn sie mir alle gemeinsam mit ihren Drachen Treue schwören, sollen sie am Leben bleiben."

Sie lächelte ihn böse an.

„Wenn nicht, werden sie das gleiche Schicksal erleiden wie dein Blutsbruder Casper." Sie erstarrte für einen Moment in der Bewegung und lachte dann schrill auf. „Noch nicht überzeugt?" Sie musterte Henry, und ihre Augen funkelten gierig. „Ich habe noch etwas für dich. Du darfst wählen, gegen wen aus meinem engeren Kreis du um den Platz des siebten Reiters kämpfen willst."

Henry presste die Lippen aufeinander.

„Vertrau mir, mein Lieber. Du wirst kämpfen. Dafür sorge ich höchstpersönlich." Sie blinzelte ihm zu. „Mit deinen Fähigkeiten kannst du jeden meiner Reiter schlagen. Der kleine Stewart wäre da ein zu leichtes Opfer. Genau wie ich brauchst du würdige Gegner, Henry McGregor."

Mit gespielter Nachdenklichkeit rieb sie sich über ihr spitzes Kinn.

„Hättest du nicht Lust, dich an Graham Green zu rächen? Ihn die Steilklippe hinabzustoßen? Um es ihm für den Sturz am Arundel-Wasserfall heimzuzahlen, bei dem du dein Gehör verloren hast? Oder an Leander Pebblebuttom, dessen Saugnupfen dir fast das Leben ausgesaugt hätten? Oder an Rudge Bleaker. Immerhin hat er nicht nur Casper, sondern auch deine Freundin Violet auf dem Gewissen."

Lady Blackstone sah Henry eindringlich an. Dann machte sie ohne ein weiteres Wort auf dem Absatz kehrt, und sie gingen gemeinsam zurück Richtung Dark Donan Castle. Lady Blackstone ließ Henry den Vortritt, damit sie ihn im Blick hatte und er keine Dummheiten machen konnte. Bevor sie die Kerkertür hinter Henry schloss, wandte sie sich noch einmal an ihn.

„Morgen Früh wirst du kämpfen, Henry McGregor. Rache ist ein starker Antrieb. Du wirst dich ihr nicht entziehen können. Morgen Früh nennst du mir einen Namen. Und nach deinem Master wird das die zweite Person sein, deren Leben du nimmst. Du wirst sehen, beim zweiten Mal ist es schon viel leichter. Und dann schauen wir weiter. Ich bin guter Dinge, dass wir zwei doch noch zueinanderfinden werden."

In dieser Nacht war es totenstill. So still, dass Henry befürchtete, auch auf dem anderen Ohr taub geworden zu sein. Der Mond schien bleich durch die vergitterte Öffnung über ihm, der Wind hatte aufgehört zu wehen, und selbst die Brandung des Meeres war verstummt. Die ganze Welt schien innezuhalten, um ihn zu beobachten. Um abzuwarten, was er tat.

Am liebsten hätte sich Henry in einen traumlosen Schlaf geflüchtet. Doch immer, wenn er die Augen schloss, sah er Master Duncan, wie er rückwärts die Klippe hinabstürzte.

Das Bild löste sich auf wie Nebel in der Morgensonne und machte Platz für einen grimmigen Master Duncan, der sich mit dem kleinen Finger die Narbe unter seiner Augenklappe rieb und ihm brummig Anweisungen erteilte.

Das Bild verschwand, und stattdessen sah er Master Duncan, der auf dem Kutschbock saß, seine Pferde mit einem Schnalzen antrieb und Henry seine schwere Hand auf die Schulter fallen ließ. Und wenn man genau hinsah, konnte man das Lächeln erahnen, das sich unter seinem Schnurrbart versteckte.

Auch dieses Bild verblasste, und Henry sah Master Duncan auf der Kufe seines Wasserflugzeugs, der Queen Mary, stehen. Sein alter Mantel vom Wind aufgebläht und trotzdem genauso zerknittert wie sein faltiges Gesicht. So hatte er ihn kennengelernt. Wie er Arthur, Edward und Chloé ihre Handys abgenommen und sie ins Hafenbecken geworfen hatte. Henry musste lächeln, als er an diesen Moment zurückdachte, doch auch dieses Bild löste sich in Rauch auf.

Henry schlug die Hände vors Gesicht und weinte. Denn Master Duncan würde sich nie wieder unter seiner Augenklappe kratzen, ihn nie wieder bitten, sich neben ihn auf den Kutschbock zu setzen, und er würde sie auch nie wieder abholen kommen, um mit ihnen ein weiteres Schuljahr auf Sieben Feuer zu verbringen. Sieben Feuer würde nie wieder derselbe Ort für Henry sein können. Und so wie es aussah, auch für niemand anderen.

Es war ihnen nicht gelungen, Lady Blackstone aufzuhalten. Im Gegenteil, die Hexe hatte einen Keil in das Bündnis getrieben und es entzweit.

Stewi hatte sie verraten. Master Duncan war tot, Violet und Casper versteinert, Phönix, Happy, Pan, Arundula und der Blattfinger aus dem Knochenwald hörten auf den Befehl der fiesen Hexe. Und er selbst schmorte im Kerker. Wie waren sie nur auf die dumme Idee gekommen, dass sie Lady Blackstone und ihre Schwarzen Flammen besiegen konnten!

Lady Blackstone. Ihre vergifteten Worte hallten durch Henrys Kopf. Doch sein Herz würden sie nie erreichen. Nein!

So war er nicht. So würde er niemals sein. Auch wenn es verlockend war, darüber nachzudenken, es Leuten wie Pebblebuttom, Ringeisen oder diesem Rudge Bleaker heimzuzahlen!

Henry erhob sich von seinem fauligen Lager und versuchte, den vergifteten Gedanken zu entkommen. Er stellte sich genau unter den Schacht, durch den das bleiche Mondlicht fiel.

„Phönix! Happy!", rief er in Gedanken. Sein Band tastete in völliger Dunkelheit umher. „Wo seid ihr? Warum könnt ihr nicht bei mir sein?"

Er sank auf die Erde, ließ den Kopf auf die Knie sinken und umschlang seine Beine. So mutterseelenallein hatte er sich nie zuvor in seinem Leben gefühlt. Das Flüstern in seinem Kopf kehrte zurück. Graham Green? Stewart Todd junior?

Henry presste die Fäuste gegen seine Schläfen.

Doch die Stimme verstummte nicht. Sie wiederholte, was Lady Blackstone ihm am Tag zuvor erzählt hatte: *Versteh mich nicht falsch. Ich glaube weder an Freundschaft noch an Liebe. Nicht mal an Treue oder Loyalität glaube ich. Meine Reiter, der Bund der Schwarzen Flamme, jeder Einzelne von ihnen würde nicht zögern, mir in den Rücken zu fallen, sobald ich auch nur einen Moment der Schwäche zeigen würde.*

Henry ließ die Hände sinken, vergrub sie in den Taschen seines Wamses und atmete tief ein und aus. Plötzlich ertastete seine Hand einen Gegenstand, der an einer Kette hing. Er zog ihn heraus und erkannte ... Master Duncans Träne der Erinnerung!

Henry spürte die pulsierende Wärme der schönsten Erinnerungen, die Master Duncan und sein Drache Happy miteinander geteilt hatten. Kurz fragte sich Henry, ob es ihm erlaubt war, sie zu erfahren. Doch dann erinnerte er sich daran, wie Master Duncan ihm die Kette zugeworfen hatte – und an seinen Blick, mit dem er ihn angesehen hatte. Wieder kämpfte Henry mit den Tränen. Er atmete einmal tief ein und aus und presste Master Duncans Träne der Erinnerung an seine Lippen.

Die Flamme darin zuckte kurz, und vor Henrys innerem Auge spreizte ein rot funkelnder Drache seine riesigen Schwingen. Vor ihm, auf dem Drachenacker, stand ein schlaksiger Junge mit braunem Haar, das ihm bis auf die Schultern fiel. „Von heute an sollst du Roter Berserker heißen!“, rief der Junge, und der einhörnige Drache spie zufrieden einen Feuerball in die Luft.

Henry sah das unbändig stolze Gesicht des Jungen im Schein der Flammen. Er trug weder eine Augenklappe noch einen Schnurrbart, und auch keine einzige Falte war in seinem Gesicht zu sehen. Und doch erkannte Henry den jungen Duncan McBain, der in diesem Moment erstmalig das Band zu seinem Drachen knüpfte.

Die Erinnerung vertrieb die Kälte aus Henrys Brust. Er knotete die Kette, die Master Duncan sich vom Hals gerissen hatte, in seinem Nacken zusammen und ließ sie unter sein Hemd gleiten, dorthin, wo bereits seine eigene Träne der Erinnerung hing.

Henry konnte nicht anders, er hob Master Duncans Träne erneut an seine Lippen. Zu schön war das Gefühl, das sie in seiner Brust verbreitet hatte. Eine weitere Erinnerung seines Masters und des alten Teufelsgrinds entfaltete sich vor ihm. Henry erkannte die Gemächer von Mistress Leonella. Er befand sich im Krankenzimmer. In einem der Betten lag Duncan McBain. Die Hälfte seines Kopfes war unter einem dicken Verband verborgen, der auch sein rechtes Auge bedeckte. Im Bett links neben ihm schlief ein Junge, dessen eine Hand einbandagiert war. Henry musterte das von schwarzen Locken eingerahmte Gesicht, und es dauerte einen Moment, bis er Master Nicolas erkannte.

Eine um Jahre jüngere Mistress Leonella betrat den Raum, setzte sich zu Duncan McBain ans Bett und strich ihm sanft über die Wange.

„Es tut mir so leid, Duncan", flüsterte sie behutsam. „Dein rechtes Auge ..."

Der junge Duncan verzog weder eine Miene noch gab er einen Laut von sich. Doch eine einzelne Träne lief aus seinem linken Auge die Wange hinab und tropfte auf das Kopfkissen. Henry spürte, wie Happy, der damals noch auf den Namen Roter Berserker hörte, das Band zu Duncan knüpfte und ihm befahl, vor die Tore der Wolkenburg zu kommen.

Trotz des Protestes von Mistress Leonella wälzte sich der junge Duncan aus dem Bett und taumelte die Gänge hinunter, durch den Innenhof und vor die Burg. Dort erwartete der alte Teufelsgrind ihn bereits. Wortlos kauerte sich das stolze Tier auf die Erde, um es dem Jungen so leicht wie möglich zu machen, seinen Rücken zu erklimmen. Der rote Teufelsgrind flog den Jungen in seine Höhle. Henry sah, wie er ihn auf ein Drachennest aus Stroh bettete, den mächtigen Körper schützend um ihn legte und sein Haupt neben ihn bettete. Dann befahl er dem Jungen, nach der Spitze seines gewundenen Horns zu greifen. Drei Tage verbrachten die beiden so in der Höhle des Drachen. Drei Tage, in denen der Drache die Schmerzen des Jungen auf sich nahm. Drei Tage, in denen er seine heilenden Kräfte auf ihn übertrug. Drei Tage, in denen er Duncan klarmachte, dass weder sein abgebrochenes Horn noch Duncans verlorenes Augenlicht eine Rolle spielten.

Das Bündnis der Sieben Flammen besitzt Hunderte Augen und Ohren, Hunderte Hörner und Herzen, die im selben Takt füreinander schlagen, ließ der alte Teufelsgrind seinen jungen Reiter wissen. *Siehst du nicht, so sieht dein Bruder für dich; hörst du nicht, so hört deine Schwester für dich; verzagt dein Herz, so schlägt das eines Drachen umso mutiger für dich.*

Henrys Kopf ruckte nach oben. Die Erinnerung hatte ihm etwas klargemacht. Er ließ Master Duncans Träne wieder unter sein Hemd gleiten. Er wusste nun, wen er am nächsten Morgen herausfordern würde. Weder Ringeisen noch Bleaker, weder Graham Green oder Pebblebuttom und erst recht nicht Dex oder Stewi.

Lady Blackstone hatte es selbst gesagt. *Sie durfte keinen Moment der Schwäche zeigen.* Wenn sie ihn morgen also vor einer vollbesetzten Tribüne fragte, wen er herausfordern würde, würde er sie wählen. Er würde gegen niemand Geringeren antreten als gegen Lady Blackstone selbst. Um keine Schwäche zu zeigen, musste sie den Kampf annehmen.

Hatte er eine Chance gegen die Hexe? Er wusste es nicht. Doch im Gegensatz zu ihr kämpfte er nicht allein. Denn *er* durfte Schwäche zeigen. Seine Freunde waren dafür da, seine Schwächen auszugleichen und seine Stärken zu fördern. Er würde Lady Blackstone einen Kampf liefern, den sie so schnell nicht vergessen würde!

Er hörte in sich hinein, und das vergiftete Flüstern war verstummt. Stattdessen hörte er die Stimmen seiner Freunde. Und dafür war kein Band nötig. Da war Phönix, der sich einfach nur an ihn kuschelte. Da war Happy, der ihm befahl, gefälligst ihn und nicht Phönix im Kampf gegen die Hexe zu reiten. Da war Master Duncan, der ihm die Hand auf die Schulter legte.

100% richtig, echote Arthurs Stimme durch seinen Kopf.

100% richtig, wiederholte Tippy und lächelte ihm zu.

Da war ein ergriffener Schluchzer von Master Finley und ein Schnauben von Mistress Dora. Da waren Umarmungen von Chloé, Edward, Timothy und auch von Casper und Violet. Und da war ein sanfter Boxhieb gegen seine Schulter. So deutlich zu spüren, dass er kaum glauben konnte, dass er ihn sich nur vorstellte.

Lady Blackstone war vielleicht eine übermächtige Gegnerin. Doch sie würde allein gegen ihn antreten müssen. Er hingegen wusste, dass all seine Freunde hinter ihm standen. Und ganz egal, wie der Kampf morgen ausgehen würde, er hatte ihn schon gewonnen.

Er hatte Master Duncan seinen letzten Wunsch erfüllt: Lady Blackstone würde es niemals schaffen, sein Herz zu vergiften!

Nachdem die fiese Stimme in seinem Kopf verstummt war, war Henry doch noch eingeschlafen. Statt sich auf den fauligen Strohsack in der dunklen Ecke des Verlieses zu legen, hatte er sich auf dem Fleck Mondlicht zusammengerollt, das durch die Gitter fiel.

Doch schon ein paar Stunden später, im Morgengrauen, hörte er, wie die Kerkertür aufgeschlossen wurde.

Und während er sich aufrappelte, betrat eine Schwarzflammenmaske das Verlies, gefolgt von niemand anderem als Lady Blackstone.

„Jetzt schon?“, fragte Henry bange und hätte sich im nächsten Moment für den ängstlichen Tonfall ohrfeigen können. Er hatte sich vorgenommen, der Hexe mutig gegenüberzutreten.

Statt etwas zu erwidern, betrachtete sie ihn nur kühl. Sie trug wieder ihre goldene Maske.

„Mylady?“, fragte der Wachmann, und seine Stimme klang genauso ängstlich, wie Henry eben geklungen hatte.

Wieder blieb Lady Blackstone stumm und winkte den Wachmann fort.

„Ich soll gehen?", fragte die Schwarzflammenmaske unsicher.

Lady Blackstone wies schroff auf die Tür. Der Wachmann verbeugte sich ungeschickt und stolperte davon.

Mit einer Kopfbewegung zur Tür befahl Lady Blackstone Henry, dem Mann zu folgen. Henry setzte sich zögernd in Bewegung. Irgendetwas an Lady Blackstone kam ihm seltsam vor. Doch er konnte nicht sagen, was. Als er an ihr vorbeiging, um vor ihr das Verlies zu verlassen, bemerkte er, dass der durchdringende Geruch nach Vergissmeinnicht fehlte. Stattdessen stieg ihm ein schwacher Duft nach Minze, Thymian und Rosmarin in die Nase.

Verwirrt drehte er sich zu ihr um, doch sie wies ihn genauso schroff an weiterzugehen, wie sie es zuvor beim Wachmann getan hatte. Aber Henry hatte unter dem schwarzen Rocksaum das Aufblitzen einer roten Stiefelspitze wahrgenommen. Vorne abgeschabt und leicht verdreckt, aber dafür mit extrem hohen Plateausohlen beschlagen. Er musste übermüdet sein. Bisher hatte er Lady Blackstone immer nur in spitzen schwarzen Stiefeln gesehen, die akkurat geputzt gewesen waren.

Henry trottete dem Wachmann durch das Kellergewölbe hinterher, bis sie zu dem steinernen Aufgang kamen, der sie in die Halle von Dark Donan Castle führte. Als sie die Halle betraten, schaute Henry durch die hohen Fenster nach draußen und stellte beunruhigt fest, dass die Tribüne der Kampfarena leer war. Ein paar Krähen hüpften auf den hölzernen Balken umher, die als Sitzbänke dienten. Doch keine Schwarzflammenmaske war weit und breit zu sehen. Henrys Magen zog sich zusammen. Sollte sein Drachenduell etwa ohne Zuschauer stattfinden? Dann würde sein Plan nicht funktionieren. Wenn er Lady Blackstone unter vier Augen sagte, dass er gegen sie antreten wollte, würde sie ihn einfach auslachen und kurzen Prozess mit ihm machen.

Die Hexe war stehen geblieben und schaute sich suchend in der Halle um. Einige Momente vergingen.

Schließlich räusperte sich der Wachmann. „Brauchen Sie mich noch, oder darf ich mich zurückziehen?", fragte er mit unsicherer Stimme.

„... darf ich mich zurückziehen", wiederholte Lady Blackstone gedankenverloren und schüttelte dann den Kopf. „Wissen Sie zufällig, wo ich den Milchschuppendolch des Jungen hingelegt habe?", krächzte sie.

Sowohl Henry als auch dem Wachmann fiel auf, dass sich ihre Stimme seltsam anhörte.

„Geht es Ihnen gut?", fragte der Wachmann besorgt.

„Gut geht's", wiederholte Lady Blackstone und nickte. „Der Dolch?", fragte sie erneut.

Der Wachmann deutete auf ein wuchtiges schwarzes Ungetüm an der Wand. „In Ihrem Waffenschrank?"

„In ihrem Waffenschrank", wiederholte Lady Blackstone. „Sicher, wo sonst."

Sie durchquerte den Raum und rüttelte an der schweren Schranktür, bis sie sich quietschend öffnete.

„Ach, du heilige Neune“, entfuhr es ihr, als sie die vielen Waffen erblickte. Recht unscheinbar auf einem mit Samt beschlagenen Schrankbrett entdeckte sie Henrys Milchschuppendolch und nahm ihn an sich.

„Darf ich Mylady fragen, was sie mit dem Dolch vorhat?“, fragte der Wachmann.

„Was sie mit dem Dolch vorhat?“ Lady Blackstone stemmte die Arme in die Hüften. „Nein! Darf er nicht. Er darf sich jetzt aber zurückziehen. Und zwar dalli, dalli!“

Der Wachmann stand einen Moment lang da wie vom Donner gerührt. Auf einmal durchfuhr es ihn wie ein Blitz, und er stolperte davon.

Als er die Tür hinter sich geschlossen hatte, seufzte Lady Blackstone und reichte Henry den Dolch. Dann drehte sie ihm den Rücken zu, um den Waffenschrank zu schließen.

War sie wahnsinnig geworden? Henry wog seine Chancen ab. Er könnte sich hier und jetzt auf sie stürzen. Oder war das etwa eine Falle? Wollte sie, dass er genau das tat?

Doch Lady Blackstone schien seine Gedanken zu lesen.

„Komm bloß nicht auf dumme Ideen, Henry“, warnte sie ihn und drehte sich um. „Falls du es noch nicht mitbekommen hast, ich bin’s, Tippy.“

Henry ließ den Dolch sinken. Er verstand gar nichts mehr. „Tippy?“

„Tippy Parrot“, wiederholte sie. „Deine Freundin. Hast du mich etwa schon vergessen?“

„Tippy!“, rief Henry.

„Genau. Oder wie dein Freund Arthur sagen würde. 100% positiv.“

Henry ließ den Dolch sinken und fiel ihr um den Hals. Sie strich ihm kurz über den Rücken und schob ihn dann sachte von sich weg.

„Na, na, na. Was sollen meine Schwarzflammen von mir denken, wenn ich, Lady Blackstone, hier in inniger Umarmung mit meinem größten Feind stehe?“ Sie kicherte, doch verstummte sofort, als sie in Henrys schmerzerfülltes Gesicht sah.

„Master Duncan ... Tippy ... ich hab ... er ist ...“ Henry brach ab, er brachte es nicht über die Lippen.

„Er ist ...“, wiederholte Tippy Parrot, „... am Leben, Henry. Zwar arg mitgenommen, aber er lebt.“

Henry schüttelte den Kopf. „Nein. Noch bevor er versteinerte, hab ich ihm ein Schwert in die Brust gerammt und von der Steilklippe ...“

„... gestoßen“, unterbrach Tippy ihn. „Ich weiß, du bist nicht gerade zimperlich mit ihm umgegangen. Hab alles gesehen, als ich das Band zu Mortimer geknüpft habe. Aber er lebt. Ich erkläre es dir später. Erst mal müssen wir von hier wegkommen.“ Sie deutete auf die Tür. „Geht's da wieder nach draußen?“

Henry nickte, und Tippy setzte sich in Bewegung.

„Wir sollten uns besser beeilen. Bin mir nicht sicher, wie

lange ich die Schwarzflammen mit meiner Lady-Blackstone-Verkleidung noch an der Nase herumführen kann."

Sie stieß die Tür auf, und ein schneidend kalter Morgenwind wehte ihnen ins Gesicht.

Henry stolperte hinter ihr her. „Master Duncan? Er lebt?" Henry konnte kaum glauben, was er da hörte! Wenn es wirklich stimmte ... wenn sein Lehrer noch lebte ... Er wandte sich mit einem Stoßgebet an Onyx, den Ur-Drachen. *Bitte mach, dass es stimmt. Ich schwöre, dass ich jeden Tag ein Buch aus der Drachenbibliothek lesen werde, dass ich jeden Tag Master Finley helfen werde, das Gold in der Schatzkammer zu polieren, dass ich jeden Tag einem anderen Drachen seine Schuppen putzen werde.*

Tippy reckte ihren Daumen nach oben, und Henry bemerkte, was ihm seltsam an der vermeintlichen Lady Blackstone vorgekommen war. Der Nagel ihres Daumens leuchtete in einem strahlenden Türkis. Und nicht nur der. Jeder Fingernagel schimmerte in einer anderen Farbe, als ob sie ihre Hände in einen Regenbogen getaucht hätte.

Lady Blackstones Fingernägel hingegen waren schwarz wie die Nacht. Bei genauerer Betrachtung war die Maske, die Tippy trug, nur eine schlechte Kopie der Originalmaske von Lady Blackstone. Und die roten Plateaustiefel hatte sich Henry auch nicht eingebildet.

Tippy hatte seinen kritischen Blick bemerkt. „Ich musste die Stiefel anziehen, damit ich annähernd so groß bin wie Lady

Blackstone", verteidigte sie sich. „Die Dinger haben übrigens mal David Bowie gehört. Er hat sie zu einem seiner Konzerte Anfang der 70er Jahre getragen."

Sie stiefelte schwankend an den leeren Tribünen vorbei.

„Komm weiter. Wir müssen die Drachen befreien, und dann nichts wie weg von hier!"

Henry schwirrte der Kopf. Er hatte tausend Fragen! Doch Tippy hatte recht. Wenn sie von hier entkommen wollten, dann mussten sie sich beeilen. Noch lag Dark Donan Castle da wie ein schlafendes Ungeheuer. Doch bald schon würden seine Bewohner erwachen.

„Überlass die Wache gleich mir", japste Tippy.

„Welche Wache?", japste Henry zurück.

„Die bei den Drachen. Ich bin auf Fafnir hergeflogen. Ich habe ihn überredet, sich eine Attrappe des Teufelsjochs überstülpen zu lassen. Haben Dora und Chloé zusammengeschustert."

Tippy blieb kurz stehen, stützte sich mit den Armen auf den Oberschenkeln ab und schnaufte einige Male tief durch.

„Die Wache war ganz aus dem Häuschen. Hat mir tatsächlich abgenommen, dass ich in einer Nacht- und Nebelaktion den sechsten Blattfinger hergeschafft hätte."

„Na ja, hast du ja auch", gab Henry zu bedenken.

Tippy schob sich die Maske kurz auf die Stirn und zwinkerte Henry zu. „Aber als Lady Blackstone. Nicht als Tippy Parrot. Wenn wir jetzt zu der Wache kommen, müssen wir sie noch einmal davon überzeugen, dass ich die alte Hexe bin. Dann befreien wir die Drachen von ihren Teufelsjochen und fliegen davon."

„Ob sie uns alle folgen werden?", fragte Henry zweifelnd. Er machte sich vor allem um die beiden Blattfinger Sorgen, die von Lady Blackstone und Leander Pebblebuttom erweckt worden waren. Ob sie Vertrauen zu ihnen fassen würden?

Henry erinnerte sich an seine ersten Begegnungen mit Pan und Arundula. Drachen waren von Natur aus misstrauisch ...

Tippy erriet Henrys Gedanken. „Kümmere du dich um Phönix, Happy, Pan und Arundula. Ich werde versuchen, zu den anderen ein Band zu knüpfen. Und richte Happy aus, dass er die Drachen führen soll, gemeinsam mit Fafnir. Er weiß, wo Lucy, Master Duncan und Wellentänzerin auf uns warten."

„Lucy ist auch hier?", fragte Henry.

„Sicher. Wie hätten wir sonst den steinernen Master Duncan vom Meeresgrund bergen können? Jetzt aber still. Die Wache erwartet uns schon."

Und während sie die letzten fünfzig Meter schweigend über den Rasen des Innenhofs schritten, erhob sich der Wachmann von dem Mäuerchen, auf dem er gesessen hatte. Hinter ihm lagen still die Drachen. Dicht an dicht, jeder mit einem Teufelsjoch über den Hörnern und mit schweren Eisenketten gesichert.

Henry registrierte, wie Tippy sich zu ihrer vollen Größe aufbaute und versuchte, den Gang von Lady Blackstone nachzumachen. Es gelang ihr mäßig gut, da sie auf den Plateausohlen ihrer roten Stiefel leicht hin und her schwankte.

Aber genau wie der erste Wachmann war auch dieser viel zu verängstigt, um etwas zu bemerken.

„Mylady", stotterte er. „Ich habe mich auf dem Mäuerchen nur kurz ausgeruht. Ich dachte, nach ihrer nächtlichen Aktion wären sie schlafen gegangen."

Tippy schüttelte ungehalten den Kopf. „Was glaubst du eigentlich, wozu Wachen da sind?", herrschte sie ihn an. „Wenn ich selbst wach bin, brauche ich dich nicht. Sollte ich aber jemals schlafen, wäre das genau die Zeit, in der du Wache halten solltest."

Sie deutete anklagend mit dem Zeigefinger auf ihn, und Henry sah mit Schrecken den pink lackierten Fingernagel. Zum Glück bemerkte ihn der Wachmann nicht.

„Solltest du jemals wieder während deiner Wache einschlafen, sorge ich dafür, dass du nicht mehr aufwachst."

Henry war beeindruckt. Tippy nahm ihre Rolle wirklich ernst!

Der Mann machte eine Verbeugung nach der anderen, während er sich gleichzeitig wortreich entschuldigte.

„Schluss damit!", fuhr Tippy ihn an und deutete auf Fafnir. „Wie ich sehe, hast du den neuen Blattfinger ebenfalls angekettet."

Die Wache nickte. „Ich hoffe, das war in Ihrem Sinne."

„Ja, ja. Aber jetzt will ich ihn fliegen. Wo sind die Schlüssel für die verdammten Ketten?"

„Aber Mylady, Sie haben doch befohlen, dass die Schlüssel im Waffenschrank aufbewahrt werden sollen."

„Im Waffenschrank aufbewahrt werden", murmelte Tippy. „Da waren wir doch gerade erst", rutschte es ihr heraus. Eine Sekunde später hatte sie sich wieder im Griff. „Worauf wartest du denn noch?!", herrschte sie die Wache an. „Abmarsch! Schaff mir die Schlüssel herbei!"

„Sehr wohl, sehr wohl!", rief der Wachmann und eilte davon.

„Jetzt aber schnell!", raunte Tippy Henry zu, der schon dabei war, die Lederriemen von Phönix' Teufelsjoch mit seinem Milchschuppendolch zu zerschneiden. Als Nächstes zerrte er die silbernen Hüllen, die seinem Drachen über die Hörner gestülpt worden waren, runter, und im gleichen Moment schoss das Band seines Drachen vor wie eine Peitsche.

Henry, Henry, Henry!, wiederholte sein Drache immer wieder.

„Es wird alles wieder gut, Phönix. Du musst dich beruhigen. Wir haben nicht viel Zeit. Wir müssen fliehen. Aber dann wird alles gut. Versprochen."

Phönix lockerte das Band, das er fest um Henry gewickelt hatte, und Henry machte sich daran, Happy zu befreien.

Als er die Hülle von seinem Horn riss, brüllte der alte Teufelsgrind seine Wut so laut hinaus, dass auch der letzte Schwarzmaskenträger auf Dark Donan Castle erwacht sein musste.

Hab ich dir nicht gleich gesagt, dass du der kleinen Kröte Stewi nicht trauen kannst? Unverdrossen plant ihr Menschen im-

mer wieder aufs Neue eure Vorhaben, ungeachtet dessen, dass noch nie einer eurer Pläne funktioniert hat!

„Du hast ja recht", unterbrach Henry ihn. „Und später darfst du mich auch so lange beschimpfen, wie du willst. Jetzt müssen wir aber erst mal fliehen."

Und schon wieder tut ihr es! Habt euch einen Fluchtplan ausgedacht, der sich doch wieder nur als Reinfall entpuppen wird!

Henry war bereits dabei, ein Stück aus dem Eisenring zu sägen, an dem alle Drachen angekettet waren. Von den einzelnen Ketten würde er sie später befreien müssen. Dafür war nach Happys Gebrüll keine Zeit mehr.

Als Nächstes hastete Henry auf Pan zu, um ihn von seinem Joch zu erlösen. Doch Tippy fasste ihn an der Schulter.

„Keine Zeit mehr!"

Sie deutete zur Kampfarena. Die wahre Lady Blackstone, gefolgt von Bleaker, Ringeisen und Graham Green stürmte auf sie zu. Und sowohl auf der Burgmauer als auch auf der Tribüne tummelten sich mit einem Mal jede Menge Schwarzflammenmasken. Es fühlte sich an wie in einem Hornissennest. Nur dass die giftigen Stacheln, die sie verschossen, einen in Stein verwandelten. Die ersten Pfeile sirrten bereits durch die Luft.

Tippy zerrte etwas unter ihrem schwarzen Mantel hervor und warf es Henry zu.

„Nimm den Unsichtbarkeitsumhang und versteck dich darunter."

Henry wollte widersprechen, doch Tippy ließ ihn nicht zu Wort kommen.

„Flieg auf Happy, nicht auf Phönix! Sie werden dich auf deinem Drachen vermuten. Und setz dich zur Sicherheit nicht hinter die dreizehnte Schuppe in Happys Rückenkamm. Sollten sie doch auf ihn zielen, dann dorthin."

„Was ist mit dir?", rief Henry.

Im gleichen Moment warf Tippy sich schützend vor ihn, und zwei vergiftete Pfeile trafen sie in den Rücken.

„Ich bin nicht wichtig, Henry", stöhnte Tippy. „Du aber schon. Du musst Sieben Feuer retten."

Drei weitere Pfeile trafen Tippy, und das Gift tat seine Wirkung. Das Grau des Steins breitete sich über ihren Hals und ihr Gesicht aus wie Tinte auf Löschpapier.

Mühevoll griff Tippy ein letztes Mal unter ihren Mantel und zerrte ein Buch hervor.

„Nimm es!", krächzte sie, und ihre Stimme erinnerte Henry an Master Duncans Stimme, als er seine letzten Worte an ihn gerichtet hatte. Mühlsteine, die übereinanderrieben.

„Darin steht ...", keuchte Tippy und sammelte ihre letzten Kräfte, „... wie man den Fluch des versteinernden Giftes bricht."

Als Henry nach dem Buch greifen wollte, erstarrte Tippy. Sie war zu Stein geworden. Und mit ihr das Buch. Die Seiten, der Einband, alles war Stein. Henry konnte gerade noch den Titel entziffern, der teilweise von Tippys erstarrten Fingern verdeckt wurde: *Niemand wird nirgendwo sprechen. Gedanken einer erloschenen Flamme. Von E.C.*

„Ergreift ihn oder tötet ihn! Ganz egal. Nur lasst ihn auf keinen Fall entkommen!“, kreischte die durchdringende Stimme von Lady Blackstone über den eisigen Wind hinweg.

Drei Drachen gleichzeitig knüpften das Band zu Henry.

Erst war da Fafnir: *Flieht!*, befahl er. *Ich bleibe bei meiner Reiterin. Ich halte Lady Blackstone auf und werde so die Schuld begleichen, die ich dank ihr vor langer Zeit auf mich geladen habe.*

Er wartete nicht ab, dass Henry etwas dazu sagen würde, sondern richtete sich auf seinen Hinterläufen auf, spreizte die Flügel und spie Feuer in die Richtung der Angreifer.

Auf meinen Rücken, Henry McGregor!, befahl der alte Teufelsgrind. *Rutsch hinter mein Haupt, in meinen Nacken. Dorthin, wo du schon mal gesessen hast. Aber wehe, du berührst meine Hörner!*

Ich schütze eure linke Flanke, ließ Phönix sie wissen und schwang sich in die Luft.

Happy stieß sich mit seinen mächtigen Hinterläufen ebenfalls vom Boden ab und spreizte seine Schwingen. Eine Vielzahl an Pfeilen prasselte auf sie nieder. Und es war, wie Tippy vorhergesehen hatte. Fast alle Schützen konzentrierten sich auf Phönix und zielten auf den Platz hinter seiner dreizehnten Schuppe.

Henry blickte hinter sich und sah, wie Fafnir mit einem Katapult beschossen wurde. Ein Netz flog durch die Luft und fiel auf ihn nieder, die Ränder mit Gewichten beschwert. Ein weiteres folgte und noch eins, sodass Fafnir unter dem Gewicht zusammenbrach. Er war bewegungsunfähig gemacht worden, doch er spie weiter Feuer. Lady Blackstone und ihre Reiter umrundeten ihn und schwangen sich dann auf die Rücken der unterjochten Blattfinger. Henry knüpfte das Band zu seinen Drachen.

„Sie verfolgen uns. Tippy hat mir gesagt, dass Master Duncan, Lucy und Wellentänzerin auf der westlichen Seite der Insel auf uns warten."

Und noch ein Fehler in eurer Planung. Eure Dummheit ist so grenzenlos wie der Atlantik, stöhnte Happy. *Schau Richtung Osten,* befahl er Henry, der nicht verstand, was Happy meinte.

Doch dann sah er, was der alte Teufelsgrind längst bemerkt hatte. Von Osten rollte eine Wolkenfront auf sie zu. Grau, dunkel und so hoch wie ein Gebirge.

In den Wolken hätten wir sie gut abhängen können, aber nein, wir müssen ja nach Westen fliegen, wo man bis zum Horizont sehen kann.

Ein Pfeil zischte wie eine wütende Mücke heran, und hätte Henry nicht instinktiv seine Hand weggezogen, wäre er getroffen worden. So prallte der Pfeil an Happys Schuppe ab und trudelte hinab Richtung Meer.

Bist du getroffen?, fragte der alte Teufelsgrind erschrocken und atmete erleichtert auf, als Henry verneinte. *Denk ja nicht, dass ich mir Sorgen um dich machen würde,* schickte er grummelnd hinterher. *Halt dich fest, jetzt zeigen wir den lahmen Blattfingern, was Fliegen heißt!*

Ohne eine Antwort abzuwarten, schoss Happy fast senkrecht in die Luft und überstreckte, sodass Henry sich kurzzeitig im freien Fall befand. Doch dann schob sich das Drachenhaupt wieder unter ihn und raste auf Dark Donan Castle zu. Die Wachen, die auf der Burgmauer standen, rannten schreiend davon, als der Drache mit weit aufgerissenem Maul auf sie hinabstieß. Happy brüllte so laut wie tausend Löwen und ließ dem Gebrüll einen Feuerschwall folgen, der das Dach von Dark Donan Castle in Brand steckte.

Als er die fünf Blattfinger auf sich zufliegen sah, drehte er ab, schloss mit einigen starken Flügelschlägen wieder zu Phönix auf und vergrößerte so den Abstand zu ihren Verfolgern.

Ich wäre schnell genug, um ihnen davonzufliegen, aber dein Drache ist zu langsam, rief der alte Teufelsgrind Henry zu.

„Ich könnte versuchen, das Band zu Wellentänzerin zu knüpfen, um ihr zu sagen, dass wir uns auf der Ostseite der Insel treffen", rief Henry zurück. „Vielleicht schaffen wir es doch noch in den Nebel."

Tu es, kam die Antwort des alten Teufelsgrinds, ohne zu zögern. *Das ist eine Notlage.*

Henry tastete nach den Bändern der Drachen. Da war Phönix, der hoch konzentriert an ihrer Seite flog und mit seinem Körper fast alle Pfeile abfing, die auf sie geschossen wurden. Da war Fafnir, der verzweifelt gegen die Netze ankämpfte und panisch versuchte, seine Hörner vor dem Teufelsjoch zu schützen, mit dem sich einige Schwarzflammenmasken näherten. Da war Happy, dessen Band wie eine wütende Kobra hin und her peitschte. Und da war das blaue, fast durchsichtige Band von Wellentänzerin. Behutsam näherte sich Henry Wellentänzerins Geist und reichte ihr sein Band wie eine ausgestreckte Hand.

Jetzt mach schon!, drängte ihn Happy.

Doch Henry wusste, dass er es nicht erzwingen durfte. Einmal hatte Wellentänzerin ihm sein forsches Handeln verziehen. Ein zweites Mal würde sie es vielleicht nicht tun.

Sie zögerte kurz, als sie Henry wahrnahm. Doch dann schien auch sie zu begreifen, in was für einer misslichen Lage er sich befand. Beherzt knüpfte sie das Band zu ihm. Henry schloss die Augen. Auch sein inneres. Nichts von dem, was Wellentänzerins Geist und der von Lucy miteinander teilten, ging ihn etwas an. Einzig wichtig war, dass er sich ihr öffnete. Dass Wellentänzerin erfuhr, dass sie samt Lucy und Master Duncan an das östliche Ufer von Dark Donan fliegen musste.

„Höre meinen dringlichsten Wunsch“, bat er sie.

Kurz darauf flutete Wellentänzerins Gesang seinen Geist. Ohne, dass es Worte brauchte, vermittelte sie ihm, dass sie gemeinsam mit Lucy und Master Duncan zum östlichen Ufer fliegen und sich dort im Nebel versteckt halten würde. Henry sollte das Band erneut zu ihr knüpfen, sobald sie ebenfalls in den Nebel eintauchten.

Henry informierte Happy. „Erledigt, wir treffen uns im Osten der Insel."

Ohne ein weiteres Wort drehte der alte Teufelsgrind bei. So abrupt, dass Phönix ihm beinahe in die Seite geflogen wäre.

Lady Blackstone und ihre Reiter sahen, was sie vorhatten, und versuchten, ihnen den Weg abzuschneiden.

„Zielt auf den einhörnigen Teufelsgrind!", kreischte Lady Blackstone. „Er trägt den Jungen. Nicht der junge Drache."

Henry hatte keine Ahnung, wie sie das herausgefunden hatte, aber ihm war klar, dass es nun brenzlig für ihn werden würde.

Graham Green näherte sich ihnen von links, doch Phönix gelang es, ihn abzuwehren. Zwar hatte er noch lange nicht die Größe von Happy erreicht, doch in den vergangenen Jahren war er gewachsen, und mittlerweile konnte er es von seiner Statur her locker mit einem Blattfinger aufnehmen. Von rechts griffen Rudge Bleaker und Lady Blackstone an. Doch mit einem gezielten Hieb seines mächtigen Schwanzes stieß Happy den Blattfinger, auf dem Rudge Bleaker saß, zur Seite.

Das Manöver verschaffte Lady Blackstone Zeit, ihr Blasrohr an die Lippen zu heben und die Stelle, an der sie Henry vermutete, ins Visier zu nehmen. Sie zielte und schoss ihren vergifteten Pfeil ab.

Doch sie hatte auf den Platz hinter der dreizehnten Schuppe gezielt. Als sie sah, dass ihr Pfeil einfach weiterflog, ohne dass ein unsichtbares Ziel ihn gestoppt hätte, schrie sie frustriert auf. „Du armseliger Wicht! Ich weiß, dass du dich auf seinem Rücken versteckst, Henry McGregor. Und ich werde dich ein für alle Mal erledigen.“ Sie feuerte einen weiteren Pfeil ab und zielte dabei auf die zwölfte Schuppe des Drachenkamms. Dann auf die elfte. Dann auf die zehnte. Ihre Bewegungen waren schnell und präzise. Egal, ob Happy abtauchte oder in die Höhe schoss. Sie würde Henry erwischen, bevor Happy in den schützenden Nebel eintauchen konnte.

Henry knüpfte das Band zu seinen Drachen.

„Kreuze unter uns durch, Phönix! Ich werde mich auf dich fallen lassen“, rief er seinem Drachen zu.

Keine Sekunde zu spät ließ er sich von Happys Nacken gleiten und fiel durch den grauen Morgen. Henry zog die Kapuze des Umhangs tief in die Stirn, damit sie ihm nicht vom Kopf rutschte. Mit der anderen griff er nach Phönix’ Rückenkamm und ließ sich auf seinen angestammten Platz gleiten. Sein unsichtbarer Umhang hatte sich im Fallen aufgebauscht, und Henry befürchtete, dass Lady Blackstone sein Manöver durchschaut hatte. Doch im Eifer des Gefechts hatte sie nichts von seinem Drachenwechsel mitbekommen. Sie feuerte einen weiteren Pfeil auf Happy ab und zielte dabei auf seinen Nacken. Mit einen leisen *Plock!* prallte der Pfeil gegen eine rot funkelnde Schuppe und fiel, ohne dass er Schaden angerichtet hätte, ins Meer.

Einen Moment später wurden Happy, Phönix und Henry von der Nebelbank im Osten verschluckt.

Augenblicklich erklangen die Rufe ihrer Verfolger und der Lärm des Gefechts gedämpfter und viel weiter weg. Die Sicht war Henry bis auf eine Handbreit vor dem Gesicht versperrt. Er war in ein feuchtes graues Nichts eingetaucht. Er wollte schon aufatmen, als ein weiterer Pfeil so knapp an ihm vorbeisauste, dass die Federn des Schafts sein Ohr kitzelten. Henry beugte sich vor, knüpfte das Band zu Phönix und trieb ihn weiter an. Doch der Pfeil musste ein Irrläufer ihrer Feinde gewesen sein.

Noch einmal lief es Henry kalt den Rücken hinunter, als der frustrierte Schrei von Lady Blackstone durch den Nebel zu ihnen drang. Die alte Hexe hatte begriffen, dass er ihr entkommen war. Wieder einmal. Auch wenn der Preis dafür hoch gewesen war.

Henry dachte an Tippy Parrot, deren Statue nun neben dem Friedhof auf Dark Donan Castle stand. Dort, wo eigentlich Master Duncan und er hätten stehen sollen. Henry schluckte und knüpfte das Band zu Wellentänzerin.

Gemeinsam mit Wellentänzerin flogen sie immer tiefer in den Nebel hinein. Bis sie sicher sein konnten, dass ihnen wirklich niemand mehr folgte. Dann drehten sie bei, flogen in einem großen Bogen um Dark Donan Castle herum, um sich auf den Weg nach Nimmerland zu machen. Glücklicherweise hatte es sich mittlerweile fast komplett zugezogen.

Als der Nebel kurz aufklarte und Lucy Henry erblickte, sah es so aus, als ob die Sonne in ihrem Gesicht aufgehen würde.

„Wo sind Tippy und Fafnir?“, rief sie.

Er schüttelte traurig den Kopf, und während sich Lucys Lippen zu einem betrübten *Oh* formten, verschwand das Leuchten aus ihrem Gesicht, und ihre Augen füllten sich mit Tränen.

Hinter Lucy regte sich etwas. Was für Henry wie ein nasser Sack ausgesehen hatte, war in Wahrheit Master Duncan. Sein alter Staubmantel hatte sich vollgesogen und schief um seinen Körper gewickelt. Strähnen seiner langen grauen Haare klebten ihm auf Stirn und Wangen. Als er den Kopf hob und zu Henry hinüberblickte, wirkte sein Gesicht immer noch wie aus Stein. Grau, zerfurcht und verwittert. Doch Henry sah, wie der Schnurrbart zuckte, als sich ein tapferes Lächeln darunterschlich.

Henry fühlte sich so erleichtert wie noch nie zuvor. Master Duncan lebte!

„Wir geben niemals auf!", rief Henry den Wahlspruch der McBains über den Wind hinweg und reckte die linke Faust in die Luft. Das Zeichen, das auf dem Wappen ihres Clans zu sehen war.

Der Schnurrbart seines Masters zog sich noch ein Stückchen breiter, und dann reckte auch er die linke Faust in die Luft. „Niemals!", rief er zurück.

Im Schutz der Wolkendecke flogen sie über das Meer nach Nimmerland zurück. Henry würde nie verstehen, wie ihre Drachen sich in dem grauen Nichts orientieren konnten.

Happy jammerte noch eine Zeitlang über ihren schlechten und natürlich fehlgeschlagenen Plan und verlangte zu erfahren, was passiert war, nachdem sie ihm und Phönix im Knochenwald die teuflischen Joche angelegt hatten. Henry knüpfte das Band zu seinen beiden Drachen, und als auch das zarte Band von Wellentänzerin scheu, aber fragend um ihn strich, knüpfte er es ebenfalls. Dann erzählte er den Drachen, was passiert war. Er ließ nichts aus. Auch nicht seine Verzweiflung, als er dachte, dass er Master Duncan auf dem Gewissen hatte.

Das muss schlimm für dich gewesen sein, mein Reiter, ließ Phönix ihn wissen.

Ich sag dazu nichts, mischte sich der alte Teufelsgrind ein und tat es dann natürlich doch. *Ganz ehrlich, wenn Master Duncan und du euch einen so furchtbaren Plan ausdenkt, dann hattet ihr es auch nicht anders verdient,* sagte er ungnädig.

Wellentänzerins mitfühlende Melodie erklang, und Henry war beeindruckt von der Art und Weise, wie die Aquamarin-Drachendame kommunizierte. Ihr einfach nur mit dem Herzen zuzuhören, machte glücklich.

Dann polterte Happy wieder los. *Wie hattest du dich denn entschieden? Gegen wen wärst du heute Morgen im Drachenduell angetreten, wenn wir dich nicht gerettet hätten?*

Henry zögerte kurz. Schließlich griff er unter seinem Hemd nach Master Duncans Träne der Erinnerung, und noch einmal erlebte er Happys und Master Duncans Erinnerungen. Der alte Teufelsgrind blieb eine Zeitlang still, bevor er erneut durch Henrys Geist polterte.

Siehst du! Am Ende war es doch wieder meine Wenigkeit, die dir in ihrer unendlichen Weisheit deinen knochigen kleinen Hintern gerettet hat.

Henry lächelte und versuchte, nicht daran zu denken, dass es eher Happys großes Herz gewesen war und nicht seine unendliche Weisheit, das ihm Kraft gegeben hatte.

Es war bereits früher Abend, als sie schließlich die goldene Grenze von Tippys Insel überquerten und endlich aus dem nassen kalten Nebel herausfliegen konnten. Henry und Master

Duncan waren zu Eiszapfen gefroren, und selbst Lucy, der Kälte normalerweise nichts ausmachte, zitterten die blau gefärbten Lippen.

Ihre Drachen steuerten auf die kleine Lichtung zu, auf der sie auch gelandet waren, als Tippy Parrot sie das erste Mal auf die Insel gebracht hatte. Sie sahen, wie sich ihre Freunde auf der Lichtung versammelten. Da waren Henrys Cousin Charles, Master Finley und Mistress Dora. Da waren seine Mitschüler und Freunde Arthur, Timothy, Edward und Chloé und ihre Drachen. Die Verborgenen waren wieder vereint!

Nur Tippy Parrot und Fafnir fehlten.

Happy, Phönix und Wellentänzerin landeten am Rande der Lichtung. Die Krallen der drei Drachen gruben sich in den weichen Erdboden, und als Henry, Lucy und Master Duncan sich von ihren Rücken gleiten ließen, wurden sie sofort umringt und mit Fragen bombardiert.

„Wo ist Tippy?"

„Wo ist Fafnir?"

„Duncan! Du siehst ja übel aus!"

Den letzten Satz hatte Mistress Dora förmlich gebrüllt. Und sie hatte sich dabei angehört wie ihr Hammer, wenn sie ihn in ihrer Schmiede auf den Amboss fallen ließ.

Alle starrten Master Duncan an, der tapfer, aber bedenklich schwankend vor ihnen stand. Henry war mit zwei Schritten bei seinem Lehrer, der sich dankbar auf seiner Schulter abstützte.

Dann nestelte er Master Duncans Kette mit der Träne der Erinnerung hervor. Wortlos senkte sein Lehrer den Kopf, und Henry legte ihm die Kette um den Hals.

Master Duncan seufzte. „Schon besser“, ertönte seine raue Stimme, und Henry sah, wie sich unter der gräulich fahlen Gesichtsfarbe seines Lehrers ein zarter rötlicher Schimmer ausbreitete.

„Und wo ist Tippy?“, fragte erneut jemand.

Eine betroffene Stille setzte ein.

Alle waren unendlich froh, dass Henrys, Happys und Phönix’ Rettung geglückt und dass Master Duncan nicht länger zu Stein erstarrt war.

Aber als ihnen klar wurde, dass Fafnir und Tippy Parrot es nicht geschafft hatten, ließen sie betrübt die Köpfe hängen.

Master Finley trat auf Master Duncan zu und stützte ihn auf der anderen Seite.

„Das klären wir später. Ihr seht doch, die drei brauchen jetzt erst mal eine warme Mahlzeit und ein Plätzchen, um sich auszuruhen.“

„Bringt die beiden ins Bett“, mischte sich Lucy ein. „Ich bin nicht müde und kann euch alles erzählen.“

Sie ging auf Henry zu und nahm ihn fest in den Arm. „Wellentänzerin hat mich wissen lassen, was du ihr erzählt hast“, flüsterte sie ihm ins Ohr. Dann drückte sie ihm vor aller Augen einen Kuss auf die Lippen, als ob es das Natürlichste der Welt wäre, und selbst Timothy verkniff sich einen blöden Kommentar.

Henry schlief tief und fest und erwachte erst wieder, als ihn spät am nächsten Morgen Lucy sanft an der Schulter rüttelte. Er schlug die Augen auf, sah ihr Gesicht und dahinter die groben Holzbalken, aus denen das Dach des Baumhauses gezimmert worden war. Es dauerte einen Moment, bevor er sich orientieren konnte und wieder wusste, wo er war.

Henry rieb sich die Augen, gähnte herzhaft und setzte sich auf. „Morgen", murmelte er verschlafen.

„100% ungewöhnlich, dass du so lange schläfst", ertönte Arthurs Stimme hinter Lucy, und das gerötete Gesicht seines Freundes schob sich durch eine Bodenluke.

„Dass du dich hier hochtraust, ist aber auch nicht normal."

Arthur wälzte sich wenig elegant durch die Luke auf den Boden und schnaufte auf dem Rücken liegend einige Male tief durch, bevor er antwortete. „Besondere Zeiten verlangen nach ungewöhnlichen Maßnahmen."

„Es sind wirklich besondere Zeiten", stimmte Henry ihm zu und sah Lucy an. „Hast du ihnen gestern berichtet, was auf Dark Donan passiert ist?"

„Hat sie“, ertönte Edwards Stimme, und er betrat gemeinsam mit Chloé und Timothy das Baumhaus. „Du musst übrigens nicht durch die Bodenluke hineinklettern, Arthur. Es geht wesentlich einfacher über die Leiter und dann über die Veranda des Baumhauses.“

„Diese Information wäre im Vorfeld wesentlich wertvoller gewesen“, stöhnte Arthur und tupfte sich mit seinem Taschentuch den Schweiß von den beschlagenen Brillengläsern.

Während Arthur weiter nach Atem rang, griff ihm Edward unter die Arme und zog ihn auf die Beine.

„Die Master und Charles sind übrigens schon vor zwei Stunden nach Sieben Feuer aufgebrochen“, berichtete Edward stöhnend. „Körperspannung, Arthur! Du musst schon ein bisschen mithelfen.“

Schließlich stand Arthur wieder, und Edward fuhr mit seinem Bericht fort.

„Nachdem Lady Blackstone mit Fafnir nun auch den sechsten Blattfinger in ihrer Gewalt hat und gleichzeitig dabei ist, sich eine Armee aufzubauen, muss Frieden mit Sieben Feuer geschlossen werden. Sie wollen Stewart Todd senior davon überzeugen, dass sich alle Master, Schüler und Alumni zusammenschließen müssen, um eine Chance gegen die alte Hexe zu haben.“

„Bin mal gespannt, ob sich Stewi senior überzeugen lässt“, unkte Timothy und ließ sich neben Henry aufs Bett fallen. „Master Duncan fliegt sie übrigens mit seinem Wasserflugzeug hin.“

„Master Duncan ist schon wieder so fit, dass er fliegen kann?“, fragte Henry ungläubig.

„Unkraut vergeht nicht. Der Mann ist zäher als der Rinderbraten meiner Tante Sue.“ Timothy legte Henry einen Arm um die Schulter. „Oder er will einfach nur so weit weg wie möglich von dir sein. Du hast mir den Rang als Master Duncans nervigster Schüler definitiv abgelaufen. Ich sehe das Standardwerk schon vor mir: *Henry McGregor: Wie man sich bei seinem Lehrer unbeliebt macht.*“ Er zählte auf: „Erstechen, von der Klippe stoßen und ertränken. Also mehr geht nicht. Vergiften hättest du ihn noch können.“

Henry grinste schief. „Ging nicht, da ist mir Lady Blackstone leider zuvorgekommen.“

Chloé setzte sich zu ihnen auf die Bettkante. „Genau wie bei Tippy.“

Das Lächeln verschwand aus Henrys Gesicht. „Tippy hat sich vor mich geworfen und ich weiß nicht wie viele vergiftete Pfeile abgefangen, die eigentlich für mich bestimmt waren. Wie damals Casper in den Londoner Docks. Allerdings waren es in Tippys Fall keine Streifschüsse. Sie hat die volle Ladung Gift abbekommen und ist in Sekundenschnelle versteinert.“

Henry dachte an den schrecklichen Moment zurück, als das Grau des Steins Tippys Hals hochgewuchert war. Ihm fielen Tippys letzte Worte ein. Sie hatte ihn aufgefordert, dieses Buch zu nehmen, in dem angeblich stand, wie man den steinernen

Fluch wieder loswurde. Nun berichtete er auch seinen Freunden, was in den letzten Momenten passiert war, bevor ihre Freundin versteinerte.

„Ich konnte es nicht mehr an mich nehmen." Er schüttelte bekümmert den Kopf. „Das Buch ist mit ihr versteinert. Bevor ich geflohen bin, habe ich aber noch einen Blick auf den Einband werfen können."

Henry kletterte aus dem Bett und klopfte sich unbewusst mit der flachen Hand immer wieder vor den Mund.

„Lass das und spuck es lieber aus!", befahl Timothy. „Was stand drauf?"

„Mist", stöhnte Henry, ballte die Fäuste und presste sie gegen die Schläfen. „Ich komm nicht drauf."

„Hieß es vielleicht: *Niemand soll nirgendwo sprechen?*", schlug Arthur vor.

Henry fuhr zu ihm herum. „Das ist es! Genau. Ein völlig schräger Titel, den ich mir nicht merken konnte. *Niemand soll nirgendwo sprechen. Gedanken einer erloschenen Flamme.*"

„Total plemplem", pflichtete Timothy ihm bei.

„Tippy hat es gefunden ...", murmelte Arthur und schob sich seine Brille wieder auf die Nase. „100% paradox!"

„Para...was?", fragte Henry.

Arthur war klug genug, um seine Freunde in dieser Situation nicht mit langen Vorträgen über die griechische Herkunft des Wortes zu quälen. Aber man sah ihm an, dass es ihm auf der Zunge kribbelte.

„Ausweglos, also 100% negativ“, sagte er stattdessen. „Ich gehe mit 99% Wahrscheinlichkeit davon aus, dass in dem Buch steht, wie man den steinernen Fluch bricht. Doch da das Buch nun selbst versteinert ist, können wir nicht nachlesen, wie. Das ist paradox.“

Henry tigerte in dem kleinen Baumhaus auf und ab. „Dann müssen wir halt ein anderes Exemplar finden.“

„Negativ“, sagte Arthur. „Und setz dich bitte wieder hin. Du machst mich ganz nervös.“

Henry ließ sich widerwillig auf einem der Baumstümpfe nieder. Arthur begann zu erzählen, was in der Zeit passiert war, die Henry im Knochenwald und auf Dark Donan Castle verbracht hatte.

Gemeinsam mit Master Finley war er in die Nationalbibliothek aufgebrochen, um nach Informationen über den letzten verschollenen Blattfinger zu suchen. Doch sosehr sie sich auch in die Bücher vergruben, sie fanden keine Anhaltspunkte.

Ein einziges Mal hatte Arthur ein leises Kribbeln in den Fingerspitzen gespürt. Eigentlich ein untrügliches Zeichen dafür, dass er eine heiße Spur hatte, doch das Gefühl hatte sich schnell wieder verflüchtigt. Er hatte eine Chronik des Crawford-Clans gefunden, in der auch ein gewisser Eric Crawford erwähnt wurde. Viel stand jedoch nicht über ihn in dem Buch. Arthur erkannte, dass einige Seiten fein säuberlich aus der Chronik herausgetrennt worden waren. Er schlussfolgerte, dass wahrscheinlich ein Drachenauge das Buch bereits in den Händen gehabt hatte und alle Hinweise, die auf Drachen hindeuteten, hatte verschwinden lassen. Die angeblich letzten Worte des Eric Crawford standen aber noch in der Chronik. Und sie lauteten: *Niemand soll nirgendwo sprechen.*

Henry horchte auf.

„Ganz genau", sagte Arthur. „Der Titel des Buches, das Tippy in den Händen gehalten hat. Zu dem Zeitpunkt habe ich mir nichts dabei gedacht und bin davon ausgegangen, dass Eric einfach eine verschwiegene Person war. Weit gefehlt! Dazu aber später mehr."

Arthur erzählte die Geschichte in der Reihenfolge weiter, in der sie passiert war. Irgendwann bekamen sie in der Nationalbibliothek Besuch von Master Nicolas, der ihnen berichtete, dass Mistress Leonella und er bestätigen konnten, was Master Duncan bereits herausgefunden hatte. Nämlich, dass die Träne der Erinnerung die Wirksamkeit des Giftes verlangsamte. Doch aufhalten konnte sie das Gift nicht.

Master Nicolas teilte ihnen mit, dass sie ihre Tränen Violet und Casper um den Hals gehängt hatten, und dort, wo sie die Haut berührten, auf der Höhe ihrer Herzen, zog sich das Grau des Steins ein wenig zurück. Legten sie dann die Hand auf die Brust ihrer Freunde, konnten sie kurze Zeit ein Pochen erspüren. Ganz schwach. Aber der Herzschlag der beiden war noch da.

„Sie leben also noch!", stellte Henry erleichtert fest. „Violet, Casper und Tippy. Sie sind noch am Leben. Das heißt, wir können sie retten."

„Positiv“, stimmte Arthur zu. „Aber negativ, dass sich das Buch, in dem steht, wie man sie rettet, versteinert auf Dark Donan Castle befindet.“

Er seufzte und fuhr mit seiner Erzählung fort.

„Mistress Leonella und Master Nicolas haben Experimente mit ihren Tränen gemacht, um herauszufinden, ob ein besonderer Wirkstoff in den Tränen eingeschlossen ist, der als Gegengift dienen könnte.“

„Und?“, fragte Henry aufgeregt. „Haben sie etwas herausgefunden?“

„Negativ“, antwortete Arthur. „Übrigens würde ich die Geschichte schneller erzählen können, wenn du mich nicht dauernd unterbrechen würdest.“

„Sorry.“ Henry hob entschuldigend die Hände, und Arthur setzte seine Erzählung fort.

Nachdem Mistress Leonella und Master Nicolas mit ihren Experimenten nichts herausgefunden hatten, hatte Arthur seinen Drachen Pyrothargas befragt. Der hatte ihm berichtet, dass die Drachen, bevor sie ihre Reiter mit der Träne der Erinnerung beschenkten, ein besonderes Kraut fraßen. Nicht viel davon, lediglich die Blätter, die sie vorsichtig mit ihren riesigen Mäulern von drei Stängeln des Krauts zupften. Fraßen sie mehr davon, so hatte Pyrothargas berichtet, bekamen die Drachen fürchterliche Blähungen. Jedoch vermochte das Kraut die schönsten Erinnerungen, die ein Drache mit seinem Reiter teilte, in das Band zu wickeln und auf ewig zu bewahren.

Henry grübelte. Irgendetwas an der Beschreibung des Krauts kam ihm bekannt vor. Als ob er schon einmal etwas darüber gelesen hatte.

Lady Blackstones Tagebuch!, durchfuhr es ihn. Das einzige Buch, das er mehr als einmal gelesen hatte. „Bandschneider", flüsterte er und sah Arthur an, der anerkennend nickte.

„100% positiv. Ganz ähnliche Nebenwirkungen hat Lady Blackstone in ihrem Tagebuch beschrieben, als sie dort über das Goldschleierkraut berichtete, das von Drachenreitern auch als Bandschneider bezeichnet wird."

Henry ballte die Fäuste. Hatte etwa die Hexe selbst ihnen einen Hinweis gegeben, wie sie ihre Freunde retten konnten?

Er sah Arthur erwartungsvoll an. „Und?"

Chloé räusperte sich, und Arthur bedeutete ihr weiterzureden.

„Während Arthur und Master Finley in der Nationalbibliothek waren, haben Mistress Dora, Lucy und ich im Londoner Naturkundemuseum nach Hinweisen gesucht. Es war frustrierend. Als ob man einen Heuhaufen durchsucht, ohne zu wissen, dass man darin eine Nadel finden muss."

„Bis wir euch gesagt haben, dass ihr nach dem Goldschleierkraut suchen sollt", wandte Arthur selbstgefällig ein.

Chloé lächelte ihn milde an, während Lucy mit den Augen rollte. „Hättest du uns mal lieber gesagt, dass wir nach Bandschneider suchen sollen statt nach Goldschleierkraut!"

„Woher soll ich denn wissen, dass es unter dem Namen verzeichnet wurde, der eigentlich nur unter Drachenreitern bekannt ist?", verteidigte sich Arthur.

„Ich verstehe nur Bahnhof", mischte sich Henry ein.

„Genau", pflichtete Timothy ihm bei. „Könnt ihr eure Geschichte vielleicht so erzählen, dass sie auch ein Dreijähriger kapieren kann?"

Henry warf Timothy einen irritierten Blick zu. „Dreijähriger?"

„Ist doch jetzt egal", unterbrach Lucy die beiden. „Jedenfalls haben wir angefangen, das Herbarium zu durchsuchen!"

„Das was?", fragte Henry.

„Ich sag doch, Dreijähriger." Timothy grinste.

„*Herbarium* oder auch *Herbar* leitet sich von dem lateinischen Wort *Herba* für Kraut ab", begann Arthur nun doch zu dozieren. „Ein Herbarium ist eine Sammlung getrockneter oder gepresster Pflanzen. Es ..."

Lucy unterbrach ihn. „Im Londoner Naturkundemuseum befindet sich eins der größten Herbarien der Welt. Angeblich mit über fünf Millionen Belegen."

„Wow. Das sind 'ne Menge Pflanzen", staunte Henry.

„Und rate mal, wer ein ähnlich großes Herbarium besitzt?"

„Keine Ahnung."

„Tippy natürlich", sagte Lucy.

„Angeblich hat sie eine Sammlung aus den Nachlässen von John Stevens Henslow erworben", schaltete sich Arthur wieder ein. Als er in die leeren Gesichter seiner Freunde schaute, seufzte er. „John Stevens Henslow war Lehrer von Charles Darwin. Er hat Charles Darwin für die Forschungsreise auf der HMS Beagle empfohlen. Auf dem Schiff ist Darwin zu den Galapagos-Inseln gefahren. Und die Erkenntnisse der Reise haben seine Evolutionstheorie begründet. Nämlich dass wir vom Affen abstammen!", rief Arthur begeistert.

Timothy deutete auf Lucy. „Für die Erkenntnis hätte man nicht unbedingt bis ans andere Ende der Welt fahren müssen, oder?"

Lucy balancierte mit den Zehenspitzen über einen der Baumstümpfe, um mit den Fingern einen der Dachbalken zu erreichen. Sie zog sich hoch, schwang die Beine über den Balken und hing nun kopfüber von der Decke des Baumhauses. Ihre dunklen Locken sahen aus wie ein wilder schwarzer Wasserfall.

„Tippy hat parallel zu uns in ihrem Herbarium nach dem Kraut gesucht und ist natürlich vor uns fündig geworden, weil sie bei B wie Bandschneider geschaut hat und nicht bei G wie Goldschleier."

Chloé zog die Nase kraus und machte ein angeekeltes Gesicht. „Als wir endlich den Raum mit den Schränken und Schubladen gefunden hatten, in denen die Pflanzen aufbewahrt wurden, die mit G anfangen, haben wir außerdem eine böse Überraschung erlebt. Die Schubladen waren versiegelt, weil die Pflanzenproben von Staubläusen und Museumskäfern befallen waren."

„Museumskäfer?", fragte Henry.

„Jep", sagte Timothy und deutete dieses Mal auf Arthur. „Manche von uns stammen von Affen ab, andere von Museumskäfern. Museumskäfer sind so kleine Biester, die sich durch Papier und getrocknete Pflanzen fressen."

Lucy schaukelte vor und zurück, bis sie so viel Schwung hatte, dass sie sich mit einem Rückwärtssalto auf das Bett fallen lassen konnte. Genau auf die Stelle, wo Timothy lag.

„Verdammt", beschwerte er sich. „Was soll das?"

„Das war für den Affen und den Museumskäfer", ließ Lucy ihn wissen. „Wir sind also unverrichteter Dinge erst mal zurück nach Nimmerland geflogen. Und dort haben sich dann die Ereignisse überschlagen", erklärte sie.

„Wir haben Tippys Herbarium gefunden. Aufgeschlagen auf der Seite mit dem Bandschneider", berichtete Chloé. „Dort stand, dass das Kraut ziemlich anspruchsvoll ist, was die Bedingungen angeht, unter denen es wächst. Es ist vor allem im Himalaya zu finden."

„Und auf Sieben Feuer", murmelte Henry.

„Und in noch einer Gegend", ergänzte Arthur. „Ganz im Norden der Highlands auf dem Ben Hope, einem der höchsten Berge Schottlands." Er rappelte sich vom Fußboden auf und schlug aufgeregt mit dem Handrücken der einen Hand in die Handfläche der anderen. „Das war der Moment, in dem mir alles klar wurde. In dem sich die Puzzleteile ineinanderfügten."

„Ach ja?", fragte Henry.

„100% positiv“, bestätigte Arthur. „Kurz unterhalb des Gipfels des Ben Hope gibt es ein verlassenes Bergdorf namens Nowhere. Verstehst du?“

Henry verstand nicht und zuckte fragend mit den Schultern.

„Das Geisterdörfchen heißt Nowhere, also Nirgendwo!“, half Arthur ihm auf die Sprünge. „Und darum ranken sich ziemlich schauerliche Geschichten. Aber dazu später mehr. Erinnerst du dich noch daran, wie sich Eric Crawford von seinen schwarzen Flammen hat nennen lassen?“

Henry legte die Stirn in Falten. „Nobody“, murmelte er. „Na klar, Niemand“, rief er lauter. „Wenn jemand fragte, sagte Eric Crawford immer, er sei ein Niemand.“

„*Niemand soll nirgendwo sprechen.* Die letzten Worte des Eric Crawford waren keine Mahnung zur Verschwiegenheit, sondern ein Hinweis darauf, wo er seine Erinnerungen niederschreiben würde“, erklärte Arthur. „Irgendwo in Nowhere hat er sein Leben aufgeschrieben und dann dort das Tagebuch versteckt.“

„Tippy hat das Rätsel als Erste gelöst und ist mit Fafnir nach Nowhere geflogen. Dort muss sie Erics Tagebuch gefunden haben“, sagte Lucy.

„Ich habe das Rätsel aber auch gelöst“, warf Arthur säuerlich ein.

„Wissen wir doch, Arthur“, entgegnete Lucy. „Dann ging alles ganz schnell. Wir haben hier auf Nimmerland auf Tippys Rückkehr gewartet. Sie ist zeitgleich mit Mortimer angekommen. Und noch bevor sie uns etwas über das Buch erzählen konnte, hat Mortimer ihr die Bilder von Dark Donan übermittelt." Lucy stockte. „Von den Kämpfen. Master Duncan gegen diesen trollhaften Typen und du gegen diese Frau. Und dann die Bilder von eurem Duell. Du gegen Master Duncan." Sie legte ihm eine Hand auf die Brust. „Das muss wirklich schlimm gewesen sein."

Henry nickte stumm.

„Tippy meinte, wir müssten schnell handeln, um dich zu retten, und dass sie außerdem eine Idee hätte, wie wir Master Duncan zurückbekämen."

„Die Vorbereitungen sind ziemlich chaotisch abgelaufen", erklärte Edward. „Tippy hat uns gesagt, was wir zusammensuchen sollen. Klar, am liebsten hätte sie Fafnir und sich selbst komplett mit Unsichtbarkeitssaft eingerieben. Doch wir hatten weder die Zeit noch genug Elixier hier, um das zu bewerkstelligen."

„Ich habe dann gemeinsam mit Mistress Dora das falsche Teufelsjoch für Fafnir geschmiedet", warf Chloé ein.

„Und Master Finley und ich haben versucht, eine Maske zu bauen, die der von Lady Blackstone ähnlich sieht", ergänzte Edward und schüttelte den Kopf, als er daran zurückdachte. „Mistress Dora, Master Finley, Charles, eigentlich wir alle hatten die Befürchtung, dass das Ganze ziemlich in die Hose gehen könnte." Er schaute Henry unsicher an. „Aber wir hatten keine Wahl ... Oder?"

Henry erhob sich aus dem Bett, durchquerte den Raum und legte Edward die Hand auf die Schulter. „Nein, hattet ihr nicht."

Henry schaute jeden seiner Freunde nacheinander an. Und in seinem Blick lag eine Härte, die die anderen nicht von ihm kannten.

„Wir haben einen Eid geschworen, als wir Drachenreiter wurden. Den Eid, Sieben Feuer zu beschützen. Es ist größer als wir. Master Duncan und Tippy wussten das."

„Und was ist mit Violet und Casper?", flüsterte Edward.

„Erstens", sagte Henry, „glaube ich, dass die beiden es ebenfalls wussten, und zweitens werden wir Violet, Casper und Tippy wiedererwecken. Da bin ich sicher." Er drückte Edwards Schulter. „Du kennst doch das Motto meines Clans, oder?"

Edward nickte. „Die McBains geben niemals auf."

„Ganz genau. Wir geben niemals auf!", rief Henry, und seine Zuversicht ging auf Edward über.

Er wandte sich an Lucy. „Was genau ist passiert, als ihr Dark Donan erreicht hattet?"

„Wir sind kurz über der Wasseroberfläche auf die Insel zugeflogen und schließlich auf dem Wasser gelandet. Im Schatten der Steilklippe konnten wir uns vor den Augen der Schwarzflammen verbergen. Ich bin mit Wellentänzerin getaucht und habe den Grund des Meeres nach Master Duncan abgesucht. War gar nicht so einfach. Um mich herum tobte das Wasser. Und trotz der Fackel mit kaltem Feuer, die ich dabeihatte, konnte ich nicht weiter sehen als vielleicht ein oder zwei Drachenlängen. Schließlich hat Wellentänzerin ihn entdeckt. Sein steinerner Körper steckte bis zu den Schultern kopfüber in einer Felsspalte fest. Wellentänzerin hat mit ihren Klauen nach seinen Beinen gegriffen und ihn herausgezerrt. Dann hat Wellentänzerin ihn an die Wasseroberfläche gebracht und auf Fafnirs Rücken abgelegt. Da war er hundertprozentig noch versteinert. Wellentänzerin und ich sind noch mal runtergetaucht. Wellentänzerin war aufgefallen, dass Master Duncan seine Träne der Erinnerung nicht mehr um den Hals trug. Wir vermuteten, dass sie noch auf dem Meeresgrund lag. Wir konnten ja nicht wissen, dass er sie dir gegeben hatte."

Lucy zog gedankenverloren eine ihrer dunklen Locken in die Länge und ließ sie zurückschnellen.

„Als wir nach erfolgloser Suche wieder aufgetaucht sind, war das Erste, was wir hörten, ein unappetitliches Husten, Prusten und Gurgeln. Tippy hatte Master Duncan erweckt, und der würgte Wasser hervor wie ein Springbrunnen. Ich hatte schon die Befürchtung, dass davon ganz Dark Donan Castle aufwachen würde. Doch die Brandung hat den Lärm, den er machte, wohl verschluckt."

„Das heißt, du hast gar nicht mitbekommen, was Tippy getan hat, um ihn aufzuwecken?", fragte Henry enttäuscht.

Lucy schüttelte bedauernd den Kopf. „Nein. Tippy und ich haben Master Duncan geholfen, auf Wellentänzerins Rücken zu klettern. Tippy hat mir noch eingebläut, nicht zu lange auf sie zu warten. Wenn sie bei Sonnenaufgang nicht wieder da wäre, sollte ich mit Master Duncan zurück nach Nimmerland fliegen." Sie fuhr sich mit der Hand durch die Haare. „Den Rest der Geschichte kennst du."

Alle schwiegen bedrückt, als Lucy fertig war. Schließlich war es Timothy, der die unbequeme Wahrheit aussprach. „Schön und gut! Jetzt wissen wir, dass dieser Eric seinen Lebensabend in Nowhere verbracht hat, um dort in sein Tagebuch zu schreiben, wie man den steinernen Fluch besiegt. Nur leider ist das Tagebuch jetzt versteinert. Und Tippy, die Einzige, die es gelesen hat, ist auch versteinert. Und zu allem Überfluss befinden sich sowohl das Tagebuch als auch Tippy auf der Insel unserer Erzfeindin. Schachmatt für das Team der Verborgenen, würde ich sagen. Oder glaubt ihr, dieser Eric hat eine Abschrift seines Tagebuchs angefertigt?"

„Negativ", murmelte Arthur.

„Aber immerhin wissen wir, dass es möglich ist, den steinernen Fluch zu brechen. Und dass man wahrscheinlich dieses Bandschneiderkraut benötigt."

„Oh wow", sagte Timothy. „Wir haben eine Zutat. Wir wissen aber nicht, wie viel wir davon brauchen, geschweige denn, was die anderen Zutaten sind. Das wäre ja ungefähr so, als wenn man als Koch nur wüsste, dass in ein Irish Stew Salz gehört."

„Timothy, hör endlich mit deinem Gejammer auf!", blaffte Lucy ihn genervt an. „Wir brauchen jetzt niemanden, der uns runterzieht. Wir brauchen positive Gedanken! Verwende das bisschen Grips, das du hast, doch lieber dafür, nach Lösungen zu suchen."

„Recht hat sie", pflichtete Chloé Lucy bei. Und auch Arthur und Edward nickten zustimmend. Nur Henry wirkte wie erstarrt.

„Alles in Ordnung?", wollte Lucy wissen.

„Sag das noch mal!", befahl Henry drängend.

„Alles in Ordnung?" Lucy zog verwundert die Augenbrauen zusammen.

„Nein! Das davor."

„Dass Timothy sein bisschen Grips zusammenkratzen soll?"

Henry wedelte ungeduldig mit der Hand. „Noch davor."

„Sie hat gesagt, dass wir jetzt positive Gedanken brauchen", brummte Timothy und rieb sich seine Schulter. „Und sie hat ja recht", fügte er kleinlaut hinzu.

Henrys Hand war unter sein Hemd geglitten und umklammerte die Träne der Erinnerung, die Happy ihm einst geschenkt hatte.

Er schaute Arthur an. „Weißt du, wo Eric Crawford begraben liegt?"

Arthur nickte. „Ich bin mir zu 95% sicher, dass er in Nowhere bestattet wurde. Dazu kann ich euch gleich noch eine Geschichte erzählen. Warum?"

„Sollte er mit seiner Träne der Erinnerung begraben worden sein, ist das vielleicht die Lösung! In den Erinnerungen, die in der Träne abgespeichert sind, finden wir vielleicht Hinweise, wie man den steinernen Fluch bricht. Als Master Duncan mir seine Träne der Erinnerung anvertraute, konnte ich die Erinnerungen darin auch lesen."

Arthur starrte Henry mit offenem Mund an.

„Das ist gut!", sagte er schließlich. „Das ist 100% positiv. Wir brauchen schleunigst einen Plan, wie wir nach Nowhere kommen."

Wir sollten keine Pläne mehr machen, ohne unsere Drachen einzuweihen", schlug Henry vor und schlüpfte dabei in seine Klamotten.

Er hatte aus dem Fenster des Baumhauses in den grauen Himmel geschaut. Es konnte nicht mehr lange dauern, und es würde wieder anfangen zu regnen. Das Wetter hatte sich über Nacht nicht gebessert, und es sah nach Gewitter aus.

„Knüpft das Band zu euren Drachen und fragt sie, was zu tun ist", sagte er. Er trat fröstelnd aus dem Baumhaus und wickelte sich fester in sein Wams. „Wir treffen uns in einer halben Stunde auf der Lichtung."

Während Henry hinauf zu der Liane kletterte, um sich über das Moor hinab zum See zu schwingen, knüpfte er das Band zu Phönix und Happy.

Guten Morgen, mein Reiter, freute sich Phönix und schmiegte sich in Gedanken an Henry. *Du hast es vielleicht nicht gemerkt, aber ich habe die ganze Nacht über dich gewacht.*

Henry lächelte. „Ich habe so gut geschlafen wie seit Langem nicht mehr. Danke."

Gern geschehen, erwiderte Phönix.

„Ich schwing mich gleich hinab zum See. Kommst du, um mich aus der Luft zu pflücken?"

Wie eine Blume?, fragte Phönix freudig, und Henry musste schmunzeln.

Er kappte das Band und wandte sich an Happy.

Auch schon wach, der Herr?, grummelte der alte Teufelsgrind.

„Jep", entgegnete Henry und fiel mit der Tür ins Haus, ohne sich von der schlechten Laune das Drachen beeindrucken zu lassen. „Es gibt Neuigkeiten. Wir sind da auf eine Sache gestoßen, und ich schätze, wir sollten ihr nachgehen."

Onyx, steh uns bei!, stöhnte Happy.

„Immerhin weihen wir euch Drachen diesmal ein, bevor wir einen Plan aushecken."

Falsch!, donnerte Happy, der langsam in Fahrt kam. *Ihr erzählt uns, worauf ihr gestoßen seid, und wir Drachen hecken einen Plan aus.*

„Von mir aus", seufzte Henry und berichtete ihm von Eric, seinem Tagebuch, Nowhere und der Träne der Erinnerung.

Gar nicht mal so dumm für so Zwergenhirne wie euch, gestand Happy ihm zu, nachdem Henry fertig war.

„Auf die Idee, dass Eric Crawford das Geheimnis, wie man das Versteinern rückgängig machen kann, in der Träne der Erinnerung versteckt hat, bin übrigens ich gekommen", erklärte Henry stolz.

Das war ja auch ziemlich naheliegend, entgegnete Happy.

Henry rollte mit den Augen. Er würde es dem alten Teufelsgrind nie recht machen können.

Er nahm Anlauf, schwang sich über das Moor, ließ die Liane los und bekam die nächste zu fassen, mit der er sich über den See schwang. Dort zog Phönix bereits seine Kreise und tauchte unter Henry, als der durch die Luft segelte. Die Landung hinter der dreizehnten Schuppe im Rückenkamm seines Freundes war so sanft, als ob er in einem der großen Ohrensessel Platz genommen hätte, die auf Sieben Feuer in der Bibliothek herumstanden.

Henry fragte sich kurz, ob ihre Master auf Sieben Feuer etwas erreichen würden und Steward Todd senior endlich zur Vernunft kam.

Er schob den Gedanken beiseite und berichtete auch Phönix, was seine Freunde und er herausgefunden hatten.

Als er fertig war, schwieg Phönix eine Zeitlang, und Henry wurde schon ungeduldig, als sein Drache sich schließlich erneut mit ihm verband. Henry stutzte. Irgendetwas war seltsam. Er fühlte Phönix zwar in der Verbindung, die sie geknüpft hatten, doch trotzdem war das Band anders als sonst. Irgendwie mächtiger, und er konnte es nicht anders beschreiben: älter.

Eine Stimme, die Phönix gehörte und gleichzeitig nach jemand anderem klang, echote durch seinen Geist: *Brecht gemeinsam von Nimmerland nach Nirgendwo auf. Schulter an Schulter und Schwinge an Schwinge. Lasst niemanden zurück und macht euch sofort auf den Weg. Die Zeit verrinnt.*

„Was war das denn?“, fragte Henry verwirrt. Das Band war wieder so, wie er es von seinem Drachen kannte.

Ich weiß es nicht, stammelte Phönix. *Auf einmal war da diese Kraft, die sich mit mir verbunden hat, und dann haben wir gemeinsam diese Botschaft gesprochen.*

Happy knüpfte das Band zu Henry und begann feierlich zu sprechen. *Brecht gemeinsam von Nimmerland …*

Doch Henry unterbrach ihn. „Ich weiß. Schulter an Schulter, Schwinge an Schwinge und am besten sofort.“

Verdammt noch mal!, donnerte es durch Henrys Geist. *Weißt du eigentlich, wie selten es vorkommt, das Onyx, der Ur-Drache, durch einen spricht? Und kannst du auch nur im Entferntesten ahnen, was für eine Ehre es für einen Drachen ist, wenn er es tut? Was frage ich überhaupt? Kannst du Kleingeist natürlich nicht!*

„Phönix hat mir die Botschaft bereits …“, begann Henry.

Phönix, Phönix, Phönix. Kaum ist er geschlüpft, meint er, er kann sich hier als Onyx' Orakel aufführen, schimpfte Happy weiter.

Ist Happy irgendwie sauer? Er wirft mir so komische Blicke zu, fragte Phönix besorgt.

„Ist er das nicht immer?“, seufzte Henry, und sie landeten gemeinsam auf der Lichtung, auf der die Zelte der Master standen.

Kaum war Henry gelandet, kamen auch schon seine Freunde auf den Rücken ihrer Drachen angeflogen. Aufgeregt ließen sie sich zu Boden gleiten. Jeder mit derselben Botschaft: *Brecht gemeinsam von Nimmerland nach Nirgendwo auf. Schulter an Schulter und Schwinge an Schwinge. Lasst niemanden zurück und macht euch sofort auf den Weg. Die Zeit verrinnt.*

„Happy hat mir erklärt, dass Onyx, der Ur-Drache, durch sie gesprochen hat", sagte Henry.

„Heißt dann wohl, wir fliegen jetzt gleich alle zusammen zum Berg Ben Hope in dieses Örtchen Nowhere", fasste Edward zusammen.

„Ohne Frühstück?", quiekte Arthur. „Negativ!"

„Vor allem, ohne dass wir einen richtigen Plan haben, geschweige denn irgendwie ausgerüstet oder vorbereitet sind", meinte Edward. „Das gefällt mir gar nicht."

Die anderen nickten zustimmend.

„Wir haben keinen Unsichtbarkeitssaft. Und gleich mit sieben Drachen quer über England zu fliegen ist ziemlich riskant. Ihr kennt doch die oberste Regel von Sieben Feuer", sagte Chloé.

„Alles bleibt geheim", murmelten die anderen automatisch im Chor.

„Haben wir überhaupt Grenzenlossaft, um die goldene Grenze von Nimmerland zu überwinden?", fragte Timothy zweifelnd.

„Selbst wenn wir sie überwinden. Wissen wir, wo genau dieses Örtchen Nowhere liegt? Wir können ja schlecht in der nächstgrößeren Stadt auf dem Marktplatz landen und jemanden danach fragen."

Henry stapfte wortlos in Tippys Zelt und kam kurz danach wieder heraus. In der Hand hielt er eine mit Grenzenlossaft gefüllte Flasche, und unter dem Arm klemmte ein dicker Atlas. „Ich habe das Band zu Happy geknüpft, und er meinte, all unsere Drachen, bis auf Phönix, der noch zu jung ist, wissen, wo der Ben Hope liegt. Während der Drachenkriege hat es am Fuße des Berges eine Schlacht um die ehemalige Grafschaft Sutherland gegeben. Und ihr wisst, was für einen tollen Orientierungssinn unsere Drachen haben. Sie finden zu jedem Ort zurück, an dem sie schon einmal gewesen sind."

Er stellte den Grenzenlossaft auf den Tisch auf der Empore, an dem seine Freunde Platz genommen hatten. Er deutete vorbei an dem aus Farn und Federn gespannten Dach über ihnen. „Schaut euch den Himmel an. So grau und undurchsichtig wie eine Mauer aus Beton. Wenn wir in der Wolkendecke nach Nowhere fliegen, wird uns niemand zu Gesicht bekommen. So sind wir gestern auch von Dark Donan nach Nimmerland gekommen."

Lucy nickte zustimmend. „Ist verdammt kalt, aber die Wolken bieten einen guten Schutz."

Arthur, der in einem von Tippys Vorratsschränken Brot und geräucherte Wurst gefunden hatte und nun abwechselnd hineinbiss, wurde mit jedem Happen zuversichtlicher.

„Und in Nowhere werden wir mit 99% Wahrscheinlichkeit auch nicht entdeckt. Es ist ein Geisterstädtchen. Da verirrt sich eigentlich niemand hin. Es gibt da eine seltsame Geschichte über das Dorf."

Und bevor Henry ihn stoppen konnte, erzählte ihnen Arthur, was für eine Legende sich um Nowhere rankte.

„Die erhöhte Lage und der Blick, den man von Nowhere über die Grafschaft Sutherland hat, machte das sonst so unbedeutende Bergstädtchen im Krieg zu einem strategisch wichtigen Ort. Als feindliche Truppen sich näherten, verlangte der Earl of Sutherland von den Bewohnern von Nowhere, dass sie ihr Dorf verließen, um den Soldaten des Earls Platz zu machen. Bevor die Dorfgemeinschaft, angeführt von ihrem jungen Pfarrer, ihr Zuhause verließ, hatte ebendieser Pfarrer mit weißer Farbe eine Nachricht für die Männer des Earls an die Tür seiner Kirche geschrieben. *Bitte behandeln Sie unsere Kirche und unsere Häuser, in denen wir seit Generationen leben, mit Sorgfalt. Wir haben unser Zuhause verlassen, um zu helfen, den Krieg zu gewinnen. Damit die Menschen der Grafschaft Sutherland frei sind. Eines Tages werden wir zurückkehren und Ihnen für die freundliche Behandlung des Dorfes danken.*"

Arthur machte eine seiner berühmten dramatischen Pausen, in denen er stumm seine Brille putzte.

„Und?", fragte Chloé atemlos. „Was ist passiert?"

Arthur setzte seine Brille wieder auf und schaute sie eindringlich an.

„Kein einziger Bewohner von Nowhere ist jemals zurückgekehrt. Der Krieg dauerte über zwanzig Jahre, und als der Earl of Sutherland ihn schließlich gewonnen hatte, waren die Bewohner von Nowhere bereits verstorben oder anderswo sesshaft geworden."

„Kein einziger kehrte zurück?", hauchte Chloé. „Wie schrecklich."

„Na ja", entgegnete Arthur. „Wanderer und Bauern aus dem Tal berichten davon, dass nachts manchmal die Glocken der alten Kirche von Nowhere läuten. Und der ein oder andere hat von flackerndem Kerzenschein hinter zerbrochenen Kirchenfenstern berichtet und von einer verzweifelten Stimme, die bis ins Tal wehte."

„Was ... was hat die Stimme gesagt?"

„*Wo sind meine Schäfchen? Wo sind meine Schäfchen?,* soll sie gerufen haben."

Lucy hatte sich an Arthur herangeschlichen und boxte ihm so fest gegen die Schulter, dass er die Wurst fallen ließ.

„Hey! 100% neg..."

Doch Lucy fiel ihm ins Wort. „Hör mit deinen Schauergeschichten auf. Dafür haben wir jetzt echt keine Zeit."

Arthur bückte sich und hob die Wurst auf. „Toll, jetzt ist sie voller Sand", beschwerte er sich und versuchte, sie sauber zu pusten. Er hielt inne. „Außerdem erzähle ich euch die Geschichte nicht, um euch Angst zu machen. Zwei Dinge daran sind nämlich durchaus wichtig für uns."

Er legte kopfschüttelnd die Wurst zur Seite. Sie war nicht mehr zu retten. Er hob den Zeigefinger.

„Erstens: Ich gehe von einer durchaus hohen Wahrscheinlichkeit aus, dass Eric Crawford höchstpersönlich für diverse Spukvorfälle gesorgt hat, damit er in Nowhere seine Ruhe hatte und ungestört seine Geschichte aufschreiben konnte."

Arthurs Mittelfinger gesellte sich zu seinem Zeigefinger.

„Zweitens: Es gab einen Vorfall, der von mehreren Bewohnern des Tals gesichtet und in diversen Quellen festgehalten wurde. In einer Winternacht vor langer, langer Zeit sollen nicht nur die Kirchenglocken in Nowhere geläutet haben. In Gipfelnähe des Ben Hope wurden sieben Feuer entzündet, und die traurigen Stimmen eines Männerchors besangen den Tod ihres einstigen Anführers.

Auf dem Rücken der Bestie ritt er in die Schlacht,
aus uns ängstlichen Jungen hat er Krieger gemacht.
So haben wir ebenfalls sechs Bestien bestiegen,
fortan galt unser Clan als nicht zu besiegen.
Bis zu dem Tag, als sein Herz zerbrach!
Bis zu dem Tag, als sein Herz zerbrach!

Ziemlich sicher haben Eric Crawfords ehemalige Reiter seinen Tod besungen. Und ziemlich sicher haben sie ihn in Nowhere beerdigt und ihm dort die letzte Ehre erwiesen. Wir sind also auf der richtigen Spur", schloss Arthur.

„Worauf warten wir dann noch?", fragte Henry. „Lasst uns nach Nowhere fliegen!"

Es dauerte noch eine halbe Stunde, bis sich alle so warm wie möglich eingepackt und für den Abflug bereit gemacht hatten. An Henrys Gürtel hingen sein Milchschuppendolch und eine Schleuder. Lucy hatte sich aus Tippys Beständen Feuerketten geborgt, und Tausendschön, Chloés Drache, hatte die Gefäße der Feuerketten mit kaltem Feuer gefüllt. Chloé selbst hatte sich gegen eine Waffe entschieden. Sie trug lediglich ihren Schild auf dem Rücken. Edward und Timothy hingegen hatten sich ihre Schwerter umgeschnallt. Arthur trug weder Schwert noch Schild bei sich. Er tippte sich an seinen Kopf, der sich gut geschützt unter seiner Drachenballkappe befand.

„Meine Waffe ist mein Verstand", ließ er die anderen wissen. „Ich würde meinen, der ist mindestens so scharf wie Henrys Milchschuppendolch."

Timothy verzog das Gesicht und wedelte sich mit der Hand vor der Nase herum. „Eigenlob stinkt", ließ er Arthur wissen.

Wird's bald, Zwerge? Happy hatte das Band zu Henry geknüpft und scharrte ungeduldig mit seinen Krallen tiefe Furchen in den Waldboden auf der Lichtung. *Was genau habt ihr an SOFORT nicht verstanden? Wie könnt ihr es wagen, den Rat des Ur-Drachen nicht zu befolgen?*

Lucy ging mit der Flasche Grenzenlossaft von einem Drachen zum anderen und ließ alle trinken, während Henry auf Phönix' Rücken kletterte.

„Wir sind doch schon dabei aufzubrechen", versuchte er, den alten Teufelsgrind zu beschwichtigen. Er drehte sich zu seinen Freunden um. „Auf geht's! Sollten wir uns unterwegs verlieren, kreisen wir so lange über der Bergspitze des Ben Hope, bis wir alle wieder beisammen sind. Wir landen nur gemeinsam.“

Die anderen gaben ihm ein Zeichen, dass sie verstanden hatten.

„Wisst ihr noch, als wir im ersten Jahr gemeinsam nach Croqc aufgebrochen sind?“, rief Edward. „Erinnert mich gerade irgendwie an unser erstes Abenteuer.“

„Das ist hoffentlich ein gutes Omen“, antwortete Lucy, und Wellentänzerin erhob sich als Erste in den grauen Himmel über Nimmerland. Die anderen folgten ihr.

Na endlich, ließ der alte Teufelsgrind Henry wissen.

Der Gipfel des Ben Hope, der aus der Wolkendecke ragte, sah aus wie eine Insel in einem erstarrten Ozean. Um die schartige Spitze des Berges kreisten sechs Drachen und ließen die Szenerie noch seltsamer erscheinen, als sie ohnehin schon wirkte. Fünf der Drachen trugen jeweils einen Menschen auf ihren Rücken. Henry, Lucy, Chloé, Edward und Timothy. Happy, der sechste Drache und größte von allen, trug keinen Reiter.

Ungeduldig knüpfte der alte Teufelsgrind das Band zu Henry.

Wo bleibt dein kleiner dicker Freund nur?, fragte er vorwurfsvoll.

„Woher soll ich das wissen?“, fragte Henry zurück und blies sich in die klammen Hände. „Vielleicht kannst du mir ja sagen, warum Pyrothargas so lahm fliegt.“

Das ist nicht der richtige Moment, um frech zu werden, entgegnete Happy, als Phönix das Band zu Henry knüpfte.

Schau mal, da kommen schon Arthur und Pyrothargas.

„*Schon* ist gut“, murrte Henry und ließ Happy wissen, dass sie komplett waren. „Erinnerst du dich an die Karte, die ich dir vor dem Abflug gezeigt habe?", wandte er sich an Phönix. „Das Dorf liegt auf der östlichen Seite des Berges. Die Seite, die ins Landesinnere zeigt."

Natürlich erinnere ich mich daran!, sagte Phönix entrüstet. *Ich weiß ganz genau, wo wir hinmüssen.*

Ohne darauf zu warten, dass Henry noch etwas erwiderte, begab sich Phönix in den Sinkflug. Und sechs Drachen folgten ihm und verschwanden in der Wolkendecke.

Wenig später landeten sie, einer nach dem anderen, auf dem Dorfplatz des Geisterstädtchens Nowhere. Eine gespenstische Stille umgab sie. Die Wolken hingen tief und waberten als dichter Nebel durch die Gässchen des Ortes.

Henry blickte sich schaudernd um. Hinter ihnen ragte schemenhaft der Kirchturm auf. Vor ihnen lagen die Ruinen des Geisterstädtchens. Schief und krumm, mit eingestürzten Dächern und von Efeu überwucherten Mauern standen dort die Häuser, die vor Jahrhunderten verlassen worden waren.

„Lucy, kannst du deine Feuerketten entzünden?", fragte Henry, und als er sprach, verwandelte sich sein Atem in Nebelhauch, so kalt war es in Nowhere.

„Damit wir leuchtende Zielscheiben abgeben, falls das ein Hinterhalt sein sollte? Vergiss es!", entgegnete Lucy.

„Wir sind hier gerade mit sieben Drachen gelandet. Sollte das ein Hinterhalt sein, weiß doch eh jeder, wo wir sind", gab Henry zurück.

„Trotzdem“, mischte sich Timothy ein. „Lass sie lieber aus.“

„Sicher ist sicher“, pflichtete Arthur ihnen bei, der sich hinter Chloé drängte. Sie hatte ihren Schild vom Rücken genommen und hielt ihn schützend vor die Brust.

Ich spüre, dass euch eure Herzen in die Stiefel gerutscht sind, knüpfte Phönix das Band zu Henry.

„In die Hose. Es heißt *in die Hose gerutscht*“, korrigierte Henry automatisch und zog seinen Milchschuppendolch.

Weiß ich doch, antwortete Phönix. *Aber bei so viel Furcht, die ich spüre, dachte ich, dass eure Herzen noch tiefer als nur in eure Unterhosen gerutscht sind.*

Henry seufzte. „Dieser Ort kann einem aber auch Angst machen.“

Ich finde es eigentlich ganz friedlich hier, entgegnete Phönix unbekümmert.

In diesem Moment grollte es über ihnen, und nur einen Moment später durchzuckte ein greller Blitz die Wolkendecke und erhellte für einen Augenblick die verfallenen Gebäude von Nowhere.

„Das darf doch nicht wahr …“, begann Timothy, als er von einem Schrei unterbrochen wurde.

Ein Schrei, der so durchdringend war, dass ihnen allen ein Schauer über den Rücken lief.

Vor lauter Schreck spie Happy einen Feuerball von der Größe eines Kürbisses auf die Ruine, hinter deren Mauern der Schrei ertönt war. Die Feuerkugel prallte gegen die steinerne

Fassade des Hauses, versengte ein paar Efeuranken und färbte die Mauern schwarz.

„Das wird demjenigen, der geschrien hat, sicher geholfen haben", murmelte Timothy, und Henry war froh, dass der alte Teufelsgrind seinen Freund nicht verstehen konnte.

Im nächsten Moment sprang eine kleine schwarze Katze vorwurfsvoll maunzend aus einem Loch, wo mal ein Fenster gewesen sein musste. Sie rannte auf den alten Teufelsgrind zu, rieb ihren Kopf eine Zeitlang an einem seiner schuppigen Vorderbeine und verschwand dann die kopfsteingepflasterte Straße hinunter im Nebel.

Der alte Teufelsgrind knüpfte das Band zu Henry. *Kein Wort. Ich will über den Vorfall niemals auch nur ein Wort von dir hören.*

Henry schwieg und konzentrierte sich darauf, ein Lachen zu unterdrücken. Als er sich wieder unter Kontrolle hatte, wandte er sich an seine Freunde.

„Lasst uns zur Kirche gehen", sagte er und drehte sich zu dem hinter ihnen aufragenden Turm um.

Sie kletterten über ein kleines Mäuerchen und folgten im Gänsemarsch einem holprigen, von Unkraut überwucherten Weg, der sich zum Eingang der Kirche schlängelte. Henry rüttelte an der schweren Holztür, und fast hätte er geglaubt, dass sie verschlossen war. Doch dann öffnete sie sich ächzend einen Spalt. Bevor er sie ganz aufstieß, legte Arthur ihm eine Hand auf den Arm.

„Warte kurz“, befahl sein Freund und trat an die Tür. „Seht ihr?“ Er fuhr mit der Hand über das grobe Holz. „Hier und da kann man noch Teile der Botschaft entziffern, die einst der Pfarrer den Soldaten des Earl of Sutherland hinterlassen hat.“ Er begann vorzulesen. „Eines Tages werden wir zurückkehren.“

Chloé und Lucy seufzten. „Wie tragisch, dass sie es nie geschafft haben.“

Timothy schob sich an Arthur vorbei und stieß die Kirchentür weiter auf. „Ganz ehrlich. So gruselig, wie es hier ist, kann man es der Dorfgemeinschaft kaum verübeln, dass sich keiner mehr hat blicken lassen. Lasst uns das Grab von Eric Crawford finden und dann wieder von hier verschwinden.“

Edward trat zu ihnen. Er hatte sich die Grabsteine angeschaut, die vor der Kirche standen. „Die meisten Inschriften sind verwittert und kaum mehr zu entziffern. Aber ein Eric Crawford war definitiv nicht dabei.“

„Lasst uns in der Kirche nach Hinweisen suchen“, schlug Henry vor und wollte das alte Gebäude betreten.

Warte!, kam es wie aus einem Maul. Happy und Phönix hatten beide das Band zu ihm geknüpft.

Henry hielt inne. „Wieso?“

Weil ich es gesagt habe, knurrte Happy.

Es fühlt sich nicht gut an, dich da allein reingehen zu lassen, erklärte Phönix. *Warum, kann ich gar nicht so genau sagen.*

„Instinkt“, vermutete Henry.

Wer stinkt?, fragte Phönix verunsichert und schnupperte.

„Niemand stinkt. Ich sagte *Instinkt*", erklärte Henry. „Instinkt bedeutet, dass man das Richtige tut, ohne genau zu wissen, warum."

Eure Bezeichnungen für Dinge sind manchmal wirklich seltsam, sagte Phönix und seufzte.

An den Gesichtern seiner Freunde konnte Henry erkennen, dass sie ebenfalls mit ihren Drachen sprachen.

„Königsblut will mich nicht allein in die Kirche lassen", sagte Timothy. „Er hat kein gutes Gefühl dabei."

Die anderen nickten. „Unsere Drachen auch nicht."

Henry wiegte den Kopf hin und her. „Ich schau nur mal kurz rein", entschied er schließlich, steckte den Kopf durch den Türspalt und spähte in das Innere der Kirche.

Es war weniger dunkel, als er es erwartet hatte. Als er den Kopf nach oben wandte, merkte er, warum. Dort, wo das Mittelschiff der Kirche auf das Hauptschiff traf, war das Dach eingestürzt und gab den Blick in den Himmel frei. Henry zog die Tür noch ein bisschen weiter auf. Das vorwurfsvolle Quietschen schreckte einige Krähen auf, die im Dachgebälk der Kirche gesessen hatten und nun krächzend davonflogen. Im nächsten Moment brach ein Dachbalken. Holz, Steine und Dachschindeln fielen hinab und polterten mit Getöse auf den steinernen Boden der Kirche. Erschrocken zog Henry den Kopf aus dem Türspalt.

Und wieder einmal haben die Drachen euch das Leben gerettet, kommentierte Happy.

„Da sollten wir besser nicht reingehen", sagte Henry.

„Ach nee“, antwortete Timothy.

„100% richtig“, bestätigte Arthur.

„Man kann durch die Kirche durchschauen. Hinten ist so ein halbrunder Bereich, in dem die Fenster fehlen und bei dem die Mauern teilweise eingestürzt sind“, mischte sich Lucy ein, die sich an Henry vorbeigeschoben hatte und nun ebenfalls durch den Türspalt lugte.

„Du meinst die Apsis, die sich hinter dem Chor befindet“, sagte Arthur.

Die anderen schauten ihn fragend an, doch Arthur winkte ab. „Kirchenarchitektur. Ist gerade, glaube ich, nicht so wichtig.“

„Jedenfalls liegt hinter der Kirche ein ziemlich großer Friedhof. Schätze, dass wir da suchen sollten“, schlug Henry vor.

„Wow“, staunte Chloé, als sie gemeinsam mit ihren Drachen die Kirche umrundet hatten. Hinter der Kirche erstreckte sich über mehrere Hügel eine Wiese, die mit Grabmalen übersät war. Da waren verwitterte Keltenkreuze, Engel aus Marmor, deren Flügel mit Moos überwuchert waren, gebrochene Grabplatten aus Sandstein mit Reliefs von Totenschädeln, Teufelsfratzen und gekreuzten Knochen. Einige größere Grabkammern zeichneten sich gegen den immer dunkler werdenden Himmel ab, und wie Pilze ragten unzählige Grabsteine aus dem kniehohen Gras.

„Hier sind ja unendlich viele Tote begraben“, staunte Edward. „Wie kann das bei so einem kleinen Dorf sein, das bereits vor Jahrhunderten verlassen wurde?“

„Wahrscheinlich wegen der Kriege", mutmaßte Arthur. „Ich kann mir vorstellen, dass Nowhere aufgrund seiner strategisch wichtigen Lage früher ein erbittert umkämpfter Ort gewesen ist, der viele Opfer gefordert hat."

„Wie sollen wir denn hier das Grab von Eric Crawford finden?", fragte Timothy und stöhnte.

„Am besten, wir teilen uns auf", schlug Henry vor.

Eine Krähe, die fast doppelt so groß war wie Mortimer, flog krächzend über sie hinweg, landete auf einem der Keltenkreuze und beäugte sie vorwurfsvoll.

„Negativ", quiekte Arthur. „Ich bin dafür, dass wir alle zusammenbleiben. Selbst wenn es Stunden dauert, bis wir das Grab finden. Hier laufe ich garantiert nicht allein rum!"

Chloé nickte heftig, und auch Edward und Timothy sahen nicht so aus, als wollten sie allein über den Friedhof laufen.

Lucy hob die Schultern. „Mir egal. Wenn es länger dauert, dauert es eben länger."

Henry seufzte. „Okay, dann halt zusammen."

Und so marschierten sie los. Ihre Drachen legten sich im Schatten der Kirche ab. Sie waren zu groß und würden nicht über den Friedhof laufen können, ohne den ein oder anderen Grabstein umzustoßen.

Phönix knüpfte das Band zu Henry. *Liegt wirklich unter jedem Kreuz, jeder Statue, jedem Stein ein toter Mensch?*

Henry nickte. „Mindestens einer, manchmal liegen da auch ganze Familien."

Ganze Familien, flüsterte Phönix ergriffen, während Happy das Band zu Henry knüpfte.

Zwerg! Sollte euch auch nur eine Krähe schräg angucken, euch die Form einer Wolke verdächtig vorkommen oder das Heulen des Windes seltsam erscheinen, ruft ihr uns. Keine Alleingänge. Klar?

„Sonnenklar", erwiderte Henry achselzuckend und schritt den Gräbern betont unerschrocken entgegen. In Wahrheit war er sehr froh, dass Happy, Phönix und die anderen Drachen in ihrer Nähe waren.

Still wanderten sie zwischen den Gedenktafeln umher und sprachen nur das Nötigste. Der Wind, der kein Problem damit hatte, die Ruhe der Toten zu stören, heulte mal lauter und mal leiser.

„John Swan, Thomas Crane, Jessie McDonald, Robert Laird, Bobby Greyfriars, Annie Bell", lasen sie sich gegenseitig die Namen vor, die vor Jahrhunderten in die Grabsteine gemeißelt worden waren.

Ohne ihn anzuschauen, schob Lucy unauffällig ihre Hand in Henrys und verschränkte ihre Finger mit seinen.

„Warum sind da Gitter über dem Grab?", fragte Edward und beugte sich zu einer Grabplatte hinab, die wie gefangen hinter rostigen Eisenstäben lag.

„Schutz gegen Grabräuber", klärte Arthur sie mit gedämpfter Stimme auf. „Im Mittelalter war es Brauch, den Toten wertvolle Grabbeigaben mitzugeben. Das rief immer wieder Grabräuber auf den Plan."

„Schrecklich“, hauchte Chloé, als Timothy leise auflachte.

„Das müsst ihr lesen.“ Er hockte vor dem Grabstein einer gewissen S. Mell und deutete auf eine sehr kleine Inschrift am unteren Rand. Edward, Henry und Lucy kamen näher und beugten sich zu Timothy hinab.

„Wenn Sie das lesen können, stehen Sie auf meiner Nase“, las Edward die Inschrift laut vor und wich unwillkürlich einen Schritt zurück. Sie lachten erleichtert auf. Froh, der bedrückenden Stimmung zumindest kurz zu entkommen.

„Da hat sich jemand bis zum Ende seinen Humor bewahrt“, stellte Timothy fest. „So will ich auch ...“

Er wurde von Arthur und Chloé unterbrochen, die einige Meter weiter auf einem kleinen Hügel standen.

„Kommt her! Chloé hat das Grab von Eric gefunden!“, rief Arthur aufgeregt.

Die anderen eilten zu ihnen.

Ein steinerner Sarkophag stand auf dem Hügel. In den Stein war das Relief eines Ritters gemeißelt worden. Wind und Wetter hatten dem Relief über die Jahrhunderte die Feinheiten genommen, und Moos und Flechten hatten in den Einkerbungen und Ritzen angefangen zu wachsen und überwucherten nun das gesamte Relief. Doch der Ritter war immer noch gut zu erkennen. Er lag auf dem Rücken, hatte die Arme vor der Brust gekreuzt und die Hände über dem Griff eines Schwertes verschränkt, das mittig über seinem Körper lag und ihm bis zu den Füßen reichte.

Chloé deutete auf die in den Stein gemeißelte Klinge. „Seht ihr das Feuer, das um die Klinge züngelt? Ein Flammenschwert, wie es nur Drachenreiter benutzen.“

„Könnten aber auch Efeuranken oder so sein“, erwiderte Timothy wenig überzeugt.

Arthur war dabei, dem Ritter Moos von seiner Brust zu rupfen. „Negativ. Ich bin zu 99% sicher, dass Chloé recht hat“, entgegnete er. „Schaut her!“

Er zeigte auf die Stelle, die er freigelegt hatte. Dort war ein Wappen in den Stein gehauen worden. Ein Schild mit einem Baum war darauf zu erkennen. Über dem Schild schwebte eine Krone, und aus den Seitenrändern wuchsen geweihartige Hörner.

„Das Wappen der Crawfords“, sagte Edward aufgeregt. „Wir haben das Grab ihres ersten Clan-Chefs gefunden!“

„Und jetzt?“, fragte Chloé.

Schließlich war es Henry, der das Unvermeidbare aussprach.

„Schätze, wir müssen den Sarkophag öffnen und reinschauen, ob Eric mit seiner Träne der Erinnerung begraben wurde.“

„Positiv“, hauchte Arthur. „Also, ihr wisst schon, wie ich das meine“, beeilte er sich hinterherzuschieben.

Henry fuhr mit der Hand über den rauen Stein der Grabplatte und stemmte sich dann versuchsweise dagegen. Sie bewegte sich keinen Millimeter.

„Wir brauchen Hilfe von unseren Drachen." Henry knüpfte das Band zu Happy und Phönix und rief die beiden zu sich.

Nur einen Moment später landeten sie links und rechts des steinernen Sarkophags.

Ihr habt sein Grab also tatsächlich gefunden, stellte Happy fest.

In dem Ding da liegt er?, fragte Phönix ehrfürchtig.

„Seine Gebeine", sagte Henry und nickte bestätigend.

Nur seine Beine?, fragte Phönix bestürzt. *Wo ist der Rest von ihm?*

„Gebeine bedeutet Knochen. Dadrin wird hoffentlich sein gesamtes Gerippe liegen."

Stimmt ja, murmelte Phönix. *Ihr Menschen zerfallt recht schnell zu Staub, und nur eure Knochen, Haare und Zähne bleiben übrig.*

„Bringen wir es hinter uns", stöhnte Henry. „Je schneller wir ihn wieder in Frieden ruhen lassen, desto besser. Kann einer von euch beiden den Deckel des Sarkophags zur Seite schieben?"

Weder Happy noch Phönix rührten sich.

Übernimmt Happy das?, fragte Phönix nach einer Weile kleinlaut.

Henry knüpfte das Band zu dem alten Teufelsgrind.

Der Kleine traut sich nicht, oder?, knurrte er.

„Würdest du?", bat Henry.

Bleibt mir wohl nichts anderes übrig, murrte Happy und senkte sein Haupt.

Er schob die Spitze seines Horns zwischen Deckel und steinernen Sarg und drückte die Grabplatte vorsichtig Zentimeter für Zentimeter zur Seite.

Bis auf Lucy wichen die anderen zurück und versteckten sich hinter Henry. Das Geräusch der übereinanderschabenden Steinplatten war so gruselig, dass sie alle eine Gänsehaut bekamen. Schließlich hatte Happy den Deckel gut zwei Handbreit nach hinten geschoben.

Henry schluckte, trat mutig vor und blickte ins dunkle Innere von Erics letzter Ruhestätte.

Er war sich nicht sicher, was er da sah. Es war jedenfalls nicht der Totenschädel des ehemaligen Drachenreiters, den er erwartet hatte. Was er sah, ähnelte eher zwei kleinen Schrumpfköpfen, wie er sie mal im Naturkundemuseum in der Südamerikaabteilung gesehen hatte. Er wich keuchend zurück.

„Was ist los? Was liegt in dem Grab? Hast du die Träne entdeckt?" Seine Freunde und die Drachen bestürmten ihn mit Fragen.

„Schrumpfköpfe", murmelte Henry. „Ich glaube, da liegen Schrumpfköpfe drin."

Während die anderen noch ein Stück weiter zurückwichen, beugte Lucy sich zögernd vor. Sie warf einen Blick ins geöffnete Grab, drehte sich zu Henry um und boxte ihn auf die Schulter.

„Wofür war das denn jetzt bitte?", beschwerte sich Henry.

„Schrumpfköpfe?!" Sie schüttelte den Kopf und deutete auf ihre nackten Füße. „Dass ich dir das sagen muss! Was du da gesehen hast, sind seine Stiefel, du Hornochse. Eric liegt falsch herum in seinem Grab."

Verwirrt trat Henry zu seiner Freundin und spähte noch einmal in das dunkle Innere des Sarges. Sie hatte recht. Alte abgetragene Stiefel. Das Leder war verbeult und staubbedeckt. Beim linken Stiefel löste sich die Vorderkappe von der Sohle und sah ein bisschen so aus wie ein geöffneter Mund. Um einen Schrumpfkopf zu erkennen, brauchte man allerdings eine Menge Fantasie.

Er knüpfte das Band zu seinen Drachen.

Was ist los?, wollten sie wissen.

„Eric liegt falsch herum im Grab. Wir müssen den Deckel zur anderen Seite schieben."

Falsch herum?, fragte Phönix verwirrt.

Henry übermittelte ihm und Happy das Bild der Stiefelspitzen, die aus dem Grab ragten.

Happy schüttelte fassungslos sein mächtiges Haupt. *Ihr Zwerge schafft es immer wieder, mich mit eurer grenzenlosen Dummheit zu überraschen.*

„Hallo? Als Eric begraben wurde, war ich noch lange nicht geboren", verteidigte sich Henry.

Happy ignorierte ihn und schob die schwere Steinplatte langsam in die andere Richtung.

Wieder beugten sich Henry und Lucy über die Öffnung, die sich Zentimeter für Zentimeter auftat.

Der Schädel von Eric Crawford kam zum Vorschein. Er steckte in einem verrosteten Ritterhelm, dessen Visier hochgeklappt war, und grinste Henry und Lucy aus leeren Augenhöhlen entgegen. Arthur hatte sich neugierig vorgewagt und riskierte ebenfalls einen Blick.

„Wenn es so weit ist, will ich auch mit meiner Drachenballkappe beerdigt werden“, flüsterte er und deutete dann auf den Schädel. „Verdammt gute Zähne hatte der Bursche. Seht ihr? Sein Gebiss ist zu 100% erhalten. Das war in der damaligen Zeit, als es weder Zahnbürsten noch Zahnärzte gab, sicher eine absolute Seltenheit. Wollt ihr wissen, womit man sich damals die Zähne ...“

„Nein!“, kam es genervt von den anderen.

„Später, Arthur“, sagte Chloé und legte ihm tröstend eine Hand auf die Schulter.

Happy hatte das Grab noch weiter aufgeschoben. Eric lag in der gleichen Pose wie die, die in die Grabplatte gemeißelt worden war. Seine Finger waren über der Brust verschränkt und umklammerten den Griff eines Flammenschwertes, dessen Klinge genauso schwarz war wie der Umhang, den Eric trug und der bis zum Hals zugeknöpft war. Henry holte tief Luft, griff dann in das Grab und versuchte, die aus Horn hergestellten Knöpfe am Kragen zu öffnen. Es dauerte, bis er es schaffte, die Hornstifte durch die Knopflöcher zu schieben. Sowohl die Knöpfe als auch der Mantel waren erstaunlich gut erhalten. Schließlich gelang es Henry, und er zog gespannt den Kragen auseinander. Darunter kamen die Reste eines Wamses und eines Hemdes zum Vorschein, die unter Henrys Berührung zu Staub zerfielen.

Henry holte noch einmal tief Luft, zog die Reste der Kleidung zur Seite und legte so Erics Hals frei.

An einem porösen Lederband baumelte auf Herzhöhe zwischen der dritten und vierten Rippe ein Anhänger. Als Henry danach griff, zerfiel auch das Lederband zu Staub.

Als er den Stein in der hohlen Hand hielt, wusste er sofort, dass es sich nicht um irgendein Medaillon handelte. Bedeckt vom Staub der Jahrhunderte hatte der Stein zwar stumpf und grau ausgesehen, doch Henry spürte die pulsierende Hitze, die er abgab. Vorsichtig begann er ihn mit dem Zipfel seines Hemdes zu polieren. Er klemmte ihn zwischen Daumen und Zeigefinger und präsentierte ihn grinsend den Drachen und seinen staunenden Freunden.

Der Stein schimmerte golden und schien aus sich selbst heraus zu leuchten. Und wenn man sich vorbeugte und ganz genau hinsah, konnte man im Innern des Steins eine kleine zuckende Flamme erkennen.

„100% positiv“, hauchte Arthur. „Das ist Eric Crawfords Träne der Erinnerung.“

Die anderen jubelten und Henry mit ihnen, bis Happy das Band zu ihm knüpfte.

Noch gibt es keinen Anlass zur Freude, Zwerg. Erst einmal musst du es schaffen, dir Erics Erinnerungen anzusehen, und dann hoffen, dass sie dir einen Hinweis auf das steinerne Gift geben.

Henry hörte auf zu jubeln und nickte ernst. Es kostete ihn einiges an Überwindung, den Stein an seine Lippen zu führen. Doch für Tippy, Violet und Casper würde Henry alles tun, was nötig war. Und so hob er den Stein vor sein Gesicht, schloss die Augen und presste ihn an seine Lippen. Und im nächsten Moment versank die Welt um ihn herum in einem Nebel aus Farben und trug ihn durch die Zeit zurück ins Mittelalter …

Als sich der Nebel lichtete, war das Erste, was Henry erkannte, die schwarze Silhouette des Drachen Furor. Es war eine mondlose Nacht, in der Furor zum letzten Mal das Band zu seinem Reiter knüpfte. Henry spürte, dass der Drache dankbar für die Dunkelheit war, hinter der er seine unendliche Schuld und die Scham verbergen konnte. Seinem Reiter, seinem Seelenverwandten, dem Menschen, den er am meisten liebte, hatte er das größte Leid angetan. Neid und Eifersucht hatten sein goldenes Herz in schwarzen Hass verwandelt und ihn dazu verführt, seinem Reiter Eric die Frau zu nehmen.

Henrys Herz zog sich zusammen, als er die Schwere der Schuld spürte, die auf Furor lastete. Doch glücklicherweise war das Band der Liebe, das Eric zu Alba geknüpft hatte, stärker als der Hass. Und so begriff Henry, dass Albas Herz weiterschlug, obwohl Furor ihren Körper zu Stein verwandelt hatte.

Es war wie bei Violet und Casper. Und hoffentlich auch bei Tippy, betete Henry und lauschte weiter Furors Gedanken.

Nur diese Kraft der Liebe erlaubte es Furor, seine Schuld zu büßen. Onyx, der Ur-Drache, hatte zu ihm gesprochen. Sobald die Nacht vorbei war, würde er seine Strafe erhalten. Das Band zu Eric würde auf immer zerschnitten werden, und Furor würde nie wieder das Band zu einem Menschen knüpfen dürfen. Doch in dieser letzten Nacht, die ihm Onyx mit seinem

Reiter schenkte, durfte er es wiedergutmachen. Und so weinte Furor eine Träne, in der er die Erinnerungen einschloss, die er und sein Reiter miteinander teilten.

Henrys Hand krampfte sich um die Träne, und er hielt den Atem an. Denn neben den gemeinsamen Erinnerungen ließ Furor eine Vision in die Träne mit einfließen. Sie zeigte Eric die Zukunft. Sie zeigte ihm, wie er Alba aus ihrem steinernen Gefängnis erlösen konnte!

Henrys Herz begann wie wild zu klopfen. Furor hatte das Geheimnis verraten, wie man den Fluch brechen konnte!

Doch die Vision war noch nicht zu Ende. Henry sah, wie Furor seinen Reiter um Vergebung anflehte.

Eric ließ die heiße Träne der Erinnerung nachdenklich über seine Handfläche rollen. Schließlich hob er den Blick und sah in die angstvollen Augen seines Drachen. Wortlos kniete er sich hin und bat Furor, sein Haupt zu senken. Eric presste seine Stirn gegen die seines Drachen und griff nach den Spitzen seiner Hörner. Und ein letztes Mal knüpften die beiden das Band zueinander.

Nach einer Weile, die sich unendlich und gleichzeitig wie ein Wimpernschlag angefühlt hatte, lösten sie sich voneinander. Ohne sich noch einmal umzublicken, flog Furor in den Nachthimmel davon. Eric blickte ihm nach, bis er zwischen den Sternen verschwunden war. Dann machte er sich auf, um seine Frau Alba aus ihrem steinernen Gefängnis zu befreien.

Henry öffnete die Augen. Genau dasselbe würde er nun für seine Freunde tun!

Epilog

Henry spürte den Blick des alten Teufelsgrinds auf sich ruhen und sah ihn an. Die schmalen sichelförmigen Pupillen, die das funkelnde Grün der Iris spalteten, musterten ihn eindringlich.

Der Drache knüpfte das Band zu ihm. *Spann mich nicht auf die Folter, Zwerg. Waren die Erinnerungen aufschlussreich?*

Henry nickte langsam. „Ich weiß jetzt, wie wir unsere Freunde aus ihrer Versteinerung befreien können. Und ich habe auch schon einen Plan, wie wir das anstellen."

Onyx steh uns bei, polterte Happy. *Wie konnte ich nur glauben, dass du was dazugelernt hättest?* Er schnaubte, und kleine Rauchwölkchen schossen aus seinen Nüstern. *Zum allerletzten Mal, Zwerg, ich mache hier die Pläne!*

Fortsetzung folgt ...

ALLE CLANS AUF EINEN BLICK

Clan: *McBain*
Wahlspruch: *Wir geben niemals auf!*
Pflanze: *Efeu*
Gabe: *Gute Heilfähigkeit*
Drache: *Phönix, ein Teufelsgrind*

Clan: *Dunbar*
Wahlspruch: *Hungrig nach Bildung, durstig nach Wissen!*
Pflanze: *Olivenbaum*
Gabe: *Fotografisches Gedächtnis*
Drache: *Pyrothargas, eine Mönchshaube*

LUCY TEMPLE

Clan: *Duffy*
Wahlspruch: *Ich liebe!*
Pflanze: *Sonnenblume*
Gabe: *Extrem musikalisch*
Drache: *Wellentänzerin, ein Aquamarin*

Clan: *Abercrombie*
Wahlspruch: *Aus vielen mach eins!*
Pflanze: *Eiche*
Gabe: *Der geborene Anführer*
Drache: *Königsherz, ein kaukasisches Vierhorn*

TIMOTHY O'SULLIVAN

Clan: *Murray*
Wahlspruch: *Niemand reizt uns ungestraft!*
Pflanze: *Distel*
Gabe: *Lautloses Bewegen*
Drache: *Königsblut, ein kaukasisches Vierhorn*

CHLOÉ ÉCLAIRE

Clan: *Éclaire*
Wahlspruch: *Wir brennen nicht, wir leuchten!*
Pflanze: *Schwertlilie*
Gabe: *Anmut*
Drache: *Tausendschön, ein Maskara*

CASPER

Clan: *Crawford*
Wahlspruch: *Tausend Augen, tausend Ohren,*
tausend Zungen werden mit uns sein!
Pflanze: *Buchsbaum*
Gabe: *Besondere Verbindung zu Tieren*
Drache: *Arundula, ein Blattfinger*

DIE GEHEIME
DRACHENSCHULE

BLATTFINGER

Blattfinger sind äußerst versierte Flieger. Ähnlich wie eine Libelle besitzen sie zwei Paar Flügel. Darin liegt ihre extrem große Wendigkeit begründet. Blattfinger können selbst bei einer hohen Fluggeschwindigkeit augenblicklich die Richtung ändern.

Auf unserer **BaumhausBande.com** findest du eine Schritt-für-Schritt-Anleitung, wie du das Papierfliegermodell eines Blattfingers nachbauen kannst.

MÖNCHSHAUBE

Aufgrund ihrer schweren Knochen, des massigen Körpers und der dicken, ledrigen Haut gehört die Mönchshaube nicht zu den allerbesten Fliegern unter den Drachen. Ihr Flug erinnert eher an den einer übergroßen Fledermaus.

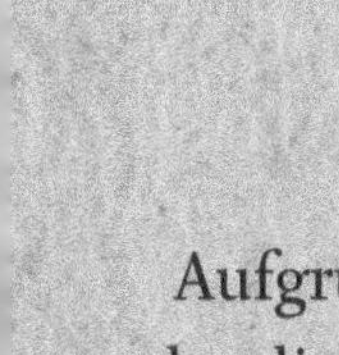

Auf unserer **BaumhausBande.com** findest du eine Schritt-für-Schritt-Anleitung, wie du das Papierfliegermodell einer Mönchshaube nachbauen kannst.

ÉCLAIRE

MASKARA

Ihr graziler Körperbau, ihre leichten Knochen und die im Vergleich zum Körper sehr großen Schwingen machen die Maskaras zu den anmutigsten Fliegern unter den Drachen.

Auf unserer **BaumhausBande.com** findest du eine Schritt-für-Schritt-Anleitung, wie du das Papierfliegermodell eines Maskaras nachbauen kannst.

AQUAMARIN

Aquamarine sind Wasserdrachen. Ihr schlangenartiger Körperbau, die Schwimmhäute zwischen ihren Zehen und die kurzen breiten Flügel sind perfekt dazu geeignet, um durch das Wasser zu gleiten. Zugleich sind sie aber auch gute Flieger. Insbesondere ihre Gleitfähigkeiten sind legendär.

Auf unserer **BaumhausBande.com** findest du eine Schritt-für-Schritt-Anleitung, wie du das Papierfliegermodell eines Aquamarins nachbauen kannst.

KAUKASISCHE VIERHÖRNER

Kaukasische Vierhörner sind sogenannte Zwillingsdrachen.
Aus jedem Drachenei schlüpfen zwei Vierhörner.
Sie gleichen sich bis auf die letzte Schuppe. Lediglich ihre
Hörner sind verschiedenfarbig. Golden und rot.
Zwillingsdrachen verstehen sich blind. Deshalb können sie
gemeinsam die tollkühnsten Manöver fliegen.

Auf unserer **BaumhausBande.com** findest du eine
Schritt-für-Schritt-Anleitung, wie du das Papierfliegermodell
eines kaukasischen Vierhorns nachbauen kannst.

TEUFELSGRIND

Der Teufelsgrind ist ein herausragender Flieger.
Er hat die größte Flügelspannweite aller Drachenarten.
Besonders auf langen Strecken stellt er immer wieder seine Ausdauer und Schnelligkeit unter Beweis.

Auf unserer **BaumhausBande.com** findest du eine Schritt-für-Schritt-Anleitung, wie du das Papierfliegermodell eines Teufelsgrinds nachbauen kannst.

LADY BLACKSTONE
FRANZ HEINRICH RINGEISEN
STEWART TODD JUNIOR
DEX DUNS